记忆中国·名家自述

肝胆文章

郑振铎自述

宋宗恒 姜坤 编

河南人民出版社
·郑州·

图书在版编目（CIP）数据

肝胆文章：郑振铎自述 / 宋宗恒，姜坤编 . -- 郑
州 : 河南人民出版社，2025.1

ISBN 978-7-215-13445-4

Ⅰ . ①肝… Ⅱ . ①宋… ②姜… Ⅲ . ①随笔 -作品集 -
中国 -当代 Ⅳ .① I267.1

中国国家版本馆 CIP数据核字（2024）第 024840号

河南人民出版社 出版发行

（地址：郑州市郑东新区祥盛街27号　邮政编码：450016　电话：0371-65788072）

新华书店经销　　　　　　环球东方（北京）印务有限公司印刷

开本：710 mm × 1000 mm　1/16　　　　　　　　印张：19

字数：215千

2025年1月第1版　　　　　　　　　2025年1月第1次印刷

定价：68.00元

目 录 ▶▶▶
CONTENTS

第一辑　自述与回忆

第二辑　师友忆往

第三辑 学术主张

第一辑　自述与回忆

最后一次讲话*

今天是个难得和大家思想见面的好机会。在这里的王伯祥、俞平伯、潘家洵都是我四十年的老朋友。这次整风，有机会检查自己的缺点，对自己和别人都有好处。参加土改、"三反"、"五反"几次大的运动都和我们关系不大。这次检查比以前泛泛而谈好些。很多人觉得压力很大，这是有人类以来的最大的改变，在这基础上了解自己的过去比较清楚一些。

学术文化有时走在时代前面。中国新文化运动从"五四"开始就走在前面。左翼文化运动也如此。现在还应如此。学术研究应该接受大的时代潮流的影响，走在时代的前面。我自己思想感情就应该是共产主义的。我的立场基本上改变是不会成问题的。

今天主要谈过去的著作。我不能解释为那是二三十年前写的东西来原谅自己。过去总觉得自己很进步，这种包袱反而阻碍自己不断进步。

---

* 本文是郑振铎于 1958 年 10 月 8 日在中国社会科学院文学研究所一次"学术批判会"上发言的摘录，这是他一生中最后一次在正式会议上的讲话。标题为《郑振铎全集》之编者所加。

　　我是生长在浙江温州的福建人。祖父在那里做小官吏。家庭中没有固定的房地财产。有钱时很阔气，没钱时靠借钱度日。祖父死后家庭生活很困苦。叔叔在外交部做个小军官，全家靠他寄钱回家维持生活。母亲在端午节时还做些玩具出卖。我在北京念书时，住在叔叔家很清苦，每天中午饭不过吃十分钱。当时上的是北京铁路管理学校，培养成为全能的铁路工人；曾做过一个时期的练习生，因电报打不好就不做了。一九一九年时我兴趣是多方面的，就和瞿秋白、耿济之等在一起，想出版一个青年读物《新社会》，爱写什么就写什么。当时根本没想到什么稿费的问题。经费是靠一个美国的广告。"五四"时期出版的很多刊物都是如此。利是不考虑的，也无名可言，是用的笔名，当时风气很好。我负责《新社会》的校对。这个刊物巴金家还存有一份。那时张作霖在北京，他的门口架着机关枪，走过门口阴森森的挺可怕。后来因刊名叫"社会"，又加个"新"字，有社会主义倾向，就被封了。经理被捕，放出来后还出了一期《人道》（月刊）。上面登过《国际歌》，瞿秋白译意我写歌词。

　　"五四"运动前一天，五月三日开会；我们因是在小学校，没能参加。我家住在赵家楼附近，火烧赵家楼时我去看了，抓去很多学生。第二天开学生联席会，我也参加了。几千个学生被关在天安门中的两个门洞之间。我们就打算送吃的、送铺盖去。学校提前放暑假，免票送学生回家。而放假后全国的学校都动起来了。当时学生开会多在汇文中学。参加李大钊同志领导的"少年中国学会"，开会前，李大钊同志总在周围走一圈，参加的人各种派别的都有。那时北京学生很大部分受无政府主义思想影响，崇拜"三不主义"（不做官、不坐车、不娶妾），对军阀十分痛恨。这种观点的人现在还有不少，施复亮当时也是如此。因我没参加马克思主义小组，思想上仅有朦胧的社会主义思想。

北京铁路管理学校毕业后，分配在上海南站做铁路上的练习生，住在一个花园里，叫我挂钩。不想干。正好沈雁冰在商务印书馆做《小说月报》的编辑。因我爱好文学，他约我编小学教科书，把文言改为白话。我没答应，就编儿童读物《儿童世界》（周刊）。稿子几乎是我一个人写的，画配得很好，是许敦谷画的。

我们对《礼拜六》骂得很凶，他们也骂茅盾"老板"。一九二三年就把我调去主编《小说月报》。这时正是大革命到来的前夕。一九二五年五卅运动我没去，晚上去街上看，地上都是血，墙上的枪洞还是热的。对这样重大的政治运动，第二天所有上海报纸只有一条小消息。于是"上海学术团体对外联合会"决定主办《公理日报》，报头字是叶圣陶写的，标题是我写的，钱是捐来的。《公理日报》于六月三日出版，出了不到一个月，就被反动当局无理查禁了。王伯祥那时都去送报，影响很大。我们把稿子放在洋车的垫子下，有的军队来了很客气，问我们要不要帮助？要多少钱？我们不要他们帮助。《公理日报》的停刊宣言是我写的，非常愤慨，后来把激烈的字都删掉了。

北伐时，工人运动十分激烈，由邮政局、商务、电力公司三个工会带头组织起来。商务印书馆三个工会；我参加编辑所工会。北伐军快到上海时，我们就把鞭炮放在洋油筒中放，用槌子打铁当炮响。北伐军来时我们兴奋得不得了，去慰问时就像一家人一样。去过几次。后来白崇禧的部队也来了，开始清党。我是闸北工会代表。我接到通知很多人被杀。我拿到一点版税作路费，一九二七年五月到欧洲去了。在法国巴黎住了半年，英国住了一年。在法国图书馆看中国书，在英国伦敦博物馆看变文。这期间受了很多气；没有受外国生活方式的影响。我写了很多游记，可以看出我的思想。我没有考博士的思想。当时平伯也在那儿。后来又到意大利去了一下，回法国后归国。再编《小说月报》时王云五订了很多规章。工会提出打倒王云五，没打倒他。他不走，我们就走！圣陶走了，我也离开了。我们对资本家是非常痛恨的，这是有朦胧的社会主义思想的缘故。

北京的中学那时都是老夫子教的，很少人教新文学。到处叫我去讲新文学。北京大学、清华大学找我教中国文学史、文学批评。当时新月派有个组织，胡适、徐志摩都在里面。他们每天闲谈。我们就反对他们。创办《文学季刊》和"左联"有些联系。当时和姚蓬子联系，发现他是个大坏蛋。

我在燕京大学代表进步的一派。校领导就很恨我。司徒雷登是个老狐狸。他唆使一批教员和学生一齐排挤我。我提出辞职，有些学生很同情我。我离开燕京后，吴晓铃也走了。思想上这时也起了一些变动，想应该走另一条路。我对国民党那种残酷镇压很痛恨，后来从北京又到上海。

最可怕的是在暨南大学教书，当时该校CC派和军统斗争很尖锐。呆了好几年。这几年凡是有标语出来，都说是我贴的。每次纪念周，想不参加都不行。说到蒋介石，大家都得站起来，我却一个人坐在那里。学生都拿手枪，被开除的很多。党的工作做得很好。太平洋事件日本兵进上海，我还在给学生上课。后来全校决定停课。

抗战期间，生活很艰苦。生活来源没有了。当时在上海的人很多，圣陶到四川去了，日本人来的第二天许广平就被捕了。她上、中、下三层都有联系。放出来时，她头发全白了，路也走不动了。日本人对她用了很多次电刑，她一句话也没说出，保存了很多同志，柯灵被打得一塌糊涂，陆蠡被抓后不见了。那时王伯祥生活比较正常，但我们对他有意见。那时我假装成文具商人。因上海有被轰炸的可能，党派人来找我。上海有社会科学讲习所，我在那里教过书。开明书店也关了，我没地方去，就到旧书铺去看书。日本人在旧书铺找我时，却没找到。日本人问起我时，他们说我已好久没去看书了。其实当时我正在那看书。

日本投降后，控制得更严了。我在南京中央图书馆作编辑，在上海拿钱，就靠出书维持生活，印珂罗版的书，和李健吾一起编《文艺复兴》。到一九四九年时，形势已经很紧迫，预感到非逃不可了，才逃到香港。本来和曹禺一块走，后来陈白尘帮助我到香港；又由烟台到北京。

我的生活很简单，由编辑到教书；偶尔参加一些运动，也不深入。我和党有联系，党处处照顾我。离开上海时，党还问我要不要钱。我思想上应该很进步，但从著作中可以看出马克思列宁主义很少。自己还背着一个进步的包袱，其实和出生入死的同志们是不能比的。不应该有这个进步的包袱。《中国俗文学史》还自认为是有些进步思想的；但著作中从头到尾看不出有马列主义的影响。

我研究文学是半路出家，没有系统的研究。过去还有一个时期写的多是为了生活，有时一天要写八千字，著作不成熟。我虽从不以学者自居，但不能以此减轻责任，我的著作还是有一定影响的。

《插图本中国文学史》解放后虽然踌躇了一下，还是出了。从中可以看出是半封建半殖民地的知识分子的著作。在我的著作中充满了封建的资产阶级的思想和治学方法。其中一些随感式的诗话、词话式的东西是封建文人的观点、方法；还有一些和封建士大夫不同的东西，这是资产阶级的进化论和庸俗社会学的观点，这些东西有五个特点：

（一）有不少封建文人的文学批评观点。有时赞扬一些落后的东西；当然，其中也有一些好的东西。例如，对陶渊明和谢灵运的比较，扬陶抑谢，这是比较好的。但对"僮约"的肯定，则是没有阶级观点的看法，是不好的。

（二）我那时所介绍的"新观点"，实际上是资产阶级的观点，是违反马克思主义的。那就是泰纳的英国文学史的观点，强调时代影响。此外还有庸俗进化论的观点，受英国人莫尔干（Morgan）［应为莫尔顿（Moulto），1849—1924，美国作家］的"文学进化论"的影响。还受安德路·莱恩（Andrew Lang）的民俗学的影响，认为许多故事是在各国共同的基础上产生的［资产阶级民俗学者分为两派，一派是德国人麦克斯·皮尔（Max Beer），主张各种民间故事都是一个发源地传出来的。一派是英国人安德路·莱恩，主张人类都有共同的环境，因此会产生同类型的故事］。还有弗来塞（Frozer）"金枝"（The Golden Boagh）也影响我。日本的厨川白村也曾经对我有影响。在写诗方面，我也受日本小诗的影响，我还接受了印度泰戈尔的形式。我受过各种派别的影响。

（三）强调外国文学对中国文学的影响，把很多东西都看作外国来的。例如：我认为送子观音是受圣母像的影响；说释迦牟尼的脸是希腊人的脸，还认为唱戏的人在舞台上穿的厚底靴和戴的面具也是希腊悲剧的影响。我特别强调印度的影响，说变文是一切近代文学的祖先。把有唱有说的认为都是变文的影响。例如：在《大唐三藏取经诗话》中孙悟空也会作诗，我说这也是变文的影响。当然，各国文学都受国外文学的影响，这一点是不能否认的。例如六朝有些诗，连话都是外国来的（梁武帝、沈约就受佛教的影响），而像我那样强调是不对的。说近代民间文学都是印度影响是不正确的。我在布拉格讲学时，还未改变，到苏联讲学时就不那么讲了。我找到了一些材料，证明在变文同时，也已有说故事的人了，最有名的是李义山的诗讲到张飞、邓艾的三国故事。我还找到一些材料，说明唐朝已有人讲韩信的故事；可见唐代已有人说书。变文可能倒是受寺院以外的影响。在印度，对印度戏剧有两种看法：一种认为印度戏剧是本土产生的；一派认为是希腊来的。我当时认为印度受希腊影响，中国受印度影响，结果还是中国受希腊影响。这是不对的。我过分强调了印度影响，甚至把说书的信木也说成是印度的东西。

（四）喜欢用比较研究的方法，这是受安德路·莱恩的影响，说这一故事是辛特利亚型（Cinderlla），那一故事是鹅女郎型。自以为是一种新方法。这里要说明一点：这方法是不好，但归纳为类型，倒不是说是外国来的。

（五）还有一点是立场没站稳，不是用马列主义去看人民的过去，把劳动人民的作品和皇帝的作品混在一起谈，没有分清。这主要表现在对待六朝的诗歌论述中。在《中国俗文学史》里也有这错误。对杜善夫的"庄稼人不识勾栏"这一侮辱劳动人民的作品，也加以赞扬。有为材料而材料的研究方法。

我本来觉得这些著作是二三十年以前写的东西，现在会有进步。我查了一下解放后我写的东西，对《插图本中国文学史》和《中国俗文学史》的重印，却没有加上新的序言，在少数地方改了一下。如去掉了一些引用胡适的话（当时编辑部也提出了意见）。我不能对以前写的东西不负责任。没有充分用马列主义方法。我在说明元代戏曲发展的原因时，原来臧晋叔有一个看法是元代以曲取士，我反对这论点。我从元代经济发达，农民生活改善来解释，说农民可以出钱看戏。我认为蒙古人进中国后，保留了能书会画有劳动技术的人，原来的统治者被打倒了，交通发达，商业繁荣。但我忽视了元代统治者不久就和原来的统治者地主是勾结的，例如赵子昂等人，都是地主。我没有看到地主统治仍然存在，把政治和经济分开了。在关汉卿研究的文章中就是如此。

解放后我比较满意的一篇文章是《清明上河图》研究，有新观点，谈到了《清明上河图》反映的阶级矛盾。现在看来，其中也有教条主义的毛病。解放后我的文章大多是考古和美术方面的。

我编的《古本戏曲丛刊》中，有一些是不好的东西，没有加以说明，这是不好的。这也说明解放虽然已经九年，我进步却很少。

…………

访笺杂记

　　我搜求明代雕版画已十余年。初仅留意小说戏曲的插图，后更推及于画谱及他书之有插图者，所得未及百种。前年冬，因偶然的机缘，一时获得宋元及明初刊印的出相佛道经二百余种。于是宋元以来的版画史，粗可踪迹。间亦以余力，旁骛清代木刻画籍。然不甚重视之，像《万寿盛典图》《避暑山庄图》《泛艖图》《百美新咏》一类的书，虽亦精工，然颇嫌其匠气过重。至于流行的笺纸，则初未加以注意。为的是十年来，久和毛笔绝缘。虽未尝不欣赏《十竹斋笺谱》《萝轩变古笺谱》，却视之无殊于诸画谱。

　　约在六年前，偶于上海有正书局得诗笺数十幅，颇为之心动，想不到今日的刻工，尚能有那样精丽细腻的成绩。仿佛记得那时所得的笺画，刻的是罗两峰的小幅山水，和若干从《十竹斋画谱》描摩下来的折枝花卉和蔬果。这些笺纸，终于舍不得用，都分赠给友人们，当作案头清供了。

　　这也许便是访笺的一个开始。然上海的忙碌生活，压得我透不过气来，哪里会有什么闲情逸趣，来搜集什么。

二十年九月，我到北平教书。琉璃厂的书店，断不了我的足迹。有一天，偶过清秘阁，选购得笺纸若干种，颇为高兴。觉得较在上海所得的，刻工、色彩都高明得多了。仍只是作为礼物送人。

引起我对于诗笺发生更大的兴趣的是鲁迅先生。我们对于木刻画有同嗜。但鲁迅先生所搜求的范围却比我广泛得多了，他尝斥资重印《士敏土之图》数百部——后来这部书竟鼓动了中国现代木刻画的创作的风气。他很早地便在搜访笺纸，而尤注意于北平所刻的。今年春天，我们在上海见到了，他以为北平的笺纸是值得搜访而成为专书的，再过几时，这工作恐怕要不易进行。我答应一到北平，立刻便开始工作。预定只印五十部，分赠友人们。

我回平后，便设法进行刷印笺谱的工作。第一着还是先到清秘阁。在那里又购得好些笺样。和他们谈起刷印笺谱之事时，掌柜的却斩钉截铁地回绝了，说是五十部绝对不能开印。他们有种种理由：板片太多，拼合不易，刷印时调色过难；印数少，板刚拼好，调色尚未顺手，便已竣工，损失未免过甚。他们自己每次开印都是五千一万的。

"那么印一百部呢？"我道。

他们答道："且等印的时候再商量吧。"

这场交涉虽是没有什么结果，但看他们口气很松动，我想，印一百部也许不成问题。正要再向别的南纸店进行，而热河的战事开始了，接着发生喜峰口、冷口、古北口的争夺战。沿长城线上的炮声、炸弹声，震撼得这古城里的人民们日夜不安，坐立不宁。哪里还有心绪来继续这"可怜无补费精神"的事呢？一搁置便是半年。

九月初，战事告一段落，我又回到上海，和鲁迅先生相见时，带着说不出的凄惋的感情，我们又提到印这笺谱的事。这场可怖可耻的大战，刺激我们有立刻进行这工作的必要，也许将来便不再有机会给我们或他人做这工作的？！

"便印一百部，总不会没人要的。"鲁迅先生道。

"回去便进行。"我道。

工作便又开始进行。第一步自然是搜访笺样，清秘阁不必再去。由清秘阁向西走，路北第一家是淳菁阁。在那里，很惊奇地发见了许多清隽绝伦的诗笺，特别是陈师曾氏所作的，虽仅寥寥数笔，而笔触却是那样的潇洒不俗。转以十竹斋、萝轩诸笺为烦琐、为做作。像这样的一片园地，前人尚未之涉及呢。我舍不得放弃了一幅。吴待秋、金拱北诸氏所作和姚茫父氏的《唐画壁砖笺》《西域古迹笺》等，也都使我喜欢，流连到三小时以上。天色渐渐地黑暗下来，朦朦胧胧的有些辨色不清，黄豆似的灯火，远远近近地次第放射出光芒来。我不能不走，那么一大包笺纸，狼狈不堪地从琉璃厂抱到南池子，又抱到了家。心里是装载着过分的喜悦与满意，那一个黄昏便消磨在这些诗笺的整理与欣赏上。

过了五六天，又进城到琉璃厂去——自然还是为了访笺。由淳菁阁再往西走，第一家是松华斋，松华斋的对门，在路南的，是松古斋，由松华斋再往西，在路北的，是懿文斋。再西，便是厂西门，没有别的南纸店了。

先进松华斋，在他们的笺样簿里，又见到陈师曾所作的八幅花果笺。说它们"清秀"是不够的，"神来之笔"的话也有些空洞。只是赞赏，无心批判。陈半丁、齐白石二氏所作，其笔触和色调，和师曾有些同流，惟较为繁缛燠暖。他们的大胆的涂抹，颇足以代表中国现代文人画的倾向；自吴昌硕以下，无不是这样的粗枝大叶的不屑屑于形似的。我很满意地得到不少的收获。

带着未消逝的快慰，过街而到松古斋。古旧的门面，老店的规模，却不料售的倒是洋式笺。所谓洋式笺，便是把中国纸染了矾水，可以用钢笔写，而笺上所绘的大都是迎亲、抬轿、舞灯、拉车一类的本地风光，笔法粗劣，且惯喜以浓红大绿涂抹之。其少数，还保存着旧式的图版画。然以柔和的线条，温茜的色调，刷印在又涩又糙的矾水拖过的人造纸面上，却格外地显得不调和。那一片一块的浮出的彩光，大损中国画的秀丽的情绪。

我的高兴的心绪为之冰结，随意地问道："都是这一类的么？"

"印了旧样的销不出去，所以这几年来，都印的是这一类的。"

我不能再说什么，只拣选了比较还保有旧观的三盒诗笺而出。

懿文斋没有什么新式样的画笺，所有的都是光、宣时代所流行的李伯霖、刘锡玲、戴伯和、李毓如诸人之作，只是谐俗的应市的通用笺而已。故所画不离吉祥、喜庆之景物以至通俗的着色花鸟的一类东西。但我仍选购了不少。

第三次到琉璃厂，已是九月底了。那一天狂飙怒号，飞沙蔽天，天色是那样的惨淡可怜，顶头的风和尘吹得人连呼吸都透不过来。一阵的飞沙，扑脸而来，赶紧闭了眼，已被细尘潜入，眯着眼，急速地睁不开来看见什么。本想退了回去，为了这样闲空的时间不可多得，便只得冒风而进了城。这一次是由清秘阁向东走，偏东路北，是荣宝斋，一家不失先正典型的最大的笺肆。仿古和新笺，他们都刻得不少。我们在那里，见到林琴南的山水笺，齐白石的花果笺，吴待秋的梅花笺，以及齐王诸人合作的壬申笺、癸酉笺等等，刻工较清秘为精。仿成亲王的拱花笺，尤为诸肆所见这一类笺的白眉。

半个下午便完全耗在荣宝斋，外面仍是卷尘撼窗的狂风，但我一点都没有想到将怎样艰苦地冒了顶头风而归去。和他们谈到印行笺谱的事，他们也有难色，觉得连印一百部都不易动工。但仍是那么游移其词地回答道："等到要印的时候再商量吧。"

我开始感到刷印笺谱的事，不像预想那么顺利无阻。

归来的时候，已是风平尘静。地上薄薄地敷上了一层黄色的细泥，破纸枯枝，随地乱掷，显示着风力的破坏的成绩。

从荣宝斋东行，过厂甸的十字路口，便是海王村。过海王村东行，路北，有静文斋，也是很大的一家笺肆。当我一天走进静文的时候，已在午后。太阳光淡淡地射在罩了蓝布套的棹上。我带着怡悦的心情在翻笺样簿，很高兴地发现了齐白石的人物笺四幅，说是仿八大山人的，神情色调都臻上乘。吴待秋、汤定之等二十家合作的梅花笺也富于繁赜的趣味。清道人、姚茫父、王梦白诸人的罗汉笺、古佛笺等，都还不坏，古色斑斓的彝器笺，也静雅足备一格。又是到上灯时候才归去。

静文斋的附近，路南，有荣录堂，规模似很大，却已衰颓不堪，久已不印笺。亦有笺样簿，却零星散乱，尘土封之，似久已无人顾问及之。循样以求笺，十不得一。即得之，亦都暗败变色，盖搁置架上已不知若干年，纸都用舶来之薄而透明的一种，色彩偏重于浓红深绿，似意在迎合光、宣时代市人们的口味。肆主人须发皆白，年已七十余，惟精神尚矍铄。与谈往事，袅袅可听。但搜求将一小时，所得仅缦卿作的数笺。于暮色苍茫中，和这古肆告别，情怀殊不胜其凄怆。

由荣录更东行，近厂东门，路北，有宝晋斋。此肆诗笺，都为光、宣时代的旧型，佳者殊鲜。仅选得朱良材作的数笺。

出厂东门，折而南，过一尺大街，即入杨梅竹斜街。东行百数步。路北，有成兴斋。此肆有冷香女士作的月令笺，又有清末为慈禧代笔的女画家缪素筠作的花鸟笺；在光、宣时代，似为一当令的笺店。然笺样多缺，月令笺仅存其七。

再东行，有彝宝斋，笺样多陈列窗间，并样簿而无之。选得王诏作的花鸟笺十余幅，颇可观，而亦零落不全。

以上数次的所得，都陆续地寄给鲁迅先生，由他负最后选择的责任。寄去的大约有五百数十种，由他选定的是三百三十余幅，就是现在印出的样式。

这部北平笺谱所以有现在的样式，全都是鲁迅先生的力量——由他倡始，也由他结束了这事。

说起访笺的经过来，也并不是没有失望与徒劳。我不单在厂甸一带访求，在别的地方，也尝随时随地地留意过，却都不曾给我以满足。好几个大市场里，都没有什么好的笺样被发现。有一次，曾从东单牌楼走到东四牌楼，经隆福寺街东口而更往北走，推门而入的南纸店不下十家，大多数都只售洋纸笔墨和八行素笺，最高明的也只卖少数的拱花笺，却是那么的粗陋浮躁，竟不足以当一顾。

在厂甸，也不是不曾遇到同样狼狈的事。厂甸中段的十字街头，路南，有两家规模不小的南纸店。一名崇文斋，在路东，有笺样簿，多转贩自诸大肆者。一名中和丰，在路西，专售运动器具及纸墨，并诗笺而无之。由崇文东行数十步，路南，有豹文斋，专售故宫博物院出品，亦尝翻刻黄瘿瓢人物笺，然执以较清秘、荣宝所刻，则神情全非矣。

但北平地域甚广，搜访所未及者一定还有不少。即在琉璃厂，像伦池斋，因无笺样簿，遂至失之交臂。他们所刻"思古人笺"，版已还之沈氏，故不可得；而其王雪涛花卉笺四幅，刻印俱精，色调亦柔和可爱，惜全书已成，不及加入。又北平诸文士私用之笺纸，每多设计奇诡，绘刻精丽的，惟访求较为不易。补所未备，当俟异日。

选笺既定，第二步便进行交涉刷印。淳菁、松华、松古三家，一说便无问题。荣宝、宝晋、静文诸家，初亦坚执百部不能动工之说，然终亦答应了下来。独清秘最为顽强，交涉了好几次，他们不是说百部太少不能印，便是说人工不够，没有工夫印。再说下去，便给你个不理睬。任你说得舌疲唇焦，他们只是给你个不理睬！颇想抽出他们的一部分不印。终于割舍不下溥心畬、江采诸家的二十余幅作品。再三奉托了刘淑度女士和他们商量，方才肯答应印。而色调较繁的十余幅蔬果笺，却仍因无人担任刷印而被剔出。蔬果笺刻印不精，去之亦未足惜。荣录堂的笺纸，原只想印缦卿作的四幅。他们说，年代已久，不知板片还在否，找得出来便可开印，只怕已残缺不全。但后来究竟算是找全了。

最后到彝宝斋。一位仿佛湖南口音的掌柜的，一开口便说："不能印。现在已经没有印刷这种信笺的工人了！我们自己要几千几万份的印，尚且不能，何况一百张！"我见他说得可笑，便取出些他家的定印单给他看，说道："那么别家为什么肯印呢？"他无辞可对，只得说老实话："成兴斋和我们是联号，你老到他们那里看看吧，这些花鸟笺的板片他们那里也有。"我立刻明白那是怎么一回事。到成兴斋一打听，果然那板片已归他们所有。

看够了冰冷冷的拒人千里的面孔，玩够了未曾习惯的讨价还价，斤两计较的伎俩，说尽了从来不曾说过的无数恳托敷衍的话——有时还未免带些言不由衷的浮夸——一切都只为了这部《北平笺谱》！可算是全部工作里最麻烦、最无味的一个阶段。但不能不感激他们：没有他们的好意的合作，《北平笺谱》是不会告成的。

为了访问画家和刻工的姓氏，也费了很大的工夫。有少数的画家，其姓氏是我所不知道的——我对于近代的画坛是那样的生疏！访之笺肆，亦多不知者。求之润单，间亦无之。打听了好久，有的还是见到了他的画幅，看到他的图章，方才知道。只有缦卿的一位，他的姓氏到现在还是一个谜。荣录堂的伙计说："老板也许知道。"问之老主人则摇摇头，说："年代太久了，我已记不起来。"

刻工实为制笺的重要分子，其重要也许不下于画家。因彩色诗笺，不仅要精刻，而且要就色彩的不同而分刻为若干板片，笺画之有无精神，全靠分板的能否得当。画家可以恣意地使用着颜料，刻工则必须仔细地把那么复杂的颜色，分析为四五个乃至一二十个单色板片。所以，刻工之好坏，是主宰着制笺的命运的。在《北平笺谱》里，实在不能不把画家和刻工并列着，但为了访问刻工姓名，也颇遭逢白眼。他们都觉得这是可怪的事，至多只是敷衍地回答着，有的是经了再三的迫问，四处的访求，方才能够确知的。有的因为年代已久，实在无法知道。目录里所注的刻工姓名，实在是不止三易稿而后定的。宋板书多附刊刻工姓名。明代中叶以后，刻图之工，尤自珍其所作，往往自署其名，若何钤、汪士珩、魏少峰、刘素明、黄应瑞、刘应祖、洪国良、项南洲、黄子立，其尤著者。然其后则刻工渐被视为贱技，亦鲜有自标姓氏者。当此木板雕刻业像晨星似的摇摇将坠之时，而复有此一番表彰，殆亦雕板史末页上重要的文献。

淳菁阁的刻工，姓张，但不知其名。他们说此人已死，人皆称之为张老西，住厂西门。其技能为一时之最。我根据了张老西的这个诨名，到处地打听着。后来还是托荣宝斋查考到，知道他的真名是启和。松华斋的刻工，据说是专门为他们刻笺的，也姓张，经了好几次的迫问，才知道其名为东山。静文斋的刻工，初仅知其名为板儿杨，再三地恳托着去查问，才知道其名为华庭。清秘阁的刻工，也经了数次的访问后，方知其亦为张东山。因此，我颇疑刻工和制笺业的关系，也许不完全是处在雇工的地位，他们也许是自立门户，有求始应，像画家那个样子的。然未细访，不能详。

荣宝斋的刻工名李振怀，懿文斋的刻工名李仲武，松古斋的刻工名杨朝正，成兴斋的刻工名杨文、萧桂，也都颇费恳托，方能访知。至于荣录、宝晋二家，则因刻者年代已久，他们已实在记不清了，姑阙之。刻工中，以张、李、杨三姓为多，颇疑其有系属的关系，像明末之安徽黄氏、鲍氏。这种以一个家庭为中心的手工业是至今也还存在的。

刷印之工，亦为制笺的重要的一个步骤。因不仅拆板不易，即拼板、调色，亦煞费工夫。惜印工太多，不能一一记其姓名。

对此数册之笺谱，不禁也略略有些悲喜和沧桑之感。自慰幸不辜负搜访的勤劳，故记之如右。

一九三二年十一月十五日西谛记

选自郑振铎著《佝偻集》（生活书店1934年版）

我的第一本小说集

——《家庭的故事》自序

　　我不曾写过什么小说。这一个集子中所收的不过是小小的故事而已。其中有几篇是前三四年写的；一大部分则于去年八月，旅居巴黎的时候写成。我在巴黎的生活，除了几次特约几个朋友到郊外的宫堡去以外，白天不是到国立图书馆，便是到洛弗博物院。到了晚上，也有几次上歌剧院，也有几次坐坐孟巴那斯的咖啡馆，但在家的时候最多。因此，便在斗室的灯下，随意地写了那几篇故事。其总名，原来定为《家庭的故事》，发表时却各以篇名为名，并没附上这个总名。

　　中国的家庭，是一个神妙莫测的所在。凭我良心的评判，我实在说不出它究竟是好，还是坏，更难于指出它的坏处何在，或好处何在。但从那几篇的故事中或可以略略看出这个神妙莫测的将逝的中国旧家庭的片影吧。

　　我写这些故事，当然未免有几分的眷恋。然而我可以说，它们并不是我自己的回忆录，其中或未免有几分是旧事，却决不是旧事的纪实。其中人物更不能说是真实的。或者有人看来觉得有些像真实者，那是因为这种型式的人，到处都可遇到，所以他们便以为写的像他或像她。其实全不是那么一回事。我写的是旧家庭的"积影"，其中的人物也都是"积影"，决不曾影射过某人某人，或影射过某事某事。如果有人要为这些故事做索隐，其结果恐怕也将等于《红楼梦》索隐之类的"一无是处"。

我生平最恨黑幕派的小说或故事，当然自己决不会写出有"索隐"的可能的故事来！

我对于旧家庭、旧人物，似乎没有明显的谴责，也许反有些眷恋。这一点，看书的人当然是明白的，许许多多的悲剧，还不都是那些旧家庭酝酿出来的么？不过假定它们是"坏的"，或"不对的"，那是它们本身的罪恶么？

我应该在此谢谢叶圣陶君，他为我校正了好多地方；还要谢谢徐调孚君，他为我收集了这末一册我自己没有工夫去收集的。其他还有几位督促我出版本书的，也要在此总谢一声。没有他们的督促与鼓励，本集是不会与读者相见的；在其中，老舍君是特别要举出的。

一九二八年十月二十四日在上海

我为什么写中国文学史

——《中国文学史》自序

　　我写作这部《中国文学史》，并没有多大的野心，也不是什么"一家之言"。老实说，那些式样的著作，如今还谈不上。因为如今还不曾有过一部比较完备的中国文学史，足以指示读者们以中国文学的整个发展的过程和整个的真实的面目的呢。中国文学自来无史，有之当自最近二三十年始。然这二三十年间所刊布的不下数十部的中国文学史，几乎没有几部不是肢体残废，或患着贫血症的。易言之，即除了一二部外，所叙述的几乎都有些缺憾。本来，文学史只是叙述些代表的作家与作品，不能必责其"求全求备"。但假如一部英国文学史而遗落了莎士比亚与狄更斯，一部意大利文学史而遗落了但丁与鲍卡契奥，那是可以原谅的小事么？许多中国文学史却正都是患着这个不可原谅的绝大缺憾。唐、五代的许多"变文"，金元的几部"诸宫调"，宋、明的无数的短篇平话，明、清的许多重要的宝卷、弹词，有哪一部"中国文学史"曾经涉笔记载过？不必说是那些新发见的与未被人注意着的文体了，即为元、明文学的主干的戏曲与小说，以及散曲的令套，他们又何尝曾注意及之呢？即偶然叙及之的，也只是以一二章节的篇页，草草了之。每每都是大张旗鼓地去讲河汾诸老，前后七子，以及什么桐城、阳湖。难道中国文学史的园地，便永远被一班喊着"主上圣明，臣罪当诛"的奴性的士大夫们占领着了么？难道几篇无灵魂的随意写作的诗与散文，不妨涂抹了文学史上的好几十页的白纸，而那许多曾经打动了无量数平民的内心，使之歌，使之泣，使之称心地笑乐的真实的名著，反不得与之争数十百行的篇页么？这是使我发愿要写一部比较地足以表现出中国文学整个真实的面目与进展的历史的重要原因。这愿发了十余年，积稿也已不少。今年方得整理就绪，刊行于世，总算是可以自慰的事。但这部中国文学史也并不会是最完备的一部。真实的伟大的名著，还时时在被发见。将来尽有需要改写增添的可能与必要。惟对于要进一步而写什么"一家言"的名著的诸君，这或将是一部在不被摒弃之列的"爝火"吧。

一九三二年六月四日郑振铎于北平

附 例言

一、中国文学史的编著，今日殆已盛极一时；三两年来，所见无虑十余种，惟类多因袭旧文。即有一二独具新意者，亦每苦于材料的不充实。本书作者久有要编述一部比较能够显示出中国文学的真实的面目的历史之心，惜人事倥偬，仅出一册而中止（即商务印书馆出版的《中国文学史》中世卷第三篇第一册）。且即此一册，其版今亦被毁于日兵的炮火之下，不复再得与读者相见。因此发愤，先成此简编，供一般读者的应用，他日或仍能把那部较详细的中国文学史完成问世。

二、许多中国文学史，取材的范围往往未能包罗中国文学的全部。其仅以评述诗古文辞为事者无论了，即有从诗古文辞扩充到词与曲的，扩充到近代的小说的，却也未能使我们满意。近十几年来，已失的文体与已失的伟大的作品的发见，使我们的文学史几乎要全易旧观。决不是抱残守缺所能了事的。若论述元剧而仅着力于《元曲选》，研究明曲而仅以《六十种曲》为研究的对象，探讨宋、元话本，而仅以《京本通俗小说》为探讨的极则者，今殆已非其时。本书作者对于这种新的发见，曾加以特殊的注意。故本书所论述者，在今日而论，可算是比较完备的。

三、因此，本书所包罗的材料，大约总有三分之一以上是他书所未述及的；像唐、五代的变文，宋、元的戏文与诸宫调，元、明的讲史与散曲，明、清的短剧与民歌，以及宝卷、弹词、鼓词等等皆是。我们该感谢这几年来殷勤搜辑那些伟大的未为世人所注意的著作的收藏家们。没有他们的努力与帮助，有许多中国文学史上的重要的作品是不会为我们所发见的。

四、他书大抵抄袭日人的旧著，将中国文学史分为上古、中古、近古及近代的四期，又每期皆以易代换姓的表面上的政变为划界。例如，中古期皆开始于隋，近古期皆终止于明，却不知隋与唐初的文学是很难分别得开的；明末的文坛上的风尚到了清初的几十年间也尚相承未变。如何可以硬生生地将一个相同的时代劈开为两呢？本书就文学史上的自然的进展的趋势，分为古代、中世及近代的三期，中世文学开始于东晋，即佛教文学的开始大量输入的时期；近代文学开始于明代嘉靖时期，即开始于昆剧的产生及长篇小说的发展之时。每期之中，又各分为若干章，每章也都是就一个文学运动，一种文体，或一个文学流派的兴衰起落而论述着的。

五、本书不欲多袭前人的论断。但前人或当代的学者们的批评与论断，可采者自甚多。本书凡采用他们的论断的时候，自必一一举出姓氏，以示不敢掠美，并注明所从出的书名，篇名。

六、中国文学史的附入插图，为本书作者第一次的尝试。作者为了搜求本书所需要的插图，颇费了若干年的苦辛。作者以为插图的作用，一方面固在于把许多著名作家的面目，或把许多我们所爱读的书本的最原来的式样，或把各书里所写的动人心肺的人物或其行事显现在我们的面前；这当然是大足以增高读者的兴趣的。但他方面却更有一个重要的原因。使我们需要那些插图的，那便是，在那些可靠的来源的插图里，意外地可以使我们得见各时代的真实的社会的生活的情态。故本书所附插图，于作家造像，书版式样，书中人物图像等等之外，并尽量搜罗各文学书里足以表现时代生活的插图，复制加入。

七、本书所附插图，类多从最可靠的来源复制。作家的造像，尤为慎重，不欲以多为贵。在搜集所及的书本里，珍秘的东西很不少，大抵以宋以来的书籍里所附的木版画为采撷的主体，其次亦及于写本。在本书的若干幅的图像里，所用的书籍不下一百余种，其中大部分胥为世人所未见的孤本。一旦将那许多不常见的珍籍披露出来，本书作者也颇自引为快。为了搜求的艰难，如有当代作家，要想从本书插图里复制什么的话，希望他们能够先行通知作者一声。

八、得书之难，于今为甚。恶劣的书版，遍于坊间，其误人不仅鲁鱼亥豕而已。较精的版本，则其为价之昂，每百十倍之。更有孤本珍籍，往往可遇而不可求。在现在而言读书，已不是从前那样的抱残守缺，或仅仅利用私家收藏所可满意的了。一到了要研究一个比较专门的问题，便非博访各个公私图书馆不可。本书于此，颇为注意。每于所论述的某书之下注明有若干种的不同的版本，以便读者的访求，间或加以简略的说明。其于难得的不经见的珍籍，并就所知，注出收藏者的姓名（或图书馆名）。其有收藏者不欲宣布的，则只好从缺。但那究竟是少数。

九、近来"目录学"云云的一门学问，似甚流行；名人们开示"书目"的倾向，也已成为风尚。但个人的嗜好不同，研究的学问各有专门，要他熟读《四库书目》，是无所用的，要他知道经史子集诸书的不同的版本，也是颇无谓的举动。故所谓"目录学"云云，是颇可置疑的一个中国式样的东西。但读书的指导，却不是绝对不可能的事。关于每个专门问题，每件专门学问的参考书目的列示，乃是今日很需要的东西。本书于每章之后，列举若干必要的参考书目，以供读者作更进一步的探讨之需。

十、本书的论述着重于每一个文学运动，或每一种文体的兴衰，故于史实发生的详确的年月，或未为读者所甚留意，特于全书之末，另列"年表"一部，以综其要。

十一、"索引"为用至大，可以帮助读者省了不少无谓的时力。古书的难读，大都因没有"索引"一类的东西之故。新近出版的著作，有索引者还是不多，本书特费一部分时力，编制"索引"，附于全书之后，以便读者的检阅（以上两种，尚未成稿）。

十二、本书的编著，为功非易。十余年来，所耗的时力，直接间接，殆皆在于本书。随时编作的文稿，不特盈尺而已。为了更详尽的论述，不是一时所能完功，便特先致力于本书的写作。故本书虽只是比较简单的一部文学史的纲要，却并不是一部草率的成就。

十三、本书的告成得诸友好们的帮助为多。珍籍的借读，材料的搜辑，插图的复制，疑难的质问，在在皆有赖于他们。该在此向他们致谢！在其中，北京图书馆，故宫博物院，古物陈列所，顾颉刚先生，郭绍虞先生，和几位藏书家尤为本书作者所难忘记。涵芬楼给予作者之便利最多；不幸在本书出版的前数月，涵芬楼竟已成为绛云之续，珍籍秘册，一时并烬。作者对此不可偿赎的损失，敬伸哀悼之意！

十四、在这个多难的年代，出版一部书是谈何容易的事。苟没有许多友好的好意的鼓励，本书或未必在今日与读者相见。再者，本书的抄录、校对，以刘师仪女士及我妻君箴之力为最多，应该一并致谢！

一九三二年五月二十二日作者于北平

我论中国文学

——《中国文学论集》序

　　我从少来便喜欢东涂西抹。年十三四时，读《聊斋志异》，便习写狐鬼之事。记得尝作笔记盈半册，皆灯前月下闻之于前辈长者的记载。迄未敢出示友朋，人亦无知之者。几经播迁，皆荡为云烟矣。后随长者们作诗钟，方解平仄，乃亦喜赋咏物小词。随作随弃，也不复存稿。年十八九，从浙东到北平就学。时文学解放运动方开始，我乃立弃旧所习，发奋写作白话文。每日日方出，便自东城根步行到西城上学。节省车资，购诸新刊物。后青年会刊行《新社会周刊》，我以友人孔先生之介（今孔先生墓木拱矣！），加入为编辑。始和耿济之、瞿世英、许地山、瞿秋白诸先生相识。小小的一个青年会图书馆（记得只有三个矮的立橱的书），却介绍我认识了不少的伟大的作家们。安特列夫、柴霍甫的小说、戏曲便是第一次由那些矮的立橱里为我所知的（至今感之！）。我在《新社会》里写了不少的浅薄无聊的文章。皆不自惜，无留稿者。今并《新社会》也一册无存。《新社会》出版不到半年，乃被北方当局视为反动刊物之一。盖当时，凡有"社会"二字者皆受嫌疑况复冠以"新"字；其被封禁宜矣。办事员某君且在狱中拘留数日。我们并不自馁，复刊行《人道月刊》。仅出一册，因经济支绌，又自动地收场了。因为没有"自己的园地"了，写稿的机会便也少。然《晨报》上也尝刊着我的初次试笔的小说，《新青年》上也偶有译稿。耿济之先生和《新中国杂志社》的主者叶先生认识，复介绍我为他写稿子，才第一次为写文章而得着些稿费，那些文章，都是很幼稚的，故也都不曾剪存。东涂西抹的东西，实在也不配存留下来。

东涂西抹的习惯，始终不曾改。五四运动的第二年，学生界的风波还汹汹未定。我也是一个代表，每夜奔走开会。为的是无甚重要的议案，有时竟带了书在会场上译。那时，耿济之先生为某中学的代表，亦在那里，相视而笑，盖他也带了课本在预备第二天的功课。

把自己的文章开始剪存了下来，是《小说月报》革新了以后的事。那时是民国九年。革新之议，发动于耿济之先生和我。我们在蒋百里先生处，遇见了高梦旦先生，说起了要出版一个文艺杂志事，高先生很赞成。后张菊生先生也北来，又谈了一次话。此事乃定局。由沈雁冰先生负主编《小说月报》的责任，而我则为他在北平方面集稿。

这时候我写了不少的文章，也不外是东涂西抹的结果。然所作乃不复旁骛，几全为文学的译作。十年来，不断地为《小说月报》写稿子。《文学周报》上也不断地有些短论小评。除了有系统的著作，像《俄国文学史略》《泰戈尔传》《文学大纲》等等曾另行成册出版者外，其他文字，皆不自顾惜，未加搜辑。

二十年冬，由北平回到上海，决心要脱离编辑的生活。友人们颇有怂恿我将旧作辑集起来出版的。有若干读者们，也时有来信询问某文见于某时的某杂志的，且欲购求得之。我才觉得有开始搜辑这十年来的所作的需要。仍以《小说月报》为主，以有全份可得。《文学周报》则已残缺若干册。当时，藉着徐调孚先生的帮助，凡辑得小品文及杂论二册（即《海燕》与《文探》），《中国文学论集》一册，诗集一册；又想把短评杂感之类，也集成一册。然搜辑甫竣事，而一月二十八日的沪战起矣。《海燕》《文探》二册，已先期交新中国书局，《中国文学论集》已先期交开明书店，皆幸而免。而诗集及杂感集等等，则被同埋于东方图书馆的灰堆里了。

自思所作，每感汗颜。类多匆匆着笔，即以付刊，罕加精思，更少润改。始终离不了童年以来的东涂西抹的恶习。然十年工力，毕集于斯。亦间有稍堪流连，足资观览的，不忍痛汰以尽，聊复存其较可存者。不意竟亦得哀然成数册！

此册所录，皆为关于中国文学的论文及杂著，篇幅却最多。付刊以来，已再历寒暑。终得问世，全赖徐调孚先生之力。谨于此谢之！

郑振铎　一九三四年二月二十日于北平

选自《中国文学论集》（上海开明书店1934年版）

关于版画

一

中国美术史也和别的专门的历史一样，还是一片无垠的荒原，一块不曾经人开垦过的黑土，我们只要努力地执起耒耜来耕种，便不会有"无收获"的工作。

在无垠的处女土上工作着，广大的穹形的天空，有薄绵似的白云浮在上面，无边限的大地，伸展开去，似和天空相接连着。太阳是朗朗的遍洒着黄金色的光，背上感到一种可悦的燠暖。几只乌鸦高视阔步地在啄食被翻土所带出地面的虫豸。四周围静悄悄的，没有第二个人在那里。虽有些寂寞之感，那心境却是异常的舒泰和平静。工作成为不断的喜悦，而不是一种辛苦的压迫。假如有三两个同道者在一块儿工作着，形影相望，呼喊之声可以相闻，那么同道的相慰的感觉，也便足够偿辛勤的苦作的劳役而有余。

在空白的篇页这么多的中国美术史的范围里工作着的，连异邦的学者们也计算在内，究竟有多少人呢？

有许许多多的问题，都还成为悬案而不曾解决。

有许许多多的问题，却还从不曾有人接触过，而听任其留空白的篇页于书中。

也还有些粗鲁的愚夫们在岩石地上垦殖着，且散播着种子，枉自费了气力而没有丝毫的成绩（例如，以"字"为美术而作为研究的对象之类）。

在这样的情形里，我闯入了中国美术史的大荒原上，而成为微小的垦殖者之一，在小小的一片处女土上工作着，而想把一些空白的篇页填上了黑字。

那一片小小的处女土便是"版画"。"版画"的研究，前无古人，但当这个时候，同道的垦荒者却也还颇有几个人，他们的辛勤的努力，都使我永远地不能忘记。

二

登高必自卑。我最初对"版画"的发生研究的兴趣却是由于偶然的机缘。

我从小便有一股傻劲儿，喜欢搜集某一类的玩意儿。破铜烂铁之类，曾有一时是我搜集的对象。后来，突然热心于有彩色的画片——特别是《三国》人物像、《岳传》的人物像等的纸烟画片——的搜集。曾为了一张不经见的画片，而破费了新年时压岁钱的一半。然而为之不悔，乐之不疲。

这股傻劲儿到今日也还保存着，虽然研究和搜集的对象已经变了。

我从小便爱读中国小说，屡屡地废寝忘食地在阅读着《三国》《水浒》《红楼》等等，不读毕全书是决不肯放下的。

小说书前面的绣像，也便是我所喜爱的东西。常常模仿了彩色画片的颜色，把他们涂抹得红红绿绿的。记得关羽的脸，总是浓浓地拓上了红朱，而曹操的脸便将白粉堆填了上去，兀术的脸是花花绿绿的，牛皋和张飞、李逵的黑脸却最不好上墨，往往是弄得一塌糊涂而止——那彩色脸谱的印象，旧戏所给的影响当然也不少。

喜欢人物的画像，几乎成为我的第二天性。

十几年前，住在上海，老脾气总不改，往往把所有的钱都用来搜罗"古书"了。于其中，因为性之所近，尤好搜集古本的小说戏剧。其初，只是搜得些石印、铅印乃至同光间木刻的袖珍本一类的小说，对于其中的拙呆的人物像，已没有童时那么感到兴趣。但渐渐地也便有所获：真实的佳本、古本乃至孤本也便不时地可以看见，可以得到。购古书的胆力也便逐渐地更大了。

戏曲书的购置，最初只是限于石印本的《元曲选》，暖红室所刊诸传奇，以及《笠翁十种》《藏园九种》之类。而得一部汲古阁本的《六十种曲》已是穷儿暴富似的夸诩着了。

有一个黄昏，大约在十四年前，经过了四马路的一家扬州人开设的旧书肆，偶然地踱了进去。有一堆破烂的旧书堆在账桌上。翻了一翻，好书不少；有全图的《笠翁十种曲》，有李卓吾批评的《浣沙记》，玉茗堂批评的《红梅记》《焚香记》等。这些都是未之前见的。他们索价颇高——在后来看来，其价目还算是低廉的——而且绝对地不肯让步。我走出店门了，但不久还是走回去。终于决定了购买这一批"珍本"，连《笠翁曲》也在内，因为他们不肯拆卖。

这成了我所藏的插图本明版戏曲的最初的宝库，且也是最可珍异的一部分。

这时，我在涵芬楼做编辑的工作；涵芬楼所藏的书里是没有这一类"插图"的古书的。友人们里面，对于古书有兴趣的人本来不多，对于版画有兴趣的人更少。我差不多孤独地在做着这无人顾问的工作。

清人的版画——就是有插图的清代版的书——还比较地易得，且价值也廉。像任渭长（熊）的四种《剑侠》《高士》等传，作风和刻工都臻上乘，而为值却不及明版残书的一帙。改琦的《红楼梦》图，初印的也不难得，然作者却慎重异常，每幅必押以鲜明的私章。殿版的《耕织图》，焦秉贞作的，颇富于西洋画的风趣。后印的甚易得，然开化纸的初印本，触手若新、墨光闪闪者却不大可见到。《承华事略》刻得很工整，而匠气殊重。我很不喜爱它。

顾氏所刻的吴郡人物像，乃至许多纪念个人的宦绩事功以及生平大事的有插图的书，从《靖海图》到《花甲闲谈》，为数很少，其中也尽有佳作；像康熙版的《靖海图》便饶有明版的风味，人物繁多而表情殊佳。

广东麦氏刻本的《镜花缘》，首附《百女图》，每图的后面，都有很富于意匠的图案画一幅，虽是近代的东西，却很可喜爱。同光间的翻刻本，却把原本插图的美，完全毁坏了，那图像刻得不成"人"形。但明刻有插图的书却甚不易得。我自从得到扬州人书肆的那一批戏曲之外，老得不到什么更好的更可注意的东西，只是零零落落购到些臧刻《南柯记》一类的常见的书。然臧氏所刻《四梦》，就曲律论，也许竟是一位孟浪汉，其插图却是足以不朽的，《邯郸记》的插图尤佳。把人物布置在大山远水之间，只是素描似的勾勒着几笔，脸却只是一圈一圈的轮廓，然情神却竟可隐约地见出。这方法，在明代版画上是不多用的。然臧氏用之，却极为成功。看惯了细腻奢靡的工致人物图，再去看这些幅东西，诚有如从不夜城的闹市里逃出，走到只有繁星熠熠在亮着的黑漆的田野里的情形；心地是清凉异常，阔大异常。

为了争取一部明刻的《隋炀艳史》，竟懊丧了好几个月，至今思之，未免可笑。明刻小说较戏曲尤为难得。陈乃乾先生有一天告诉我，他得到了一部明版有图的《隋炀艳史》，图样精美。我为之怦然心动。立刻逼住他给我看。他说，还放在某一家扬州人的书肆里呢。随即去取了头一本书来，那是有图的头一本。我说，何不去取得全书呢。过了一会儿，他去取，其余的十几本书却已经不见了。据说是被另一个书贾取的。乃乾当然是不依，却也终于取不回来。这是一部崇祯刻本，在杭州刻的。少见多怪的我，见之赞叹无已。力劝乃乾设法得到其余，合成一部完璧；当然我是颇有野心要从乃乾得到它的。过了十几天，心里还是念念不忘此书。却听见说，此书的被离散了两部分，已是珠联璧合了。是董授经先生从乃乾及某肆合购而来。渴于要一见而无从。此书的头本有插图凡七十幅——原来是八十幅，阙去十幅——那是出明末杭州最好的刻工之手。最使我注意的尤其是每幅后面的图案画，几乎没有一幅相同的；或作连环形，或作海螺形，意匠至巧，处处与书中文意相关合。如果用到别的工艺品上，恐怕立刻便会引起很大的激动的。

我很懊丧于自己的失去获得此书的机会。但后来在北平终于得到同样的一部，且知道此书并不十分难得，颇自诧于自己那时候的孤陋寡闻。

像这样的购书的悲喜剧，我是常常遇到的，且常是其中的主角之一。一来因为自己的力量不够，再者，也还是因为购买力的缺乏；为了每每须现筹款项以付书账，往往失去了许多当前便可捉住的机缘。

最初从事于搜集版画，殊有寂寞无侣之感。连别下斋的《太上感应篇》也视若奇珍；原刻本的《元曲选》虽有意于访得一部，却只好满足于涵芬楼石印本的鉴赏。为了购买梁廷枏的《小四梦》（《藤花亭四种曲》）——当然一半也为了其中的插图，仅见的清代衣冠的人物图——竟费了百元之谱。在今日，这样的豪兴是随便怎样也不会激动起来的。当时，还为了要买一部臧刻《四梦》——这是四种的全部——不惜奔走四马路四五次，不惜费了许多的口舌，惟恐失之。今日这样浓挚的书癖，那股傻劲儿，却还存在。

过了几年，同事的周越然先生也开始在购买有插图的小说戏曲书了。仅仅在数年之间，便得到了不少的精品。我们常以所得相互赏鉴。眼界因以渐广。吴瞿安先生编印《奢摩他室曲丛》时，曾以所藏明版曲移庋于涵芬楼上。一时获睹《青楼记》《和戎记》诸富春堂刊本，及广庆堂、继志斋所刻诸曲，眼界不禁为之大开。对于明刻版画，渐有了一个系统的概念。但只是限于万历以来的制作。万历以上的作品，得之之艰，奚啻百倍。

当时曾发一弘愿，欲为中国版画修一史。为了搜辑初步的材料，曾遍阅周越然先生所藏，且带了摄影师同去，随时指定某图，嘱他摄出。这位摄影师，不久又随我到苏州，在吴瞿安先生家整整地忙碌了两天。所得也至夥。杭州的省立图书馆和南京的江南图书馆，我也曾专为了这个目的而去过几次，遍搜所藏有插图的书。然所得却远出意外的少。杭州所藏有图书绝少，只有一部黄凤池刊的《唐诗画谱》，还是日本的翻刻本。江南图书馆里这一类的书也不多，只有富春堂刊的几种曲，尚可注意，也摄得书影数幅而归。

黄凤池刊的画谱凡八种，颇多佳作。于五六七言《唐诗画谱》外，似以《唐六如画谱》为最多出色当行之作。其他花卉、禽鸟、"梅、兰、竹、菊"等谱，不过是供人临摹的粉本，及习画的教科书耳。"画谱"最罕见。但其中精品却不少。我最初只得到这部书的残本五册；后来又得到八"谱"的全部；可惜是后印本——后来又陆续在北平得到二部，但初印的仍只是三四册，余皆后印者。

坊间所谓知不足斋刊本仇绘《列女传》，一望而知其非清代版；然明版初印者殊不可得。有一天，我在杭州城站一书肆里，索阅有插图的书。他们取出了一册《列女传》的残本，极初印的，墨色极鲜妍，若出于手绘。他们说，画师常购这一类书去临摹。过了一年多，又在来青阁得到此书的四册白绵纸印本；版心下端，有"真诚堂"三字，每则之末论赞的人名尚为墨订，"汪××曰"一句，均尚未刻入。可见这是初印本。便可断定这部

《列女传》乃是明万历间真诚堂所刊；此版后为汪氏所得，故刻上"汪××日"数字；入清，版尚存，又为知不足斋所得，故于版心又加上"知不足斋"数字。所云仇绘，根本无稽。明代徽派刻工，人物形态，往往都作斯状，实非出仇十洲手笔也。

可注意的获得，又有程氏《墨苑》及方氏《墨谱》等书。《墨谱》的作图者，虽亦多出丁云鹏手笔，然实非《墨苑》的匹敌，《墨苑》取精用弘，无所不精，无所不有。坊间所见，类多无"圣母图"的。我尝以高价从中国书店购得黄绵纸的一部，有"圣母图"，颇完全，然独阙二十八宿图。后又从蟫隐庐得《墨苑》图十余册，为白绵纸初印本，但少前后序跋。其中图幅亦往往多少相歧。后来，有人说，此书尚有附《中山狼传》图者，却终不可得见。近年在北平，于王孝慈先生许，见《墨苑》残本数册。为极初印本；二十八宿图的文字是朱印的；诧为得未曾有，并疑是套印之始。当时仿佛听说，日本藏有彩色套印本。然未置信。后遇陶兰泉先生，说起此书，他说，他藏有此书的彩色套印本一部。无日忘之，渴欲一见。特为此书，在大雨雪中，到了天津爱丁盘路陶宅。果然是彩色套印的！那套印的方法，极为原始。不见此书，实无由知道中国彩印的原始的情形。学问诚是无涯岸的！也可知研究版画，搜罗异本并不是一件浪费的工作。

三

在研究中国版画的人里，马隅卿先生是最不能忘记的。他也因为爱好小说戏曲而连带研究到小说戏曲的插图。他是一位极细心的学者；研究版画，别具只眼，能立辨其时代与作风。

曾和赵万里先生同到宁波访他；住在他家的古式的西厢里，日夜谈论古刻本；恨相得之晚！因了他的介绍，我们奔走了不少家宁波藏书家之门，见到了不少的美好的有插图的书；朱瓒卿氏所藏的万历刊本白绵纸初印的《玉簪记》尤可赞赏。

有一天，他取出他的笔记给我看。中有若干页，记载明代刻工姓氏及其所刻的书。这引起了我的特别注意。我虽注意于版画的刻工，却还不曾有过有系统的研究；所知者只是项南洲、刘果卿、黄子立诸大家而已。

"这是以王孝慈的东西为底子而由我随时加以补充的，"他说道。

我翻了一翻，见他在上海我家里所见的几部书，凡版画上有署名的均已加入其中了。我是很自愧于这样勤奋的研究者的！

"我可以抄下一份么？"

"当然可以。"他笑着答说。

在深夜，煤油灯下，古式的西厢里，四无人声，我匆匆地抄着这作为基本研究的版画刻工姓名录。

那第一位从事于这研究的王孝慈先生的姓名，我从此牢记住他，渴欲一识荆为幸。后来，我到了北平，果然也成了一见如故的好友。他家藏版画最多，精品尤夥。年来颇有散失，然精品尚多存者。他爱之如性命；其好之之专，嗜之之笃，我辈实所不及。

今隅卿已作古人，孝慈亦病废于家，茫茫天壤间，同道的人益复寥寥矣。

北平傅惜华先生对于此道，亦称行家。他所藏有插图的明版书也不少。特别好搜罗各地"年画";于粗劣拙笨的刻工里,往往可看出弘伟的想象力与作风来。他的朋友法人杜博斯最爱搜罗"年画"及民间所刻"画",对于精工者反不收。已集有数大册厚的"年画"。曾在其书斋,披览其所得,也颇令我们兴"已落人后"之感。

日本的黑田博士,对于版画,闻亦有特殊兴趣与研究。常往来北平,搜集这一类书籍。我到北平的时候,他刚从北平到德国去了。

徐森玉先生学问最渊博,对于版画也是深知笃好的一位;赵万里先生最精于赏鉴,他曾为北平图书馆购得不少的精品。北平图书馆曾给我以极大的帮助。

在北平,失去了藏刻初印的残本《元曲选》,实是终身的憾事。曾和万里同到来薰阁,获见此初印本《元曲选》,插图皆附于每剧之首,每幅图上,皆有刻工的姓名。惜当时未及抄下。因索价昂,姑置之。后闻中央研究院有意欲购。因此因循了下去。再过问之,则已为东方文化事业部所得去。

刻工实是"版画"研究上最重要的一个对象。他们各有特殊的作风,也各有一派的作风。有的时候,作画者为一人(如《墨苑》的作画者为丁云鹏,陈眉公所评诸传奇的作画者为蔡冲寰),刻版者又别为一人。在这种情形之下,刻工的地位是比较得不大重要。他们成了附庸的人物,无个性的匠人。但有许多地方,他们实在便是画家;他们也常常自己起草来刻的。像作《状元图考》的黄氏诸昆仲,他们便都是画家。项南洲诸人,最珍视其所自刻的,几乎每幅版画都有签名。想来作画的人也便是他们自己了。

鲁迅先生是介绍西洋版画到中国来的第一个人，对于中国版画也最有兴趣。《北平笺谱》的编辑和《十竹斋画谱》的翻刻，多半由于他的决定的力量。在《北平笺谱》和翻刻的《十竹斋笺谱》的成绩看来，明末最好的刻工的余绪，到今日也还未堕。

《十竹斋笺谱》和《十竹斋画谱》二书，实是晚明版画的最高的成就。那色彩的调和，刻工的精细，都是前无古人的。监制的人是胡目从，作画者以高阳、高友二氏为最多，然刻工们却湮没无闻了。

清代刻工，渐染匠气，精工有余，气韵不足，特别是殿版诸书，像《万寿盛典图》《圆明园图》《皇朝职贡图》《避暑山庄图》《授时通考》等等，都是很板涩的，已失去了明代活泼泼的作风。

四

万历时代以上的版画的研究，是最少有人着手的。嘉靖本附插图的书，珍罕到"可遇而不可求"的程度。像《农书本草》一类的翻宋元版书尚可得。佛经偶一见之，宝卷也间或可得。此外便绝少有佳本。我曾在北平得到一部《历法通书大全》，颇自珍秘。

正德以上，所见益罕。宋元版画，直等奇珍。然我却有幸运地在北平获得了从宋元以来到天顺的许多单刊本佛道经，其中有插图的居其多数。于是宋元明初的版画便可以有一个研究的基础。宋代版画，仍极罕见，但其规模，大略可知。尝得残本杂卦书一册，所刻画图极为古朴，断为宋版；后又得洪武的翻刻本，乃知其为宋版无疑。元版有图的书较多；日本内阁文库所藏《全相平话五种》，其插图是很精美的。我所得的佛道经里，元代版本也不少。

洪武所刻的，最为草率，图亦粗拙，大都翻刻宋元人所作。那时候盛行用粗厚之黄纸，双面印字及图，有若今日之西式书籍。这可见当时纸张之缺乏。

但到了永乐，文化的程度却有了突飞的进步。在版画上，也有了极精美的发展。所刻的佛道经，其插图无不精致绝伦。我曾得永乐版《阿弥陀经》一残卷，其插图的工整细致，气韵生动，较之万历末的作品，实有过之无不及。又郑和所刻的《摩利支天王经》，其扉画也绝佳。《天妃经》的扉画，人物众多，而气魄极弘伟。在这时代的作品，经我们发见者，至少有三十种以上。这实是一个"版画的黄金时代"的发见。

宣德尚保持永乐的作风。成化以后，便渐陷于粗率了。直到万历初年，我们看所刻的《帝鉴图说》，刘龙田本《西厢记》，富春堂本诸传奇等等，其作风尚均有拙重之感，线条也类多粗野者。

最早的北宋及唐五代的版画，是极不易得的。唐末的《金刚经》刻本的扉画（敦煌发见），今藏于伦敦博物院者，可算是今知的版画的元祖。较常见的，乃是万佛图一类的扉画，即刻一坐佛的木戳，而重复地打印于一卷手写经之前，作为扉画之用者是。

如果有中国版画史一类的著作的写作，现在所集得的材料，已相当的够用了。且也正是写作的时候了。美术史上空白的一页，始终可填上的了。所集材料，类多创获，此亦足偿辛勤的搜辑而有余。

关于西洋版画的书是很多的，颇足供我们的参考；John Ruskin 的一本，在原理上说得尤为透彻，只是略略地旧一些。

一九三四年十二月二十二日写毕

原载1936年第1期《中学生》

我为什么编《晚清文选》

——《晚清文选》序

　　我编辑这部《晚清文选》曾用了很大的努力与耐心；一来是因为材料的不易得；二来也因为材料的过多过杂，选择起来觉得非常的困难。如果编一部《古代文选》或《唐宋文选》之类，那些材料却还比较的容易找得到，且也还比较的容易选取其精华。但《晚清文选》的材料却一桩桩都要自己下手去搜罗的，可以说是无所依傍的工作。在各个图书馆里，这一类的材料简直不大有。他们都不会注意这个最有关系的时代。几种清末的《续经世文编》《经世文新编》以及《畜艾文编》之类，当然给我的帮助不少。可是多偏于一方面，未能见其全。同时，往往不注出处，有时无从知道其来源。而当时的定期刊物、秘密刊物是那样的多——特别是关革命的文献——也令人有挂一漏万之感。要是仔细地"求全""求备"下去，就再费个三五年的工夫也不容易编得成功。只好这样地"急就章"地编完它。盼望专门的收藏家们和学者们的指教或补充。"椎轮为大辂之始"，苟能因此引起大家对于这一时代的文献和文学的注意，则更完备的工作，"成功正不必自我"。

说起来有些痛心，如果东方图书馆不曾被日机烧掉的话，其中所储藏着的晚清作品颇多，尽足以作为我这部书的选材的基础。但如今一本本的书却都要以个人的力量去搜罗了！不知有多少个黄昏曾为了它而耗费在几家旧书之肆的摊头。就连旧书肆，对于这一类的较近代的作品，也很不注意；往往数日的搜访，所得不过三两部书而已。旧杂志尤为难得；像《民报》《复报》之类，即悬重金以购之，也不见得立时有。即如马建忠的《适可斋记言记行》，前七八年还可得，今则已成绝无仅有的难得之物了。

这部从辛苦艰难里编成的东西，对于我格外觉得亲切；编成了之后，自己读了一遍，觉得这劳力并不白费！

我自己是重温了一遍转变期的中国的历史；对于读者们似也不无特别的作用，除了作为"文选"读之外。

我在《选文小记》（《中流》一卷四期）里曾经说起过：

这样的作着"选文"的工作时，不免时时有些感触。对于老维新党奋发有为、冒万难而不避、犯大不韪而不移的勇气，与乎老革命党的慷慨激昂、视死如生、掷头颅、喷热血以求得民族自由与解放的精神，我同样地佩服。对于魏源、马建忠、林纾、严复、梁启超们所做的介绍与启蒙的工作，我也同样地表示敬意。

但特别有所感的是：老维新党所做的工作，至今还有待于我们的继续，他们所说的话，至今还有一部分是有用；这可见我们这古老的国家，进步实在慢；而顽固的守旧势力，却是如何的伟大；而老革命党虽然推翻了满清政府，而民族解放的工作，却也还不曾告了结束；反之，外来的帝国主义的压迫，更日益加甚，民族的危机也一天天地加重、加深；读了他们在二三十年前所发表的愤激的鼓励民族精神的文章，真不禁还觉得并非过时之作。

所以，这一册里有许多文章，对于我们这一个时代，还是对症之药，并非泛泛地搜集名篇佳文的一部"文选"而已。

为了要从多方面的取材，有许多已不为人所注意的晚清文集、报章及定期刊物，便不得不广泛地检读一过。在那里面，我们真可以得到不少的好文章；这些好文章是久已随了"时代"的过去而几乎成了"过去"，而为读者们所忘记了的。

假如工作者有时为他自己的工作的成就所沉醉的话，我这时的心境便是如此。我读了一遍两遍。我觉得这工作对于我自己有益，我相信对于一般读者们也会有益。

阿英先生和吴文祺先生的帮助，我永远不会忘记。阿英先生收藏晚清的作品最多。很难得的《民报》全份、《国闻报汇编》、《黄帝魂》等等，都是从他家里搬来的。

所用的若干参考书，附目于《文库》的"月报"里。我希望有两三个图书馆对于这一类的有重要性的书籍能够尽量地搜罗、收藏，不要以其"不古"而弃之。

十月三十一日

选自郑振铎编《晚清文选》（1937年7月版）

我的藏书生涯

——《劫中得书记》序

凤凰从灰烬里新生

金赤的羽毛更光彩灿烂

——见The Physiologus，及Herodotus（ii. 七十三），

Pliny（Nat hist. x. 二）Tacitus（Ann. vi. 二十八）

余聚书二十余载，所得近万种。搜访所至，近自沪滨，远逮巴黎、伦敦、爱丁堡。凡一书出，为余所欲得者，苟力所能及，无不竭力以赴之，必得乃已。典衣节食不顾也。故常囊无一文，而积书盈室充栋。每思编目备检，牵于他故，屡作屡辍。然一书之得，其中甘苦，如鱼饮水，冷暖自知。辄识诸书衣，或录载簿册，其体例略类黄荛圃藏书题跋。大抵余之收书，不尚古本、善本，唯以应用与稀见为主。孤罕之本，虽零缣断简亦收之。通行刊本，反多不取。于诸藏家不甚经意之剧曲、小说，与夫宝卷、弹词，则余所得独多。诗词、版画之书，印度、波斯古典文学之译作，亦多入庋架。自审力薄，未敢旁骛。"一·二八"淞沪之

役，失书数十箱，皆近人著作。"八一三"大战爆发，则储于东区之书，胥付一炬。所藏去其半。于时，日听隆隆炮声，地震山崩，心肺为裂。机枪拍拍，若燃爆竹万万串于空瓮中，无瞬息停。午夜伫立小庭，辄睹光鞭掠空而过，炸裂声随即轰发，震耳为聋。昼时，天空营营若巨蝇者，盘旋顶上，此去彼来。每一弹下掷，窗户尽籁籁摇撼，移时方已，对语声为所暗哑不相闻。东北角终日夜火光熊熊。烬余焦纸，遍天空飞舞若墨蝶。数十百片随风堕庭前，拾之，犹微温，隐隐有字迹。此皆先民之文献也。余所藏竟亦同此蝶化矣。然处此凄厉之修罗场，直不知人间何世，亦未省何时更将有何变故突生。于所失，殆淡然置之。惟日抱残余书，祈其不复更罹劫运耳。收书之兴，为之顿减。实亦无心及此也。而诸肆亦皆作结束计，无书应市。通衢之间，残书布地，不择价而售。亦有以双篮盛书，肩挑而趋，沿街叫卖者。间或顾视，辄置之，无得之之意。经眼失收者多矣。书籍存亡，同于云烟聚散。唯祝其能楚弓楚得耳。战事西移，日月失光，公私藏本被劫者渐出于市。谢光甫氏搜求最力，所得独多。余迫处穷乡，栖身之地，日缩日小；置书之室，由四而三而二；梯旁榻前，皆积书堆。而检点残藏，亦有不翼而飞者，竟不知何时失去。然私念大劫之后，文献凌替，我辈苟不留意访求，将必有越俎代谋者。史在他邦，文归海外，奇耻大辱，百世莫涤。因复稍稍过市。果得丁氏所藏《脉望馆钞校本古今杂剧》六十四册，归之国库。复于来青阁得丁氏手钞零稿数册。友人陈乃乾先生先后持明刊《女范编》《盛明杂剧》及孙月峰朱订《西厢记》来。余竭阮囊，仅得《女范编》与《西厢记》。而于《盛明杂剧》虽酷爱之，却不果留矣。乃乾云：有李开先刊元人杂剧四种，售者索金六百。余力有未逮，竟听其他售。至今憾惜未已。中国书店收得明刊方册大字本《西厢记》，附图绝精，亦归谢氏。但于戊寅夏秋之交，余实亦得隽品不鲜。万历版《蓝桥玉杵记》，李玄玉撰《眉山秀》《清忠谱》，程穆衡《水浒传注略》，螺冠子《咏物选》，冯梦龙《山歌》，萧尺木《离骚图》以及《宣和谱》《芙蓉影》《乐府名词》等，皆小品中之最精者，综计不下三十种。于奇穷极窘中有此收获，亦殊自喜。然其间艰苦，绝非纨绔子弟、达官富贾辈，斤斤于全书完阙，及版本整洁与否者，所能梦见。及今追维，如嚼橄榄，犹有余味。每于静夜展书快读，每书几若皆能自诉其被收得之故事者，盖足偿苦辛有余焉。今岁合肥李氏书，沈氏粹芬阁书散出。余限于力，仅得《元人诗集》（潘是仁刊本），《古诗类苑》，《经济类编》，《午梦堂集》，《农政全书》与万历版《皇明英烈传》等二十余种。初，有明会通馆活字本诸臣奏议者，由传新书店售予平贾，得九百金。而平贾载之北去，得利几三数倍。以是南来者益众，日搜括市上。遇好书，必攫以去。诸肆宿藏，为之一空。沪滨好书而有力者，若潘明训、谢光甫诸氏皆于今岁相继下世。余好书者也，而无力。有力者皆不知好书。以是精刊善本日以北，辗转流海外，诚今古图书一大厄也。每一念及，寸心如焚。祸等秦火，惨过沦散。安得好事且有力者出而挽救劫运于万一乎？昔黄黎洲保护藏书于兵火之中，道虽穷而书则富。叶林宗遇乱，藏书尽失。后居虞山，益购书，倍多于前。今时非彼时，而将来建国之业必倍需文献之供应。故余不自量，遇书必救，大类愚公移山，且将举鼎绝膑。

而夏秋之际，外境日艰。同于屈子孤吟，众醉独醒。且类曾参杀人，三人成虎。忧谗畏讥，不可终日。心烦意乱，孤愤莫诉。计惟洁身而退，咬菜根，读《离骚》耳。乃发愿欲斥售藏书之一部，供薪火之资。而先所质于某氏许之精刊善本百二十余种，复催赎甚力。计子母须三千余金。不欲失之，而实一贫如洗。彷徨失措，踌躇无策。秋末，乃以明清刊杂剧传奇七十种，明人集等十余种归之国家，得七千金。曲藏为之半空。书去之日，心意惘惘。大似某氏之别宋版《汉书》，李后主之挥泪对宫娥也。然归之分藏，相见有日，且均允录副，是失而未失也。为之稍慰戚戚。立持金取得质书。自晨至午，碌碌不已。然乐之不疲。若睹阔别之契友，秋窗剪烛，语娓娓不休。摩挲数日夜，喜而忘忧。而囊有余金，结习难忘，复动收书之兴。兹所收者乃着眼于民族文献。有见必收，收得必随作题记。至冬初，所得凡八九百种。而余金亦尽。不遑顾及今后之生计何若也。但恨金少，未能尽救诸沦落之图籍耳。每念此间非藏书福地。故前后所得，皆寄庋某地某君所。随得随寄，未知何日再得展读。因整理诸书题记，汇为数册，时一省览，姑慰相思。夫保存国家征献，民族文化，其苦辛固未足埒坚陷阵、舍生卫国之男儿，然以余之孤军与诸贾竞，得此千百种书，诚亦艰苦备尝矣。惟得之维艰，乃好之益切。虽所耗时力，不可以数字计，然实为民族效微劳，则亦无悔！是为序。

再说我的藏书生涯

——《劫中得书记》新序

　　《劫中得书记》和《劫中得书续记》曾先后刊于开明书店的《文学集林》里。友人们多有希望得到单行本的。开明书店确曾排印成书，但不知何故，并没有出版。这次，到了上海，在旧寓的乱书堆里，见到这部书的纸型，也已经忘记了他们在什么时候将这副纸型送来的。殆因劫中有所讳，不能印出，遂将此纸型送到我家保存之耳。偶和刘哲民先生谈及。他说，何不在现在将它出版呢？遂将这副纸型托他送给上海古典文学出版社，看看可否印行。在我回到北京后不久，他们就来信说，想出版这部书，并将校样寄来。我仔细地把这个校样翻读了几遍，并校改了少数的"句子"和错字。像翻开了一本古老的照相簿子，惹起了不少酸辛的和欢愉的回忆。我曾经想刻两块图章，一块是"狂胪文献耗中年"，一块是"不薄今人爱古人"。虽然不曾刻成，实际上，我的确是，对于古人、今人的著作，凡稍有可取，或可用的，都是"兼收博爱"的。而在我的中年时代，对于文献的确是十分热衷于搜罗、保护的。有时，常常做些"举鼎绝膑"的事。

虽力所不及，也奋起为之。究竟存十一于千百，未必全无补也。

我不是一个藏书家。我从来没有想到为藏书而藏书。我之所以收藏一些古书，完全是为了自己的研究方便和手头应用所需的。有时，连类而及，未免旁骛；也有时，兴之所及，便热衷于某一类的书的搜集。总之，是为了自己当时的和将来的研究工作和研究计划所需的。因之，常常有"人弃我取"之举。在三十多年前，除了少数人之外，谁还注意到小说、戏曲的书呢？这一类"不登大雅之堂"的古书，在图书馆里是不大有的。我不得不自己去搜访。至于弹词、宝卷、大鼓词和明清版的插图书之类，则更是曲"低"和寡，非自己买便不能从任何地方借到的了。常常舍去大经大史和别处容易借到的书而搜访于冷摊古肆，以求得一本两本自己所需要的东西。常有藏书家们所必取的，我则望望然去而之他。像某年在上海中国书店，见到有一部明代蓝印本的《清明集》和一部清代梁廷枏的《小四梦》同时放在桌上，其价相同。《清明集》是古代的一部重要的有关法律的书，"四库"存目，外间流传极少，但我则毅然舍去之，而取了《小四梦》。以《小四梦》是我研究戏剧史所必须的资料，而《清明集》则非我的研究范围所及也。像这样舍熊掌而取鱼的例子还有不少。常与亡友马隅卿先生相见，他是在北方搜集小说、戏曲和弹词、鼓词等书的，取书共赏，相视而笑，莫逆于心，颇有"空谷足音"之感。其后，注意这类书者渐多，继且成为"时尚"，我便很少花时间再去搜集它们了。但也间有所得。坊友们往往留以待我，其情可感。遂也不时购获若干。谁都明白：文献图书是进行科学研究的必需的工具之一。过去，图书文献散在私家，奇书异本，每每视为珍秘，不轻示人。访书之举，便成为学士大夫们的经常工作。王渔洋常到慈仁寺诸书店，盛伯希、傅沅叔诸君，几无日不坐在琉璃厂古书肆里。今非昔比，大大小小的公共图书馆，研究机关、学校、专业部门的图书馆，访书之勤，不下于从前的学者们。非自己购书不可的艰辛的日子，已经一去不复返了。今天从事于科学研究者们是完全可以依靠各式各样的图书馆而进行工作的了。访书之举，便将从此不再是专家们所应该做的功夫之一了么？不，我以为不然！我有一个坏脾气，用图书馆的书，总觉得不大痛快，一来不能圈圈点点，涂涂抹抹，或者折角划线做记号；二来不能及时使用，"急中风遇到慢郎中"，碰巧那部书由别人借走了，就只好等待着，还有其他等等原因。宁可自己去买。不知别的人有没有和我有这个同样的癖习？我还以为，专家们除了手头必备的专门、专业的大量的参考书籍之外，如有购书的癖好，却也是一个很好的癖好。有的人玩邮票，有的人收碎磁片，有的人爱打球，有的人好听戏，好拉拉小提琴或者胡琴。有的人就不该逛逛书摊么？夕阳将下，微飔吹衣，访得久觅方得之书，挟之而归，是人生一乐也！我知道，有这样癖好的人很不少。我这部《得书记》的出版，对于有访书的癖好的人，可能会有些"会心"之处。《得书记》所记的只是一时的、一地的，且是一己的事。天下大矣，即就一时一地而论，所见的书，何止这些。只能说是，因小见大，可窥一斑而已。在两篇《得书记》之外，这次又新增入了"附录"三篇。《跋脉望馆钞校本古今杂剧》一文，在《得书记》之前写成，且也在《文学集林》上发表过。因为此文比较长，且非自己所购致的，故便不列入《得书记》里。其实，我在劫中所见、所得书，实实在在应该以这部《古今杂剧》为最重要，且也是我得书的最高峰。想想看，一时而得到了二百多种从未见到过的元明二代的杂剧，这不该说是一种"发现"么？肯定地，是极重要的一个"发现"。不仅在中国戏剧史的和中国文学史的研究者们说来是一个极重要的消息，而且，在中国文学宝库里，或中国的历史文献资料里，也是一个太大的收获。这个收获，不下于"内阁大库"的打开，不下于安阳甲骨文字的出现，不下于敦煌千佛洞钞本的发现。对于我，它的发现乃是最大的喜悦。这喜悦克服了一言难尽的种种的艰辛与痛苦，战胜了坏蛋们的诬陷。苦难是过去了。若干"患得患失"的不寐的痛苦之夜是过去了。"喜悦"却永远存在着。又摩挲了这部书几遍，还感到无限愤喜交杂！故把这篇跋收入《得书记》里印出。一九四一年之后，我离开了家，隐姓埋名，避居在上海的"居尔典路"。每天不能不挟皮包入市，以示有工作。到哪里去呢？无非几家古书肆。买不起很好的书了。但那时对于清朝人的"文集"忽然感到兴趣。先以略高于称斤论担的价钱得到若干。以后，逐渐地得到得多了，也更精了，遂写成一个目录。那篇"序"和"跋"都是在编好目录后写成的，从没有机会印出。现在，是第一次在这个"附录"里和读者们相见。又在《得书记》里，有几则文字是应该改动的。因为用的是旧纸型，不便重写，故在这里改正一下：（一）《得书记》第五十三则"至大重修宣和博古图"里，说我所得的那部"残本"是"元刊本"。这话是错的。今天看来，恐仍是明嘉靖间蒋旸的翻刻本。向来的古书肆，每将蒋序撕去，冒充作元刊本。（二）《得书记》第八十六则"陈章侯水浒叶子"里，说起，我所得的那部水浒叶子是黄子立的原刻本。其实，它仍是清初的翻刻本。潘景郑先生所藏的那一部才是真正的原刻本。那个本子后来也归了我。曾仔细地对看了几遍，翻刻本虽有虎贲中郎之似，毕竟光彩大逊。（三）《得书续记》第十则"琅嬛文集"里，说：张宗子的许多著作，都无较古的刻本。其实不然。近来曾见到清初刻本的《西湖梦寻》，刻得极精。其他书，恐怕也会有较早的本子，只是没有见到耳。

一九五六年八月七日郑振铎序于青岛

我对中国古典文学的研究

——《中国文学研究》序

　　我对于中国古典文学的研究没有什么深厚的根底。在私塾里读过《左传》，但别的经传便不能成诵了。我没有跟从过名师，只有一位黄晦闻先生是我大学里的国文教师，他教的是古文。没有给我什么影响。但我从少年时代就喜欢乱看书，特别爱看古书。像《古诗源》《文心雕龙》《文史通义》一类的书，都看得很起劲。记得在中学念书的时候，一位同学买到了一部刚刚出版的《古今文综》，厚厚的四套，我欣羡之极，便向他借了来，日夜地看，并将其中有关"文学批评"，即论文的部分，辑了出来，钞成"论文辑要"二册。这二册至今还保存未失，可算是少年时代的可纪念的东西了。这样地像盲人骑瞎马似的"无师自通"的研究，浪费了不少时间和力量。在对于小说、戏曲和民间文学的研究方面，尤为"独学无侣"。那时，我在上海，这一类的书是图书馆所不收的，一部部都得自己搜集起来，因此便养成了喜欢兴书的习惯。后来到了北京，遇见马隅卿诸先生，方知道从事于坚集小说戏曲的，在北京还不乏同道的人们。三十多年来，我写了不少有关中国文学的论文，尤以有关小说、戏曲研究的为多。但限于学力，许多问题，都没有深入地探究过，且受了从西方输入的"进化论"的影响，也想在文学研究方面运用这样的"进化论"的观念。所以，过去所写的许多篇论文，在今天看来，都是值得重新考虑，值得加以批判的。一九三○年以后所写的东西，比较地有些新的观点，像《元明之际文坛概观》《元代公案剧产生的原因及其特质》《净与丑》等篇，虽然不免有些偏激，甚至有些"借题发挥"，但倾向是好的。我曾经把这些论文，编成了五本集子：《中国文学论集》出版于一九二九年，《佝偻集》出版于一九三四年，《短剑集》出版于一九三六年，《困学集》出版于一九四○年。还有一部《秋水集》，已经编好交给书店，但它始终不曾出版。此外，没有收入这几个集子的文章也还有不少篇。现在，把这五个集子里所收的，和在这五个集子以外的有关中国文学的论文，一共有八十多篇，编为这个新的集子：《中国文学研究》，重行印出。这个集子共分为六卷。第一卷是古代文学研究，以有关《诗经》的论文为主，而附以《民族文话》。第二卷是小说研究，以《水浒传》《三国志演义》《金瓶梅词话》《西游记》《岳传》及"三言""二拍"等的文章为主。第三卷是戏曲研究，以有关元代杂剧、《西厢记》以及《词林摘艳》《琵琶记》等的文章为主，并附《缀白裘索引》。第四卷是词、曲与民间文学研究，以有关词、散曲、民歌、变文、宝卷、弹词与民间故事等的论文为主。这里边有好几篇文章的观点是互相矛盾的（像讨论大众文学的几篇），但"过而存之"，亦足以见自己思想的进展。第五卷是中国文学杂论，包括若干有关中国文学研究的方向、方法，和文学遗产的问题，及有关林琴南、梁任公的研究等论文。第六卷是中国文学新资料的发现，包括《巴黎国家图书馆中之中国小说与戏曲》《记一九三三年间的古籍发现》和《三十年来中国文学新资料发现记》三篇。这样地重加整理一下，对于需要参考这些文章的读者们是颇为有用的，特别是，那几部集子都已经绝版了。还有若干篇，因为一时找不到底稿，只好暂时不收入这个集子里了。在这里，可以看出，在过去的黑暗时代里，寻找"资料"，是多末艰苦，简直有点像唐僧取经似的。一旦得之，便大为开朗，如果得不到，便黑漆一团，症结就打不开。这和今天的搜集资料，无往不获的情况比较起来，今天的专家们，和即将成为专家的青年们，实在是太幸运了。我的这些文章，表现了我的那些探索的历程。作为专家们的参考，当不会是完全无用的吧。

一九五六年八月二十六日郑振铎序于青岛

求书记
——《求书日录》序

如果能够尽一分力，必会有一分的成功。我十分相信这粗浅的哲学。只要肯尽力，天下没有不能成功的事。我梦想着要读到钱遵王（《也是园书目》）里所载许多元明杂剧。我相信这些古剧决不会泯没不见于人间。它们一定会传下来，保存在某一个地方，某一个藏家手里。它们的精光，若隐若现地直冲斗牛之间。不可能为水、为火、为兵所毁灭。我有辑古剧本为《古剧钩沉》之举，积稿已盈尺许。惟因有此信念，未敢将此"辑逸"之作问世。后来读到丁芝孙先生在《北平图书馆月刊》里发表的《也是园所藏元明杂剧跋》，我惊喜得发狂！我的信念被证明是确切不移的了！这些剧本果然尚在人间！我发狂似的追逐于这些剧本之后。但丁氏的跋文，辞颇隐约，说是读过了之后，便已归还于原主旧山楼主人。我托人向常熟打听，但没有一丝一毫的踪影。又托人向丁氏询访，也是不得要领。难道这些剧本果然像神龙一现似的竟见首不见尾了么？"八一三"战役之后，江南文献，遭劫最甚。丁氏亦已作古。但我还不死心，曾托一个学生向丁氏及赵氏后人访求。而赵不骞先生亦已于此役殉难而死。二家后人俱不知其究竟。不料失望之余，无意中却于来青阁书庄杨寿祺君那里，知道这些剧本已于苏州地摊上发现。我极力托他购致。虽然那时，我绝对地没有购书的能力，但相信总会有办法的。隔了几天，杨君告诉我说，这部书凡订三十余册，首半部为唐某所得，后半部为孙伯渊所得，都可以由他设法得到。我再三地重托他。我喜欢得几夜不能好好地睡眠。这恐怕是近百年来关于古剧的最大最重要的一个发现吧。杨君说，大约唐君的一部分，有一千五百金便可以购致，购得后，再向孙君商议，想来也不过只要此数。我立刻作书给袁守和先生，告诉他有这么一回事，且告诉他只要三千金。他和我同样的高兴，立刻复信说，他决定要购致。我立刻再到来青阁去，问他确信时，他却说，有了变卦了。我心里沉了下去。他说，唐君的半部，已经谈得差不多，却为孙伯渊所夺去。现在全书俱归于孙，他却要"待价而沽"，不肯说数目。说时，十分的懊丧。我也十分的懊丧。但仍托他向孙君商洽，也还另托他人向他商洽。孙说，非万金不谈。我觉得即万金也还不算贵。这些东西如何能够以金钱的价值来估计之呢！立刻跑到袁君的代表人孙洪芬先生那里去说明这事。他似乎很有点误会，说道：书价如此之昂，只好望洋兴叹矣。我一面托人向孙君继续商谈，一面打电报到教育部去。在这个国家多难、政府内迁之际，谁还会留意到文献的保全呢？然而教育部立刻有了回电，说教育部决定要购致。这电文使我从失望里苏生。我自己去和孙君接洽，结果，以九千金成交。然而款呢？还是没有着落。而孙君却非在十几天以内交割不可。我且喜且惧地答应了下来。打了好几个电报去。款的汇来，还是遥遥无期。离开约定的日子只有两三天了！我焦急得有三夜不曾好好地睡得安稳。只有一条路，向程瑞霖先生告贷。他一口答应了下来，笑着说道：看你几天没有好睡的情形，我借给你此款吧。我拿了支票，和翁率平先生坐了车同到孙君处付款取书。当时，取到书的时候，简直比攻下了一个名城，得到了一个国家还要得意！我翻了又翻，看了又看，慎重地把这书捧回家来。把帽子和大衣都丢了，还不知道。至今还不知是丢在车上呢，还是丢在孙家。这书放在我的书房里有半年，我为它写了一篇长文，还和商务印书馆订了合同，委托他们出版。现在印行的《孤本元明杂剧》一百余剧，便是其中的精华。我为此事费尽了心力，受尽了气，担尽了心事，也受尽了冤枉，然而，一切都很圆满。在这样的一个动乱不安的时代，我竟发现了，而且保全了这么重要、伟大的一部名著，不能不自以为踌躇满志的了！中国文学史上平添了一百多本从来未见的元明名剧，实在不是一件小事！我们政府的魄力也实在可佩服！在这么军事倥偬的时候还能够有力及此，可见我民族力量之惊人！但也可见"有志者事竟成"，实在不是一句假话。但此书款到了半年之后方才汇来，程先生竟不曾催促过一声，我至今还感谢他！他今日墓木已拱，不知究竟有见到这书的印行与否。应该以此书致献于他的灵前，以告慰于他！呜呼！季札挂剑，范张鸡黍，千金一诺，岂足以比程先生之为国家民族保存国宝乎！

这是我为国家购致古书的开始。虽然曾经过若干的波折，若干的苦痛，受过若干的诬蔑者的无端造谣，但我尽了这一分力，这力量并没有白费；这部不朽的弘伟的书，隐晦了近三百年，在三百年后的今日，终于重现于世，且经过了那么大的浩劫，竟能保全不失，不仅仅保全不失，且还能印出问世，这不是一个奇迹么！回想起来，还有些"传奇"的意味，然而在做着的时候，却是平淡无奇的。尽了一分力，为国家民族做些什么，当然不能预知有没有成绩。然而那成绩，或多或少，总会有的，有时且出于意外的好。我这件事便是一个例子。

"但管耕耘，莫问收获。"

我今日看到这一堆的书，摩挲着，心里还十分的温暖，把什么痛苦，什么诬蔑的话都忘记得干干净净。为了这么一部书吃些苦，难道不值得么？

"狂胪文献耗中年"，龚定庵的这一句话，对于我是足够吟味的。从"八·一三"以后，足足的八年间，我为什么老留居在上海，不走向自由区去呢？时时刻刻都有危险，时时刻刻都在恐怖中，时时刻刻都在敌人的魔手的巨影里生活着，然而我不能走。许多朋友们都走了，许多人都劝我走，我心里也想走，而想走不止一次，然而我不能走。我不能逃避我的责任。我有我的自信力。我自信会躲过一切灾难的。我自信对于"狂胪文献"的事稍有一日之长。前四年，我耗心力于罗致、访求文献，后四年——"一·二八"以后——我尽力于保全、整理那些已经得到的文献。我不能把这事告诉别人。有一个时期，我家里堆满了书，连楼梯旁全都堆得满满的。我闭上了门，一个客人都不见。竟引起不少人的误会与不满。但我不能对他们说出理由来。我所接见的全是些书贾们。从绝早的早晨到上了灯的晚间，除了到暨大授课的时间以外，我的时间全耗于接待他们，和他们应付着，周旋着。我还不曾早餐，他们已经来了。他们带了消息来，他们带了"头本"来，他们来借款，他们来算账。我为了求书，不能不一一地款待他们。有的来自杭州，有的来自苏州，有的来自徽州，有的来自绍兴、宁波，有的来自平、津，最多的当然是本地的人。我有时简直来不及梳洗。我从心底里欢迎他们的帮助。就是没有铺子的掮包的书客，我也一律地招待着。我深受黄丕烈收书的方法的影响。他曾经说过，他对于书船到的时候，即使没有自己想要的东西，也要选购几部，不使他们失望，以后自会于无意中有惊奇的发见的。这是千金买马骨的意思。我实行了这方法，果然有奇效。什么样的书都有送来。但在许多坏书、许多平常书里，往往夹杂着一二种好书、奇书。有时十天八天，没有见到什么，但有时，在一天里却见到十部八部乃至数十百部的奇书，足以偿数十百日的辛勤而有余。我不知道别的人有没有这种经验：摩挲着一部久佚的古书，一部欲见不得的名著，一部重要的未刻的稿本，心里是那么温热，那么兴奋，那么紧张，那么喜悦。这喜悦简直把心腔都塞满了，再也容纳不下别的东西。我觉得饱饱的，饭都吃不下去。有点陶醉之感。感到亲切，感到胜利，感到成功。我是办好了一件事了！我是得到并且保存一部好书了！更兴奋的是，我从劫灰里救全了它，从敌人手里夺下了它！我们的民族文献，历千百劫而不灭失的，这一次也不会灭失。我要把这保全民族文献的一部分担子挑在自己的肩上，一息尚存，决不放下。我做了许多别人认为傻的傻事。但我不灰心，不畏难地做着，默默地躲藏地做着。我在躲藏里所做的事，也许要比公开的访求者更多更重要。每天这样地忙碌着，说句笑话，简直有点像周公的一饭三吐哺，一沐三握发。有时也觉得倦，觉得劳苦，想要安静地休息一下，然而一见到书贾们的上门，便又兴奋起来，高兴起来。这兴奋，这高兴，也许是一场空，他们所携来的是那么无用、无价值的东西，不免感到失望，而且失望的时候是那么多，然而总打不断我的兴趣。我是那么顽强而自信地做着这事。整整的四个年头，天天过着这样的生活。这紧张的生活使我忘记了危险，忘记了威胁，忘记了敌人的魔手的巨影时时有罩笼下来的可能。为了保全这些费尽心力搜罗访求而来的民族文献，又有四个年头，我东躲西避着，离开了家，蛰居在友人们的家里，庆吊不问，与人世几乎不相往来。我绝早地起来，自己生火，自己烧水，烧饭，起初是吃着罐头食物，后来，买不起了，只好自己买菜来烧。在这四年里，我养成了一个人的独立生活的能力，学会了生火，烧饭，做菜的能力。假如有人问我：你这许多年躲避在上海究竟做了些什么事？我可以不含糊地回答他说：为了抢救并保存若干民族的文献工作，没有人来做，我只好来做，而且做来并不含糊。我尽了我的一分力，我也得到了这一分力的成果。在头四年里，以我的力量和热忱吸引住南北的书贾们，救全了北自山西、平津，南至广东，西至汉口的许多古书与文献。没有一部重要的东西曾逃过我的注意。我所必须求得的，我都能得到。那时，伪满的人在购书，敌人在购书，陈群、梁鸿志在购书，但我所要的东西决不会跑到他们那里去。我所拣剩下来的，他们才可以有机会拣选。我十分感谢南北书贾们的合作。但这不是我个人的力量，这乃是国家民族的力量。书贾们的爱国决不敢后人。他们也知道民族文献的重要，所以不必责之以大义，他们自会自动地替我搜访罗致的。只要大公无私，自能奔走天下。这教训不单用在访求古书这一件事上面的吧。

我的好事和自信力使我走上了这"狂胪文献"的特殊的工作的路上去。

我对于书，本来有特癖。最初，我收的是西洋文学一类的书；后来搜集些词曲和小说，因为这些都是我自己所喜爱的；以后，更罗致了不少关于古代版画的书册。但收书范围究竟很窄小，且因限于资力，有许多自己喜爱的东西，非研究所必需的，便往往割爱不收。"非不为也，是不能也。"

现在，有了比自己所有的超过千倍万倍的力量，自可"指挥如意"地收书了。兴趣渐渐地广赜，更广赜了；眼界也渐渐地阔大，更阔大了。从近代刊本到宋元旧本，到敦煌写经卷子，到古代石刻，到钟鼎文字，到甲骨文字，都感到有关联。对于钞校本的好处和黄顾（黄荛圃、顾千里）细心校勘特点，也渐渐地加以认识和尊重。我们曾经有一颗长方印："不薄今人爱古人"，预备作为我们收来的古书、新书的暗记。这是适用于任何图籍上的，也表明了我们的态度："不薄今人爱古人。"对于一个经营图书馆的人，所有的图书，都是有用的资材：一本小册子，一篇最顽固、反动的论文，也都是"竹头木屑"，用到的时候，全都能发生价值。大概在这一点上，我们与专门考究收藏古本善本的，专门收藏钞校本，或宋元本，或明刊白绵纸本，或清殿版，或清开花纸书的人有所不同。他们是收藏家。我们替国家图书馆收书却须有更广大、更宽恕、更切用的眼光，图书馆的收藏是为了大众的及各种专家们的。但收藏家却只是追求于个人的癖好之后。所以我为自己买书的时候，也只是顾到自己的癖好，不旁骛，不杂取，不兼收并蓄，但为图书馆收书时，情形和性质便完全不同了。

这使我学习到不少好的习惯和广大的见解，也使我对于过去从未注意到或不欲加以研究的古代书册，开始得到些经验和知识。

若干雕镂精工的宋刊本，所谓纸白如玉，墨若点漆的，曾使我沉醉过；即所谓麻沙本，在今日也是珍重异常，飘逸可爱。元刊本，用赵松雪体写的，或使用了不少简笔字、破体字的民间通俗本，也同样地使我觉得可爱或有用。

明刊本所见最多，异本奇书的发见也最多。嘉靖以前刊本，固然古朴可喜，即万历以下，特别是天启、崇祯间的刊本，曾被列入清代禁书目录的，哪一部不是国之瑰宝，哪一部不是有关民族文献或一代史料的东西！

清初刊本，在禁书目录里的，固然可宝贵，即嘉道刊本，经洪杨之乱，流传绝罕的，得其一帙，也足以拍案大叫，浮白称快！

即民国成立以来，许多有时间性的报章，杂志，我也并不歧视之。其间有不少东西至今对于我们还可以有参考的价值。

至于柳大中以下的许多明钞校本，钱遵王、陆敕先辈之批校本，为先民贤哲精力之所寄的，却更足以使我摩挲不已，宝爱不忍释手了。

可惜收书的时间太短促，从二十九年的春天开始，到了三十年的冬初，即"十二月八日"太平洋战争爆发后，即告结束，前后不过两年的工夫。但在这两年里，我们却抢救了、搜罗了很不少的重要文献。在这两年里，我们创立了整个的国家图书馆。虽然不能说"应有尽有"，但在"量"与"质"两方面却是同样的惊人，连自己也不能相信竟会有这么好的成绩！

说是"抢救"，那并不是虚假的话。如果不是为了"抢救"，在这国家存亡危急的时候，我们如何能够再向国家要求分出一部分——虽然是极小的一部分——作战的力量来作此"不急之务"呢？

我替国家收到也是园旧藏元明杂剧，是偶然的事；但这"抢救"民族文献的工作，却是有计划的、有组织的。为什么在这时候非"抢救"不可呢？

"八一三"事变以后，江南藏书家多有烬于兵火者。但更多的是，要出售其所藏，以赡救其家属。常熟瞿氏"铁琴铜剑楼"燹矣，楼中普通书籍，均荡然一空，然其历劫仅存之善本，固巍然犹存于上海。苏州"滂喜斋"的善本，也迁藏于沪，得不散失。然其普通书也常被劫盗。南浔刘氏嘉业堂，张氏适园之所藏，均未及迁出，岌岌可危。常熟赵氏旧山楼及翁氏、丁氏之所藏，时有在古书摊肆上发现。其价极其廉，其书时有绝佳者。南陵徐氏书，亦有一部分出而易米，一时上海书市，颇有可观。而那时购书的人是那么少！谢光甫君是一个最热忱的收藏家，每天下午必到中国书店和来青阁去坐坐，几乎是风雨无阻。他所得到的东西似乎最多且精。虽然他已于数年前归道山，但他的所藏至今还完好不缺。这是一个很重要的书库，值得骄傲的。我也常常到书店里去，但所得都为"奇零"，且囿于小说、戏曲的一隅。张尧伦、程守中诸位也略有所得，但所得最多者却是平贾们。他们辇载北去，获利无算。闻风而至者日以多。几乎每一家北平书

肆都有人南下收书。在那个时候，他们有纵横如意、垄断南方书
市之概。他们往往以中国书店为集中的地点。一包包的邮件，堆
得像小山阜似的。我每次到了那里，总是紧蹙着双眉，很不高
兴。他们说某人得到某书了。我连忙去追踪某人，却答道，已经
寄平了，或已经打了包了。寄平的，十之八九不能追得回来，打
了包的有时还可以逼着他们拆包寻找。但以如此方法，得到的书
实在寥寥可数，且也不胜其烦。他们压根儿不愿意在南方售去。
一则南方书价不高，不易得大利；二则我们往往知道其来价，不
易"虎"人，索取高价；三则他们究竟以平肆为主，有好书去，
易于招揽北方主顾。于是江南的图籍，便浩浩荡荡地车载北去。
我一见到他们，便觉得有些触目伤心。虽然我所要的书，他们往
往代为留下，但我的力量是那么薄弱，我所要的范围，又是那么
窄小，实在有类于以杯水救车薪，全不济事。而那两年之间，江
南散出去的古籍，又是那么多，那么齐整，那么精好，而且十分
的廉价。徐积余先生的数十箱清人文集，其间罕见本不少，为平
贾扫数购去，打包寄走。常熟翁氏的书，没有一部不是难得之
物，他们也陆续以低价得之。忆有《四库底本》一大堆，高及尺
许，均单本者，为修绠堂孙助廉购去。后由余设法追回，仅追得
其"糟粕"十数本而已。沈氏粹芳阁的书散出，他们也几乎网罗
其全部精英，我仅得其中明刊本《皇明英烈传》等数种耳。又有
红格钞本《庆元条法事例》，甚是罕见，亦为他们得去。他们眼
明手快，人又众多，终日蟠踞汉口路一带，有好书必为其所夺
去。常常觉得懊恼异常。而他们所得售之谁何人呢？据他们的相
互传说与告诉，大约十之六七是送到哈佛燕京学社和华北交通公

司去，以可以得善价也。偶有特殊之书，乃送到北方的诸收藏家，像傅沅叔、董绶经、周叔韬（弢）那里去。殿版书和开花纸的书则大抵皆送到伪"满洲国"去。我觉得：这些兵燹之余的古籍如果全都落在美国人和日本人手里去，将来总有一天，研究中国古学的人也要到外国去留学。这使我异常的苦闷和愤慨！更重要的是，华北交通公司等机关，收购的书，都以府县志及有关史料文献者为主体，其居心大不可测。近言之，则资其调查物资，研究地方情形及行军路线；远言之，则足以控制我民族史料及文献于千百世。一念及此，忧心如捣！但又没有"挽狂澜"的力量。同时，某家某家的书要散出的消息，又天天在传播着。平贾们也天天钻门路，在百计营谋。我一听到这些消息，便日夜焦虑不安，亟思"抢救"之策。我和当时留沪的关心文献的人士，像张菊生、张咏霓、何柏丞、张凤举诸先生，商谈了好几次。我们对于这个"抢救"的工作，都觉得必须立刻要做！我们干脆地不忍见古籍为敌伪所得，或大量地"出口"。我们联名打了几个电报到重庆。我们要以政府的力量来阻止这个趋势，要以国家的力量来"抢救"民族的文献。

我们的要求，有了效果。我们开始以国家的力量来做这"抢救"的工作。

这工作做得很秘密，很成功，很顺利，当然也免不了有很多的阻碍与失望。其初，仅阻挡住平贾们不将江南藏书北运，但后来，北方的古书也倒流到南方来了。我们在敌伪和他国人的手里夺下了不少异书古本。

"八一三"后的头两年。我以个人的力量来罗致我自己所需要的图书，但以后两年，却以国家的力量，来"抢救"许许多多的民族文献。

我们既以国家的力量，来做这"抢救"文献的工作，在当时敌伪的爪牙密布之下，势不能不十分的小心秘密，慎重将事。我们想用私人名义或尚可公开的几个学校，像暨大和光华大学的名义购书。我们并不想"求"书，我们只是"抢救"。原来的目的，注重在江南若干大藏书家。如果他们的收藏，有散出的消息，我们便设法为国家收购下来，不令其落于书贾们和敌伪们的手中。我们最初极力避免与书贾们接触。怕他们多话，也怕有什么麻烦。但书贾们的消息是最灵通的，他们的手段也十分的灵活。当我们购下苏州玉海堂刘氏的藏书，又购下群碧楼邓氏的收藏之后，他们开始骚动了。这些家的收藏，原来都是他们"逐鹿"之目标，久思染指而未得的。在这几年中，江南藏书散出者，尚未有像这两批那么量多质精的。他们知道力不足以敌我们，特别是平贾们，也知道在江南一带已经不能再得到什么，便开始到我家里走动，不时地携来些很好、很重要的"书样"。我不能不"见猎心喜"，有动于衷。和咏霓、柏丞二先生商量了若干次，我们便决定也收留些书贾们的东西。

这一来，书贾们便一天天地来得多，且来得更多了。我家里的"样本"堆得好几箱。时时刻刻要和咏霓、菊生、柏丞诸先生相商，往来的信札，叠起来总有一尺以上高——这些信札，我在"一·二八"以后，全都毁去，大是可惜。惟我给咏霓先生的信札，他却为我保存起来。我本来是一个"好大喜功"的人，收书的范围越来越广。所收的书，越来越多。往往弄得拮据异常。我殚心竭力地在做这件事，几乎把别的什么全都放下了，忘记了。我甚至忘记了为自己收书。我的不收书，恐怕是二十年来所未有的事。但因为有大的目标在前，我便把"小我"完全忘得干干净净。我觉得国家在购求搜罗着，和我们自己在购求搜罗没有什么不同。藏之于公和藏之于己，其结果也没有什么不同。我自己终究可以见到，读到的。更可喜悦的是，有那么多新奇的书，精美的书，未之前见的书，拥挤到一块来，我自己且有眼福，得以先睹为快。我是那么天真地高兴着，那么一股傻劲地在购求着，虽然忙得筋疲力尽也不顾。咏霓先生的好事和好书之心也不下于我。我们往往是高高兴兴地披阅着奇书异本，不时地一同拍案惊喜起来！在整整两年的合作里，我们水乳交融，从来没有一句违言，甚至没有一点不同的意见。咏霓先生不及看"升平"而长逝，我因为环境关系，竟不能抚棺一恸！抱憾终生！不忍见我们所得的"书"！谨以此"日录"奉献给咏霓先生，以为永念！

我们得到了玉海堂、群碧楼二藏书后，又续得嘉业堂明刊本一千二百余部。这是徐森玉先生和我，耗费了好几天工夫从刘氏所藏一千八百余部明刊本里拣选出来的。一举而获得一千二百部明本，确是空前未有之事。本来要将嘉业堂藏书全部收购，一以分量太多，庋藏不易；二则议价未谐，不如先撷取其精华。这些书最初放在我家里，简直无法清理，堆得"满坑满谷"的，从地上直堆到天花板，地上更无隙地可以容足。我们曾经把它们移迁到南京路科发药房堆栈楼上。因为怕不谨慎，又搬了回来。后来科发堆栈果被封闭，幸未受池鱼之殃——虽然结果仍不免于被劫夺。

韫辉斋张氏，风雨楼邓氏，海盐张氏，和涉园陶氏的一部分残留在沪的藏书，也均先后入藏。从南北各地书贾们手中所得到的，也有不少的东西。

最后，南浔适园张氏藏书，亦几经商洽而得全部收归国有，除了一部分湖州的乡邦文献之外。这一批书，数量并不太多，只有一千余部，但精品极富，仅黄荛圃校跋的书就在一百种左右。

这时，已近于"一·二八"了，国际形势，一天天地紧张起来。上海的局面更一天天地变坏下去。我们实在不敢担保我们所收得的图书能够安全地庋藏。不能不作迁地为良之计。首先把可列入"国宝"之林的最珍贵古书八十多种，托徐森玉先生带到香港，再由香港用飞机运载到重庆去。这事，费尽了森玉先生的心与力，好容易才能安全地到了目的地。国立中央图书馆接得这批书之后，曾开了一次展览会，听说颇为耸动一时。其余的明刊本、钞校本等，凡三千二百余部，为我们二年来心力所瘁者，也都已陆续地从邮局寄到香港大学，由亡友许地山先生负责收下，再行装箱设法运到美国，暂行庋藏。这个打包邮寄的工作，整整地费了我们近两个月的时间。叶玉虎先生在香港方面也尽了很大的力量。他在港、粤所收得的书也加入其中。

不料刚刚装好箱，而珍珠港的炮声响了，这一大批重要的文献，图书，便被沦陷于香港了。至今还未寻找到它们的踪迹，存亡莫卜，所在不明。这是我最为疚心的事，也是我最为抱憾、不安的事！

我们费了那么多心力所搜集到的东西，难道竟被毁失或被劫夺了么？

我们两年间辛苦勤劳的所得难道竟亡于一旦么？

我们瘁心劳力从事于搜集，访求，抢救的结果，难道便是集合在一处，便于敌人的劫夺与烧毁么？

一念及此。便捶心痛恨，自怨多事。假如不寄到香港去，也许可以仍旧很安全地保全在此地吧？假如不搜集拢来，也许大部分的书仍可楚弓楚得，分藏于各地各收藏家手里吧？

这个"打击"实在太厉害了！太严重了！我们时时在打听着，在访问着，然而毫无消息。日本投降，香港接收之后，经了好几次的打听，访问，依然毫无踪影。难道果真完全毁失了，沉没了么？但愿是依然无恙地保存在某一个地点！但愿不沉失于海洋中！但愿能够安全地被保存于香港或日本的某一个地方，我不相信这大批的国之瑰宝便会这样地无影无踪地失去！我祷求它们的安全！

今日翻开了那寄港书的书目，厚厚的两册，每一部书都有一番收购的历史，每一部书都使我感到亲切，感到羞歉，感到痛心！它们使我伤心落泪，使我对之有莫名的不安与难过！为什么要自我得之，复自我失之呢？

虽然此地此时还保存着不少的足以骄傲的东西，还有无数的精品、善本乃至清代刊本，近代文献，然而总觉得失去的那一批实在太可惜太愧对之了！我们要竭全力以寻访之，要"上穷碧落下黄泉"地寻访之！

政府正在组织一个赴日调查文物的团体，我希望这团体能够把这一批书寻到一个下落——除非得到了它们的下落，我的心永远是不能安宁的！

"一·二八"后，我们的工作不能不停止。一则经济的来源断绝；二则敌伪的力量已经无孔不入，决难允许像我们这样的一个组织有存在可能；三则，为了书籍及个人的安全计，我不能不离开了家，我一离开，工作也不能不随之而停顿了。

那时我们还不知道香港的消息如何，我们还在希望香港的书已经运了出去，但又担心着中途的沉失与被扣留。而同时存沪的书却不能不作一番打算。"一·二八"后的一个星期内，我每天都在设法搬运我家里所藏的书。一部分运藏到设法租得之同弄堂的一个医生家里；一部分重要的宋、元刊本、钞校本，则分别寄藏到张乾若先生及王伯祥先生处。所有的账册、书目等等，也都寄藏到张、王二先生处。比较不重要的账目、书目，则寄藏于来薰阁书店。又有一小部分古书，则寄藏于张芹伯先生和张葱玉先生叔侄处。整整忙碌了七八天，动员我家里的全体的人，连孩子们也在内，还有几位书店里的伙友们，他们无时无刻不在忙碌地搬着运着，为了避免注意，不敢用搬场车子，只是一大包袱、一大包袱地运走。因此，搬运的时间更加拖长。我则无时无刻不在担心着，生怕中途发生了什么阻碍。直等到那几个运送的人平安地归来了，方才放下心头上的一块石，这样，战战兢兢地好容易把家里的书运空，方才无牵无挂地离开了家。

这时候，外面的空气越来越恐怖，越来越紧张，已有不少的友人被逮捕了去，我乃不能不走。我走的时候是十二月十六日。我没有确定的计划，我没有可住的地方，我没有敷余的款子。我所有的款子只有一万元不到，而搬书已耗去二千多。从前暂时躲避的几个戚友处，觉得都不大妥，也不愿牵连到他们，只随身携带着一包换洗的贴身衣衫和牙刷毛巾，茫茫地在街上走着。那时，爱多亚路、福煦路以南的旧法租界，似乎还比较的安静些，便无目的向南走去。这时候我颇有殉道者的感觉，心境惨惶，然而坚定异常。太阳很可爱地晒着，什么都显得光明可喜，房屋、街道、秃顶的树、虽经霜而还残存着绿色的小草，甚至街道上的行人、车辆，乃至蹲在人家门口的猫和狗，都觉得可以恋恋。谁知道明天或后天，能否再见到这些人物或什么的呢！

我走到金神父路，想到了张耀翔先生的家。我推门进去，他和他的夫人程俊英女士，十分殷勤地招待着；坚留着吃饭和住宿，我感动得几乎哭了出来。在他那里住了一宿。但张先生是我的同事，我不能牵惹到他。第二天一清早，便跑到张乾若先生处，和他商量。乾若先生一口气答应了下来，说，食宿的事，由他负责。约定黄昏的时候，再来一趟，由他找一个人带我去汝林路住下。我再到张宅，取了那个小包袱，还借了一部铅印的《杜工部诗集》，辞别了他们，他们还坚留着我多住若干时日。我不能不辞谢了。说不出什么感激的话。那天下午在乾若先生那里，和他商定了改姓易名的事，和将来的计划。他给我以许多肯定而明白的指示。到了薄暮的时候，汝林路的房主人邓芷灵先生和夫人来了。匆匆地介绍一下，他们便领我到寓所那里去。电灯已经亮了，我随着走了不少不熟悉的路，仿佛走得很久，方才到了他们那里。床铺和椅桌都已预先布置好。芷灵先生年龄已经很大，爽直而殷勤，在灯下谈了好些话，直到我连打了好几次的呵欠。那一夜，我做了不少可怕的梦，甚至连汽车经过街上，也为之惊慌起来。

第二天，我躲在房里读杜诗，并且摘录好几首出来。笔墨砚纸等也是向张家借得的。

过了几天，心里渐渐安定了下来，又到外面去走走，然而总不敢走到熟悉的人家去，只打了一个电话回家说是"平安"而已。这样地便和"庙弄"的家不相往来！直到我祖母故世的时候，方才匆匆地再回来一趟，又匆匆地走了，一直在外面住了近四年的时候。

在这四年之间，过的生活很苦，然而很有趣。我从没有过这样地生活过。前几次也住到外面过，但只是短时期的，也没有这次那么觉得严重过。有时很惊恐，又有时觉得很坦然。有一天清晨，我走出大门，看见弄口有日本宪兵们持枪在站岗。我心里似被冰块所凝结，但又不能退回去，只好假装镇定地走了出去，他们并没有注意。原来他们在南头的一个弄堂里搜查着，并不注意到我们这一弄。又有一夜，听见街上有杂沓的沉重的皮鞋声，夹杂着兽吼似的叫骂声，仿佛是到了门口，但提神停息以听时，他们又渐渐地走过了，方才放心下来。有时，似觉得有人在后面跟着，简直不敢回过头去。有时，在电车或公共汽车上，有人注意着时，我也会连忙地在一个不相干的站头上跳了下去。我换了一身中装，有时还穿着从来不穿的马褂，眼镜的黑边也换了白边。不敢在公共地方出现，也不敢参与任何的婚、丧、寿宴。

我这样地小心地躲避着，四年来如一日，居然能够躲避得过去，而且在躲避的时候，还印行了两辑的《中国版画史图录》，有一百二十本的《应览堂丛书》，十二本的《长乐郑氏影印传奇第一集》和十二本的《明季史料丛书》，这不能不说是"天幸"！

虽然把旧藏的明刊本书、清刊的文集以及《四部丛刊》等书，卖得干干净净，然而所最喜爱的许多版画书、词曲、小说、书目，都还没有卖了去，正想再要卖出一批版画书而在恋恋不舍的时候，"天亮"的时间却已经到了。如果再晚二三个月"天亮"的话，我的版画书却是非卖出不可的。

在这悠久的四个年头里，我也曾陆续地整理了不少的古书，写了好些跋尾。我并没有十分浪费这四年的蛰居的时间。

在这悠久的四个年头里，我见到、听到多少可惊可愕可喜可怖的事。我所最觉得可骄傲者，便是到处都是温热的友情的款待，许多友人们，有的向来不曾见过面的，都是那么热忱地招呼着，爱护着，担当着很大的干系；有的代为庋藏许多的图书，占据了那么多可宝贵的房间，而且还担当着那么大的风险。

在这些友人们里，我应该个个地感谢他们，永远地不能忘记他们，特别是张乾若先生和夫人，王伯祥先生，张耀翔先生和夫人，王馨迪先生和夫人！有一个时候，那位医生有了危险，不能不把藏在那里的书全都搬到馨迪先生家里去！张叔平先生、张葱玉先生、章雪村先生等等，他们都是那么恳挚地帮助着我，几乎是带着"侠义"之气概。如果没有他们的有力的帮助，我也许便已冻馁而死，我所要保全的许许多多的书也许便都要出危险，发生问题。

我也以这部《日录》奉献给他们，作为一个患难中的纪念。

我这部《日录》，只是从"日记"中摘录出来的。无关于

"求书"的事的，便不录出。虽然只是"书"的事，却也不少可惊可愕可喜可悲的若干故事在着。读者们对于古书没有什么兴趣的，也许对之也不会有什么兴趣。且我只写着两年间的"求书"的经过——从二十九年正月初到三十年十二月初——有事便记，无事不录。现在还不知道能写到多少。说不定自己觉得不必再写，或者读者们觉得不必再看下去了时，我便停止了写。

我看中国早期木版画

——《天竺灵签》跋

　　一九三〇年前后，我在北京教书，大收明、清版画书，并旁及有插图的古书。三四年之间，所获甚多。间亦得元明之间的刊本。但宋版的木刻画，则绝未一遇。适某寺（汪源寺）的"佛脏"里的藏经，为僧侣们所"钩取"出售，单刊本的佛道经乃得大量出现于书肆。那些经卷多数是附有插图的，或上图下文（有如宋版的《列女传》），或文中插图。至"扉画"，则更是卷卷有之的了。但亦仅在此一时期出现过一次，有如昙花一现，以后，这一类经卷便不再看见了。我在那个时期，有见必收。初仅得明代中期的刊本，后乃渐见明初乃至金、元之间的版本。盖"佛脏"中之经卷，本非同时之物。佛像每经装修一次，则必加入新刊的经卷若干。时代越早，则越在下面。故其最下层，乃是最古之物。其中，有明洪武（一三六八——一三九八年）刊本的《天竺灵签》一书，亦为我所得。它是小型的折本，用粗厚的黄纸，两面印（洪武时代的佛道经，多有这样刷印的）。每一签均附有一幅插图。但其插图却极为简率，人物图像，仅具有依稀仿佛的"形体"而已，完全谈不到脸部表情和躯体动作。我们所见到的宋元以来的许多小型版画，从来没有像它似的如此粗糙、拙陋的。当然，在清代的晚期，像那样的似出于儿童的手笔的简陋不堪，甚至不成"形体"的插图，也还时有出现（像同、光版的《三国志演义》插图等）。但在我们的整个版画史上，那样的"堕落"时期是不多的，甚至是很短暂的，而且是在很个别的地区或年代里发现的。

我虽然不满意洪武本的《天竺灵签》的版画，但还是很重视它。因为它是今天所知的最早的一部同类的图籍。在那里，我们可以见到不少封建社会的人民生活的描写。没想到，过不了一年，我又从九经堂的刘姓书贾那里，得到了更古老的一部《天竺灵签》。照其形式看来，是要比洪武本早得多，可能是出于福建刻本或杭州刻本。其时代，当是南宋的晚期（约一二五〇年前后）。这本宋版的《天竺灵签》的插图，要比那部洪武本高明得多了。不仅图型较大，而且人物形象也大为生动活泼，在版画技术上它是相当成熟的，相当有成就的作品。它和那部洪武本的拙陋之作，迥然不同。它是属于专门的版画作家的好的作者之列。在早期的版画创作里，它无疑地是一部杰作。所引为余憾的是，这部宋版《天竺灵签》，印刷得比较晚，有不少幅是元人或明初人的补版。凡是"补版"的插图，其拙陋草率的程度便不下于那部洪武本。但"原版"的插图虽有些模糊之处，却仍极为优美可喜，保持着高度的艺术性。像"黄钟大吕"之音，是能令人心悦情怡的。把这部宋版的《天竺灵签》影印出来，不仅足以见到中国早期木版画的成就的高超，而且可以看到那个时代的人民生活的若干方面。因为原书纸色很黄暗，故用珂罗版印出。

一九五八年一月十七日郑振铎跋于北京

我为什么纂辑《中国历史参考图谱》
——《中国历史参考图谱》自序

　　我国史书，素不重图谱。《七略》只收书不收图。后世艺文之目，自《隋志》以下，递相因袭。故古人之图，日益亡佚而无纪。宋郑樵氏《通志》始创立《图谱》一略，其识至伟，诚屹然特立风雨不移之一二人也。樵云："见书不见图，闻其声不见其形；见图不见书，见其人不闻其语。后之学者，离图即书，尚辞务说，故人亦难为学，学亦难为功。"又云："辞章虽富，如朝霞晚照，徒煜耀人耳目；义理虽深，如空谷寻声，靡所底止。二者殊途而同归，是皆从事于语言之末，而非为实学也。以图谱之学不传，则实学尽化为虚文矣。"其言切中学者之蔽。宋人所刊《礼书》《乐书》《博古图》《三礼图》《营造法式》以及若干医书、佛典，均有插图。元明二代，则图之应用尤广，旁及小说、戏曲、类书（如《图书编》《三才图会》《事林广记》《永乐大典》），琴、棋谱以及兵书、农书、地志、训蒙之书，无不附图。清代崇尚朴学，图谱之作，继起无人。然皇家所镌《图书集成》《万寿盛典》《南巡盛典》《皇朝职贡图》《皇朝礼器图式》以及《避暑山庄》《平回》诸图，犹称浩瀚。惟近代则图与书始鲜并行耳。史学家仅知在书本文字中讨生活，不复究心于有关史迹、文化、社会、经济、人民生活之真实情况，与乎实物图像，器用形态，而史学遂成为孤立与枯索之学问。论述文物制度者，以不见图像实物，每多影响之辞，聚讼纷纭而无所归。图文既不能收互相发明之用，史学家遂终其生于暗中摸索，无术以引进于真实的人民历史之门。且如《三礼图》《三才图会》之书，考订未精，往往凭其意象，向壁虚构。明人之作，多不注出处，尤为可疑，固未足引以为据也。尝见明末新安刊本《奇器图说》，所附各图，与原本校之，辄乖误百出。凡有齿轮，皆画作圆形，诚所谓差之毫厘，失之千里矣。翻刻当代之图，尚谬讹如此，况摹古乎！有盗掘古墓者，于金玉宝物则取之，于有关考古之小器物，不为世重者，则尽弃之。学者则唯知注重有款识之器物，而遗其重要图纹、形态；于碑版塑像，亦往往仅传拓其文字，而忽视其全形与图型。在此种非科学之发掘与整理之下，古之遗物，被毁弃者多矣。尝闻寿县发掘时，工人尽取鼎彝诸器，而于木格之有彩画者，则任意抛毁之。又古墓中尝发见铜环极多，闻皆古漆器之附属物，而原器则胥遭蹂躏矣。言之不胜愤慨！近二三十年来，考古之学大兴，我国乃渐有科学方法之发掘。而法、英、日诸学者，亦多专门之著述。时则地不秘宝。古藏大启，古器物、古文书大出不穷。周口店"北京人"之发现，仰韶文化、小屯文化之重见光明，乐浪古墓之开启，西陲汉简之获得，敦煌文库之整理，正仓院文物之研究，乃至各地史前遗址之相继发见，河南之洛阳、辉县、汲县、新郑、浚县，河北之易县，山西之浑源，陕西之宝鸡，湖南之长沙，安徽之寿县，浙江之绍兴，广东之广州诸地，亦迭有重要古器、古物之出土。论述我国上古、殷、周、秦、汉、三国、六朝、唐、五代、宋、元史者，乃有文献足征之喜矣。而内阁大库之门既开，清代禁毁之书复大集，明清档案，内阁珍秘，亦均公开于世。加之以近代印刷术之进步，凡昔人所未得一睹之宝绘墨迹，鼎彝瓷皿，石像泥俑，壁画零缣，亦悉得传其真相。我人读 Chavamne，Steine 诸氏之书，安阳、乐浪、通沟、城子崖诸地之发掘报告，梅原末治之古铜器及舟车武器之研究，常盘大定之佛教史迹之巨编，云冈、龙门石像之摄影，以及《白鹤帖》《泉屋清赏》《东瀛珠光》《爽籁馆欣赏》《东洋历史参考图谱》《故宫书画集》《月刊》《周刊》，与夫现代诸家之关于古器物之专著，殆有神怡心醉，应接不暇之感。以视数十年前，诸学者仅能以摩挲金石拓文自喜者，诚有幸生此代之欢欣！惟考古图版之书，多至千百，卷帙繁重，每非一般学者力所能致，且亦不能尽致。历史教学诸君亦尚有墨守旧规，未窥新地者。余因发愿纂辑《中国历史参考图谱》一书，化繁为简，取精撷华，俾人人皆能置此一编，而亲炙于古人之实际生活。虽非专家之作，或可为入门之助。倘与当代历史教学诸君，有微末之贡献，则余所殚之心力，为得偿矣。

一九四七年二月一日

再说我为什么纂辑
《中国历史参考图谱》

——《中国历史参考图谱》跋

收集小说戏曲和其他有插图书籍将近三十年。曾把这些材料，选其重要的，编为《中国版画史图录》，在七八年中，陆续出版了五辑，二十册。在这之前，我所编的《文学大纲》《插图本中国文学史》，以及《恋爱的故事》等书，都是有多量的插图的。为什么我对插图那么重视呢？书籍中的插图，并不是装饰品，而是有其重要意义的。不必说地理、医药、工程等书，非图不明，就是文学、历史等书，图与文也是如鸟之双翼，互相辅助的。中国书籍附有插图的本来很少，甚至有两部《地名大辞典》，都不约而同地连中国全图也不曾附入！像这样的《地名大辞典》，照例是应该有大量的地图和城坊街道图，古迹名胜图等等的。为什么编辑者或出版者那么忽视插图的作用呢？我想，没有别的原因，主要的还是图省事，怕麻烦；根本上，他们是忽视或蔑视了读者的需求，对出版事业不够负责。在许多历史书里，则更不易找到什么插图。而历史书却正是需要插图最为迫切的。

从自然环境、历史人物、历史事件、历史现象，到建筑、艺术、日常用品、衣冠制度，都是非图不明的。有了图，可以少说了多少的说明，少了图便使读者有茫然之感。过去的许多历史书，除了小学或一部分中学的历史课本里，偶然附有很简单的插图之外，许多中国通史，除了翦伯赞先生的《中国史纲》之外，几乎全都是不着一图。我在念中学的时候，就喜欢念历史。以后，对历史的兴趣一天天地浓厚。我曾经手抄过一部《史通》。对章实斋的《文史通义》也下过一番功夫。虽然没有能力著作一部通史，而对这个有文无图的历史，却是久已不满的。在抗日战争时期，我不曾买过一部日文书。日本投降之后，大批的日文书在书店里出现。我偶然去翻翻，有一次，见到一部石田干之助编的《东洋历史参考图谱》，觉得正是我们读中国史的人所需要的东西，便把它买了来。那里面，收集的材料相当丰富，特别是利用了莫利逊文库（即东洋文库）的藏书，恣意地翻印了许多欧美来源的关于中国的图片，那些东西是我们久想见到而没有机会见到的。我很兴奋，翻读了一遍、两遍、三遍。我心里浮现一个幻想：为什么我们自己不来编辑那样的一部"参考图谱"呢？中国历史参考图谱由一个非中国人来编，总是隔了一层的。这是应该由我们自己来动手的一个大工作。我和朋友们谈到这事，和好些出版家谈到这事。有的是漠然无动于衷。但方行同志和刘哲民先生却大力地鼓励我动手做这个工作。由他们邀集了十多个朋友们，各出资金，组织了一个《中国历史参考图谱》刊行会，立刻开始工作。谢辰生同志帮助我工作了一个时期。但大部分的工作都是我自己动手的，从选择材料到剪贴图版，编写说明。除了购备了一部分纸张之外，所有的资金都给我作为购置参考图籍之用。在短短的七八个月之间，我的家里成为一个规模不很小的中国历史的参考图书室。我所搜到的有关考古、历史的文献图谱，特别是日文的和英文的，是大江以南最丰富的一个收藏。我利用着这些藏书，开始着手编写这部《中国历史参考图谱》，同时便开始发售预约。这是一九四七年春天的事。预计在一九四八年的春天可以完成这个工作，每月出版两辑，在一年之内把全书二十辑出齐。但着手之后，就觉得这个工作没有预想的那么简单，那么容易。首先是，必须把每一个时代的文献和参考图谱搜罗得相当完备。编辑唐代的几辑时，为了要找一部《东瀛珠光》，一部《西域考古图谱》和一部伯希和的《敦煌千佛洞》便费了很大的气力。这些书都不是仓猝之间所能得到的，它们是"可遇而不可求"的。幸亏沈仲章先生借给我一部《东瀛珠光》，南京图书馆借给我半部《千佛洞》，而《西域考古图谱》也由某书肆得到了一部，总算把这几辑应有的资料，都收集得差不多了。类此的情形仍不时遇到。有时，为了一部资料之不能得到，只好暂时放下工作在等候。有时，知道某地方有那一部书，写信去借，却被拒绝了，只好千方百计地自己设法去搜购。除了极少数的书，因为实在不易得到，不能不改用他书转载的第二手资料之外，绝大多数都是能够得到手的。友人们的温情的帮助与书坊中老友们的代为竭力搜罗，是感谢不尽的。有一个时候，为了要买一部英国人犹氏收藏的中国瓷器、铜器、壁画目录，竟费了很大的力量在张罗书款。总之，在这方面，我费的气力的确很不少；所受到的苦乐，也诉说不尽。如鱼饮水，冷暖自知。我明白：不把握到大批资料，不搜集到相当完备的文献与参考图籍，这编辑工作就没法进行。工欲善其事，必先利其器。在这里，"器"便是"资料"。而这工作，范围是那么广大，所涉及的学问又是那么多样而复杂。我不弄甲骨文，不弄铜器，对绘画也还没有入门。是新鲜的，是刚刚接触到的，却非抱着郭沫若先生著和日本著的好几部书下死功夫读完它们不可。这是足够兴奋的。当每一辑的"材料"收集得差不多的时候，便放在一处，有时是几张桌子，有时连床榻上也都占满了，仔细地在那些"材料"里，选择出所需要的图片来。开始总是多选了三四倍。经过两次至三次的审阅，最后才决定要选用哪些幅。有时，踌躇不决，觉得这也好，那也好，究竟用哪一幅呢？要决定最有代表性的图片，是煞费工夫的。选得差不多了，便动手用刀、用剪子，有时也用到其他工具，把原书拆开，取出需要的图片出来——原书总要损坏些。为了这，便在事实上不能借用图书馆的或私人们的藏书——这时所选取的图片，还比实际需要的要多出一倍左右。把这些图片，逐幅地再仔细翻阅过，仔细比较，审视，并排比次第。然后，才作最后的决定，写好这一辑的目录。根据这目录，把图片逐一地加以拼贴。为了不使图片剪坏，有时，拼贴工夫是花费得不少的。拼贴成一张一张的或大或小的页子后，再贴上印好的每辑每页的页数及每一图片的号码。为怕有错，不惮烦地再仔细检阅过几遍。有时，临时发现图片选得有问题，便再行改换过；或前后次序不妥，便再行改贴过；或号码贴错了，竟全行改贴过。像这样的工作，从开头到末了，都是我一个人动手。在贴号码时，谢辰生同志和家里的人偶然也帮些忙。把这一张一张的已贴好的页子，交摄影处拍照。拍好照，才交珂罗版印刷所付印。珂罗版印刷，全是使用手工的。为了设备不够，气候的寒暖和阴晴，都会影响到图面的好坏。工人们技术的好坏，配料和油墨的良窳，也影响到图面的清晰与否。有时，一张图版印好了，发现了"模糊"等短点，便重行制版。有时，原书图片本来模糊不清，只好设法另行访觅比较清晰的。实在找不到第二来源的时候，方才勉强地用上原来的那一张。这其间的每一过程，也都是我自己和印刷工人们商酌、讨论的。有什么缺点，特别是在技术上，都应该由我个人负责。当每一辑印成后，便开始写"说明"。在那么广泛的范围内，把每一种选用的图片，都多多少少加以说明，有时并加以考证、辨解，实在不是一件简单的事。有时，为了解释一个图片，曾费去了好几天的探索、翻检的工夫。有时，为了一二部参考书的不曾找到，便花费好几天的工夫在书肆，或在图书馆中寻找着。有时，竟因为实在找不到那一二部书，只好把"说明"的写作，搁置了下去。因此，当《图谱》出版了六辑之后，虽曾陆续又影印了好几辑，却都因为"说明"没有写成，不曾分送给读者们。同时，为了把所有的资金都花在购置参考图籍上面，开始显得有点困难起来，购纸和印刷的费用都要设法去借。在这时候，张葱玉先生的藏画不幸为人捆载出国，徒留图影，亟思印行。我便和他商量，由我替他印出，那便是《韫辉斋所藏唐宋以来名画集》。由于这个画集的出版，我便想起：何不把域外所藏的中国古画搜罗起来印出，一面记录过去被掠夺、被盗卖的情况，提高我们的警惕心，一面借以加强人民对于祖国伟大艺术作品的爱护心呢？在愤激的情绪下，便不顾一切地先把《西域记》三辑印了出来，这是把英、法、德、日帝国主义者们怎样在中国西陲恣意地掠夺我们伟大的艺术作品的面貌完全暴露出来的一部书。读者们的热烈的欢迎这部书，使我有勇气在一年半之内，把二十四辑的《域外所藏中国古画集》全部印了出来。为了方向的转变，注意力的转移，竟使《中国历史参考图谱》的编辑工作长期地停顿了下来。预计在一九四八年春天可以全部完成的，到了一九四八年年底，还只是发行了四分之一。环境是一天天地恶劣了。在一九四九年二月，我不能不从上海出走到香港。在香港住了很短的时期，便到解放区来。编辑工作只好完全停顿。但实在是没有一天不在想把这工作结束了的。这实在是一个沉重的债务，沉重的负担。读者们也督促得很切，责备得很严厉。在同年的冬天，我回到了解放了的上海的时候，又续编了好几辑印出。同时，把好些参考图籍带到北京来，以便继续工作。一九五〇年的一年，断断续续地都在编辑着。到了今年的三月间，总算把最后一辑编完。原来想在一年之间完成的工作，竟花了四个年头的时间才做完。对于读者们竟失了信用三年！这是我万分抱歉，万分不安的！但这三个年头的迟延，也不是完全没有补偿的。在这几年里，我见到的东西更多了，得到的资料也更丰富了。有许多过去不能得到不能见到的东西，差不多都可以得到、见到了。最可惜的是：近五千箱最重要的艺术品，最珍贵的出土文物，最有价值的历史文献，都被蒋帮在解放前运到台湾去了。在其中有无数材料可以补充这部图谱，有不少材料是从来不曾"见过天日"的，如今都没法收入了。但新近出土的文物，最近发现的文献，却是尽可能地把它们收入。有的若干辑，早已出版，新材料却无法加入。将来还想于再版时加入，或另编"补编"若干辑，来容纳这些重要的新的资料。

这一部《图谱》得于现在完成出版的工作，完全依靠了读者们的帮助与督促，同时更要向四年如一日的许多位朋友们的热忱的帮助与鼓励致谢，他们是那样地在精神上、在物质上给我以说不尽的帮助与鼓励；特别应该提起的是方行同志，他组织许多同志们，成为这部《图谱》刊行会的骨干，在最困难的时候，不断地予以支持；李健吾先生和刘哲民先生，他们是那么恳挚地给我以种种的援助。还有无数位的相识的与不相识的朋友们，都经常地供给我以重要的资料。像殷代的一辑，周代的二辑，李济之先生和郭宝钧先生便毫无吝啬给了我许多最可宝贵的出土文物的照片；汉代的二辑，夏鼐先生和曾昭燏先生便给了我好些从未发表过的图片。章伯钧先生则借给我一批关于太平天国及其他近代史的图片。这不仅是我个人应该向他们致谢的。还有许多朋友们所供给的"资料"，我都在每辑的"说明"里，一一地注明，不能在这里列举出来了。总之，这部《图谱》是合众力以成之的，依靠了大家的力量才能有了现在的成绩。假如有什么缺点，有什么错误，有什么不妥善、不正确之处，那却是应该由我完全负责的，选择与排比编辑之责都是由我个人动手的，我不能推诿任何一张图片、一句话、一个字的不正确或有错误的责任。为了学力所限，不正确或错误之点是不能免的。在再版之前，希望专家和读者们能够多提意见，多赐批评，多予指正。像这样的一部书乃是属于人民的，也是现在所正需要的，决不是个人的著作，决不能使它有任何不妥善或不正确或有错误之处存在。过去曾依靠着大家的力量完成了这么一部相当弘伟的书，现在更应该依靠大家的力量，使它更完美，更正确，更妥善，更无错误。作为一个编者，是诚挚地欢迎、接受任何正确的批评、指正与意见的。敬在此向所有的帮助者致衷心的谢意！

一九五一年五月十一日

选自郑振铎编《中国历史参考图谱》（上海出版公司1951年版）

第二辑　师友忆往

丰子恺和他的漫画

——《子恺漫画》序

　　中国现代的画家与他们的作品，能引动我的注意的很少，所以我不常去看什么展览会，在我的好友中，画家也只寥寥的几个。近一年来，子恺和他的漫画，却使我感到深挚的兴趣。我先与子恺的作品认识，以后才认识他自己。第一次的见面，是在《我们的七月》上。他的一幅漫画《人散后，一钩新月天如水》，立刻引起我的注意。虽然是疏朗的几笔墨痕，画着一道卷上的芦帘，一个放在廊边的小桌，桌上是一把壶，几个杯，天上是一钩新月，我的情思却被他带到一个诗的仙境，我的心上感到一种说不出的美感，这时所得的印象，较之我读那首《千秋岁》（谢无逸作，咏夏景）为尤深。实在地，子恺不惟复写那首古词的情调而已，直已把它化成一幅更足迷人的仙境图了。从那时起，我记下了"子恺"的名字。佩弦到白马湖去，我曾向他问起子恺的消息。后来，子恺到了上海，恰好《文学周报》里要用插图，我便想到子恺的漫画，请愈之去要了几幅来。隔了几时，又去要了几幅来。如此地要了好几次。这些漫画，没有一幅不使我生一种新鲜的趣味。我尝把它们放在一处展阅，竟能暂忘了现实的苦闷生活。有一次，在许多的富于诗意的漫画中，他附了一幅《买粽子》，这幅上海生活的片断的写真，又使我惊骇于子恺的写实手段的高超。我既已屡屡与子恺的作品相见，便常与愈之说，想和子恺他自己谈谈。有一天，他果然来了。他的面貌清秀而恳挚，他的态度很谦恭，却不会说什么客套话，常常讷讷的，言若不能出诸口。我问他一句，他才质朴地答一句。这使我想起四年前与圣陶初相见的情景。我自觉为他所征服，正如四年前为圣陶所征服一样。我们虽没有谈很多的话，然我相信，我们都已深切地互相认识了。隔了几天，我写信给他道："你的漫画，我们都极欢喜，可以出一个集子么？"他回信道："我这里还有许多，请你来选择一下。"一个星期日，我便和圣陶、愈之他们同到江湾立达学园去看画。他把他的漫画一幅幅立在玻璃窗格上，窗格上放满了，桌上还有好些。我们看了这一幅又看了那一幅，震骇他的表现的谐美，与情调的复杂，正如一个贫窭的孩子，进了一家无所不有的玩具店，只觉得目眩五色，什么都是好的。我道："子恺，我没有选择的能力，你自己选给我吧。"他道："可以，有不好的，你再拣出吧。"这时，学园里的许多同事与学生都跑进来看。这个小小的展览会里，充满了亲切，喜悦与满足的空气。我不曾见过比这个更有趣的一个展览会。当我坐火车回家时，手里挟着一大捆的子恺的漫画，心里感着一种新鲜的如占领了一块新地般的愉悦。回家后，细细把子恺的画再看几次，又与圣陶、雁冰同看，觉得实在没有什么可弃的东西，结果只除去了我们以为不大好的三幅——其中还有一幅是子恺自己说要不得的——其余的都刊载在这个集子里，排列的次序，也是照子恺自己所定的。

　　　　郑振铎　一九二五年十一月九日

　　　选自《子恺漫画》（文学周报社1926年1月版）

程及和他的水彩画

——《程及水彩画集》序

一个艺术家的成功，多半要靠自己的辛苦工作。所谓"天才包含九分苦作，一分灵感"，确是不易之论。绘画为艺术部门中需要更多的苦作的艺术。我尝在巴黎参观罗丹博物院及恩那博物院等处，见罗丹及恩那写一幅名作之成功，不知要耗费多少的尝试与苦辛。每一幅名画，都不是即兴之作，更不是挥毫即成的东西。在数十百幅的底稿里，一线条，一姿态，均曾经作者绞尽脑力，惨淡经营着。然后才能由这数十百幅的底稿里，精心在意地选出一二幅最满意者作为绘彩的底稿。这功夫是无异于化学家之实验一种新的化合物，医学家之发见一个新的病菌的。所谓"对客挥毫"的一类把戏，实为中国画所以沉沦于九渊之下而不能自拔的根本原因。中国画在唐宋时代无不以苦作。元代文人画盛行，始有即兴的小景与乎无根之兰，古拙之梅等等的画页。然大画家辈仍自有其刻意经营之作。所谓笔墨山水，拳石小竹及兰梅之类，乃是文人寄托之所在；美人香草，高歌当哭，其寄托民族之恨于残山剩水之间的情怀，正不下于屈子之赋《离骚》，渊明之作《桃花源记》也。后人未悟其旨，乃妄以为斯途甚易，群趋于此种文人画的拟作。于是即兴之作，遂占领了整个中国的画坛，"院画"作者的精神，扫地以尽，自西洋画作风灌输进来之后，画坛的风尚为之一变。从基本习作做起的精神渐为艺人所重视，文人画的狂潮曾有一时为之抑低不少。不幸，为时不久，而西洋画作家辈乃复多数改弦重张，仍迷恋于即兴的文人画之作，近且此风益炽，人人避难就易，安于急就，中国画坛的前途岂可复问乎？"挽狂澜于既倒，障百川而东之"，正所望于诸青年画家。然非有过人之才识，刻苦之精神者殆不足以语此。友人程及君喜作画。独有远见特识，不避艰苦，专习西洋画。众醉独醒，诚可谓为豪杰之士也。程君日挟画具，随处写生。然尝举行两次个展，而所陈列的画幅却只是数十幅之精品，可知程君选择之精严慎重。今程君复择其最精者十六幅，编为一册，付印行世。题材不离上海社会的众生相，亦间有静物写生，然其清新豪迈之作风，已足雄视一时矣。我一遍一遍地欣赏，惟恐其尽，但觉其少，不足以餍我心。然而画坛风尚之转变，此册的印行，必当有若干影响也。偶有所感，聊为之序。

中华民国三十年十月一日郑振铎作

原载1945年第1卷第4期《新文化》

记吴瞿安先生

我们对于终身尽瘁于教育事业，志不旁骛，心无杂虑的人，应该特别地致敬意。自中国教育制度改革以来，这样诚笃忠恳的教员们，所在多有，但更多的却是借了做教员为"登龙之术"，为阶梯，为过渡，为暂时的安身之地，一有机会，便飞了开去。吴瞿安先生是一位终身尽瘁于教育事业的人。他从来没有离开过他的岗位。他从二十七岁（宣统二年）任职于存古学堂起始，在南京第四师范教了一年，在上海民立中学教了四年，在北京大学教了六年，在南京东南大学教了近五年，在上海光华大学及南京中央大学两校兼教了两年，在南京中央大学教了七年，直至民国二十六年卢沟桥事变起来后，始避寇西迁，不复以舌耕为业。他自汉口转寓湘潭，再迁桂林，转至昆明，于二十八年三月十七日卒于云南大姚县李族屯，年五十六。没有多少人像他那样地专心一志于教育事业的。他教了二十五年的书，把一生的精力全都用在教书上面。他所教的东西乃是前人所不曾注意到的。他专心一志地教词、教曲，而于曲，尤为前无古人，后鲜来者。他的门生弟子满天下。现在在各大学教词曲的人，有许多都是受过他的熏陶的。

教词的人，在北方有刘毓盘先生，教曲的人却更少了。在三十年前，曲是绝学。王国维先生写过《宋元戏曲史》，写过《曲录》，但他不曾教过曲。他是研究"曲史"的，对于"曲律"一类的学问，似乎并不曾注意过。瞿安先生却兼长于"曲史"与"曲律"。他自己会唱"曲"，会谱"曲"。在今日，能谱"曲"的人恐怕要成为"广陵散"了。

二十多年前，我还不曾和瞿安先生相识。有一次，和几位朋友游天平山，前面有一只船，在缓缓地荡着，有一个人和着笛声在唱曲，唱得高亢而又圆润。一位朋友道："瞿安先生在前面船上呢。""是他在唱么？""是的。"因为我们这只船也是缓缓地荡的，始终没有追上，所以我们没有见面。

后来，我到南京去访"曲"，才拜访瞿安先生。我们谈得很起劲。又一次，我到苏州去找他，在他书房里翻书，见到了不少异书好曲。他从来不吝惜任何秘本。他很殷勤地取出一部部的明刊传奇来。我有点应接不暇。我们一同喝着黄酒，越谈越起劲。他胸中一点城府也没有，爽直而恳挚。说到后来，深以这"绝学"无后继者为忧。他说道："我几个孩子，都不是研究曲子的。"言下仿佛"深有憾焉"似的。但我后来知道，他有一位世兄，也是会唱曲的。有人说他会使酒骂座。这不尽然。他喝了酒，牢骚更多是实在的，但并没有"狂书生"的习气。我们说起董康刻的《咏怀堂四种曲》。他说："原本在我这里呢，董刻妄改妄增的地方不少。我一定要发其覆。"原本很模糊，是很后印的本子了，所以董刻本便大加改动。我很高兴瞿安先生能够加以纠正。可惜他后来始终没有动笔。这本子不知乱后尚在人间否。

此志一定要有人完成它才好。

我向他借了好多明刊本传奇照了相，还借了他的一批《周宪王杂剧》的原刻序跋，这些序跋他印《奢摩他室曲丛》时还没有得到，所以不曾印入，他都慨然地允诺了。如果没有他这一批序跋，我对于《周宪王杂剧》的研究是不会完成的。

"一·二八"倭变时，他的《奢摩他室曲丛》三四集虽已印好，却全部毁失，连带地把他待印的若干珍贵曲本也都烧掉。这不是金钱所能赔偿的。事后他给我一封信道："曲者不祥之物也。"可以说是"伤感"之至了！然而他并不灰心。有好曲，他还是要收罗。他见到我的唐英《古柏堂传奇》和《青楼韵语》都借了去钞。他的曲子还保存得不少。他仍然在中央大学教他的词曲。他在这时期，为我的《清人杂剧二集》写了一篇序。

我们并没有见过多少次面，但彼此的心是相印的。不仅对于我，对于一切同道者，他都如此。他把所藏的善本曲子，一无隐匿地公开给他的学生们。友人任中敏、卢冀野二先生都是研究"曲子"的，得他的助力尤多。中敏在北大，冀野在中大，都是听他的课的。有许多教授们，特别是在北方的，都有一套"杀手锏"，绝对不肯教给学生们。但瞿安先生却坦白无私，不知道这一套法术。他帮助他们研究，供给他们以他全部的藏书，还替他们改词改曲。他没有一点秘密，没有一点保留。这不使许多把"学问"当作私产、把珍奇的"资料"当作"独得之秘"而不肯公开的人感到羞愧么？假如没有瞿安先生那么热忱地提倡与供给资料，所谓"曲学"，特别是关于"曲律"的一部分，恐怕真要成为"绝学"了。王静安先生走的是"曲史"一条路，但因为藏曲不多，所见亦少，故于明清戏曲史便没有什么大贡献。他的《曲录》，是一部黎明期的著作，而不是一部完美无疵的目录。至于瞿安先生则对于此二代的戏曲及散曲，搜罗至广；许多资料都是第一次才被发现的。经过他加以选择与研讨之后，泥沙和珠玉方才分别了开来。我们研究戏曲和散曲，往往因为不精曲律，只知注意到文辞和思想方面，但瞿安先生则同时注意到它们的合"律"与否。因之，他的批评便更为严刻而深邃。

他的藏书，除曲子以外，还有不少明版书。他榜其书斋曰百嘉室，意欲集合一百种明嘉靖刊本于此室，但似乎因为力量不够，一百种的嘉靖刊本始终没有足额。当他西迁时，随身携带了好几箱的书去，其中当然以曲子书为最多。其余的书都还藏在苏寓。经此大劫，好像还不曾散失。在滇的书，则已由他的学生们在清理编目。这一批宝藏是瞿安先生一生精力之所聚，最好能够集中在一处，由国家加以保存，庋藏在某一国立图书馆，或北京大学或中央大学图书馆中，特别地设一纪念室（或即名为"百嘉室"吧）以作瞿安先生的永久的纪念。这个提议，我想他的朋友们和学生们一定会赞成而力促其实现的。已印的《奢摩他室曲丛》第一集和第二集，仅不过是瞿安先生所藏的精本的一小部分。其他重要的资料还很多；一旦公开了，对于研究曲子的人，一定是很有作用的。而于瞿安先生一生坦白无私，不以资料为己有的精神，也更能够发挥而光大之。

瞿安先生早年曾写了不少剧本：杂剧有《暖香楼》，写《板桥杂记》所载姜如须与李十娘事；《落茵记》，写一女学生堕落的事；《无价宝》，为祝秉纲题黄荛圃《鱼玄机诗思图》而作，"宋廛觞咏，不过陈藏家故实"而已；《惆怅爨》为《四声猿》型的北曲，凡五折，演四个故事，一为《香山老放出杨枝妓》，二为《湖州守乾作风月司》（二折），三为《高子勉题情国香曲》，四为《陆务观寄怨钗凤词》；《轩亭秋》，记秋瑾被杀事，仅见楔子一套。传奇有《苌弘血》（未见传本），写戊戌政变事；《风洞山》，写明末瞿忠宣尽节事；《东海记》，写孝女殉姑被诛事；《双泪碑》，写汪柳依事；《绿窗怨记》，为一言情之作。又有《白团扇》及《义士记》，俱未见传本。后又将《暖香楼》改写，易名为《湘真阁》，曾见伶人演唱，但在中年以后，他却不曾有过什么新作。

他的剧本有一个特色，便是鼓吹民族主义，大都写于清末，为那时候的民族革命者作鼓吹宣传之用，像《苌弘血》《暖香楼》《轩亭秋》和《风洞山》全都是的。他尽了他那个时代的一个革命者的任务。这与他的慷慨激昂的性情很相合的。凡是一个性情真挚、坦白的人，殆无不是走在时代之前或与时代一同迈步前进的。虽他所用的工具是南北曲，是不大能够演奏的昆腔，然而他是尽了他的一分责任的。

他的《霜厓曲录》《霜厓词录》及《霜厓诗录》，也多慷慨激昂之作。

他很早便写了一部《词馀讲义》和《顾曲尘谈》及《奢摩他室曲话》。后来又写了《词学通论》《曲学通论》《中国戏曲概论》《元剧研究ABC》《南北词简谱》诸书。而于《南北词简谱》用力尤深。他所选编的书则有《古今名剧选》《曲选》及《奢摩他室曲丛》初二集。对于曲史的研究，曲律的探讨，资料的传布，他都尽了很大的心力。从前鄞县姚梅伯（燮）也对曲子很用心，曾作了一部《今乐考证》，选了一部《新乐府选》，但总没有他那么于曲子的各方面无不接触到，而且无不精研深究的。

他名梅，字瞿安（瞿一作臞或癯），一字灵鹣，号霜厓，吴县人（原为长洲县学诸生，民国后长洲并入吴县）。清末，尝两应江南乡试，不中，即弃去。一游河南，入河道曹某幕，不久，也就南归。自此，便以教学为终生的事业。

忆愈之

愈之姓胡氏，名学愚，上虞人，是一个苦学出身的学者。曾经相信过无政府主义，提倡过世界语，创导过写别字运动。他身材矮小，组织的能力却极强。我们在二十几年里，没有间断过一天的友谊。我们还同事过七八年，几乎天天在一起。我从来没有见过他有脸红耳赤的情形发生，他永远是心平气和的，永远是和蔼明朗的，只除了一次，他曾经受过极深刻的刺激，态度变得异常的激昂而愤慨。

那一次是清党的事件刚发生，他走过宝山路，足下踏着一堆的红血，竹篱笆旁，发现了好些被杀的尸身。他气促息急地跑到了商报馆，立刻便草拟致几位党国元老的代电。这是他从"编辑室"的生活转变到政治活动的开始，也是他从一个无政府主义者变成了一个实际行动者的开始。

他从巴黎经由莫斯科回国，使他思想变动了不少。他写了一本很有名的《莫斯科印象记》，似较秋白的《赤都心史》尤得读者的赞颂。

我在北平教书的时候，他在上海正和宋庆龄、杨杏佛诸位从事于济难会的工作。他始终站在一个人道主义者的立场上，反对暴力，反对杀戮。

"九一八"事件后，他成了最热忱的抗日家。他主编着复刊后的《东方杂志》，使这古老的定期刊物放射出异常焕烂的光彩。然终于不为那古老的出版家所容，他不得不辞职以去。

他为开明书店主持《月报》的编辑，这是中国杂志界的一个创格的刊物。

他为生活书店创办《世界知识》，尽了不少介绍国际新闻和常识的功能。这杂志的性质，也是空前未有的。

他决定着《文学》的创刊，《太白》的出版，《中华公论》的编辑，《文学季刊》和《世界文库》的发行。最生气蓬勃的生活书店的一段历史乃是愈之所一手造成的。

《鲁迅全集》的编印出版，也是他所一力主持着的，在那样人力物力缺乏的时候，但他的毅力却战胜了一切，使这二十巨册的煌煌大著能够在很短的时间内印出。

伟大悲壮的鲁迅葬礼的举行，也是他在策动着的。

他团结了许多不同阶层、不同职业的人物，做着救国运动，这运动的人物们在上海曾发生了很大的作用，直到"十二月八号"的珍珠港事件发生后才解体。

他组织了许多有力的刊物与团体，但从来不把持着它们；他总是"功成身退"的。除了几个最亲密的友朋们以外，外边的人没有一个知道他是那些刊物和团体的真正发动者和主持者。

他的眼光是那样的远大，他的见解是那样的明晰，他的思想是那样的彻底，他的心胸是那样的博大，人家被包罗在内而往往尚不自知。

他宽恕，他忠厚恳挚，对于一切同道的人，他从来没有一句"违言"，没有一点不满的批评。但他却坚定忠贞，从来不肯退让一步，从来不曾放弃过他自己所笃信的主张和立场，无论在什么环境之下。在朋友们里，能够像他那样的伟大而兼收并蓄，包罗万象的，恐怕只有一位蔡孑民先生可以相提并论吧。

我从来不大预问外事，也最怕开会，但自从见到愈之把银行界的人物和百货公司的主持人也拉来开会以后，我不能不受感动，不能不把自己从"隐居"生活里跳出来了。

"八一三"的淞沪战争失败以后，他便撤退到内地去。我们见面的机会少得多了。但他在上海一带所留下的影响还是极大。

我们在香港再见到几次。他那时又在那一带组织着很多很重要的事业，像文化供应社便是其一。这个通讯社在国际宣传上有了很大的效果。

自此以后，我们便不再相见了。

珍珠港事件发生后，他和沈兹九、陈嘉庚都在新加坡。那时他正有计划地想在南洋一带发展一部分的事业。新加坡陷落后，对于他的安全，我和许多朋友们都特别地牵念着。有过种种不同的传说。

过了一年，他忽来了一张明片（当然是用的假姓名），说他是平安着。这使我们十分地兴奋和安慰。

日本投降的时候，从内地来的消息，说愈之已经在南洋病故。我不肯相信这悲惨的噩耗。像愈之那样的人，我总相信他是不会便这样地死去的。但消息渐渐地被证实了。听说《中学生》

曾经出版过一个纪念他的专号。

难道愈之果真这样地便死去了么？我还是不能相信，不肯相信！

在无数的殉难死亡的朋友们里，没有比愈之的失去，更使我伤心难受的了！

温和敦厚、信仰坚定的愈之，如果失去了，将是国家怎样大的损失呢？有多少的建国的工作正在等候着他来组织，来专心一志地干着！他如果失去了，对于这些工作的事业，将有怎样大的影响呢？

我还是不相信他的病故的消息。但愿这只是"海外东坡"般的误传！

我祈祷着愈之的安健！为我们的国家也为许多的朋友们！

一九四四年九月二十二日写

关于愈之病故的误传，当时曾引起各方面的震动。但此文发表时，已证明是"海外东坡"之谣。现并录于此，作为一个小小的纪念。

一位最好的先驱

杨贤江先生的体格，在我们的朋友们里，本出群拔萃地壮健。他的高大的骨架，他的血色红旺的脸部，他的粗大的手与臂，在在都表示出他是一位身体里一点病状都不会有的人。

他平日又是那么样地注意到保养，和锻炼他自己的身体。在我们的许多朋友们里，知道注意自己身体的保养的，可以说是极少极少，而想要锻炼自己的身体，使之壮健坚刚的，则更为绝无仅有。只有贤江却是不断地在注意到他自己的身体。在离今若干年前（大约总是九年以前的事了），那时，我刚到上海不久，贤江是和我同往的。他住在前楼，我住在亭子间里。我每天早晨起床，总看见贤江在做他的早操。他用的是西式的宽紧运动器，可以扩张呼吸量与增大手臂的筋肉的发达的。我见他把运动器吊在床栏杆上，他立在床头边，双臂在用力地一张一合，身体在用力地一蹲一立，便不觉得要笑出来。

"这有什么用处？"我问他道。

他诚恳地对我详陈身体有锻炼的必要和这种运动器具对于身体的发达与健壮有如何的关系。他那真挚的诚实的语调——他永远是那么真挚的、诚实的，对于一切的事和一切的人——竟使我深深地感动。我本来怀着不甚有好意的旁观的冷嘲的态度的，经他这样恳切地陈说——他似乎毫不觉察出我的这种态度——倒使我感到自己是如何的卑鄙与渺小。他如导师似的站在我的面前。他的伟大的纯一的气魄，竟使我有不可逃遁的样子。

"你何妨也试试看呢？有益无损的。自从有了这个运动器以后，我的饭量增大很多了。念书的人总不肯好好地注意到自己的身体，那是不对的。好的精神寓于好的身体。如要有什么成就，则非先好好地注意自己的身体不可。你何妨试试看呢？"贤江说道。

"这话倒不差。我明天也想去买一具这个运动器来试试看。"我最后不得不这样地说。但与其说是被他的辞锋所说服，不如说是被他的人格所克服。

最后一次看见他时（大约离那时已是七年以后了），还看见他的那副运动器挂在卧室墙上的一支钉上（那时，我们都已搬了好几次家了），已经是敝坏得不堪再使用的了。

在贤江获得使用这些新式的运动器的方法以前，他是早已存着身体是非注意锻炼不可的信念的了。他曾有一个时期竟相信到《因是子静坐法》一类的东西，且曾在早年的《学生杂志》发表过几篇替因是子张目的文章。但当他察觉到因是子的荒谬时，他便立刻舍弃了他，而去信仰另一种新的方法。

那么精勤不息地在注意着自己的身体的锻炼的贤江，谁想得到他乃竟会以犯肺和肾脏的结核而逝去的呢？

他的逝去，我们的人群里，真实地是失去了一位最好的先驱，失去了一位具有真实的伟大的人格的人物了。

　　"圣人"，那是一个已经过去了的名词，但拿它来形容贤江的崇高纯洁的性格，那他是足以当之无愧的。

　　"英雄"，那又是一个已经过去了的不甚好听的名词，但拿它来代表贤江的艰苦卓绝的斗争精神，则它也似乎恰恰地好用（用在最好的一方面的字义上）。

　　他活的时候，整天整夜整月整年地在争斗着。他在为家庭而和饥寒争斗，他在为人类而和过去的恶魔争斗。

　　在这样的过度地用力的争斗和驰驱里，他竟极不幸地被饥寒窘困而牺牲了！

　　他的家境是很穷苦的，他很早便是一位"苦学"的学生。他在中学的时代（浙江第一师范），便已是一边读书，一边写文章以维持他的生活的了。那时代，他的文章写得真不少。大多数都在商务印书馆的《学生杂志》上发表，讨论的问题大多是青年的读书问题和修养问题。在其间，可以充分地看出他是一位纯谨的"学人"——在我的想象里还总以为他是一位老学究似的人物呢，想不到看了面，他竟是一位那么英挺的人物。

　　大约是为了学生时代的投稿的旧关系吧，所以，当他毕业后，就事于南京，不久，便舍弃了教育界的生活，而到了上海，就《学生杂志》社的编辑之聘。

　　我们的相识，便在他做着编辑的这个时代。

　　因为我们是最早的同居，又是座位很相近的同事，所以我们的交往是很密切的。

　　但在这末关系密切的半年里，我却从不曾和他有过什么极亲切的畅谈。他是那么的恳挚，那么的严肃，那么的一刻不肯白费他的时间，竟使我没有一个可以和他促膝密语的机会。

原来，所谓畅谈，所谓是亲切之感的密谈，总要在一个恰合的时候。即在野马似的奔跑着的闲话里，最容易见出最披肝露胆的意志来。而贤江始终是那么严紧地支配着自己的时间，竟没有机会使我可以有说"废话"的时候——也便是没有"畅谈"的时候。

有一天，在快要黄昏的时候（仿佛还是初夏），太阳红得像野火似的，天上满布着红云，墙角上还爬着半墙日影，饶有活泼的生气。这是一个最好的散步的时候。

我到了贤江的房里。我冒失地问他道："我们出去走走好吗？"——我那时见他是伏在书桌上划写些东西呢。

"我还有事，不能出去，对不起！"他说道。

我抬起头来，看见他案头的墙上贴着一张功课表似的东西，上面有这样的一行："下午五时—六时半，写生活教科书及参考书。"

我感觉到自己的冒失。我没有勇气再说什么话。我很想对他道："何必如此的辛勤呢。放工一天不可以吗？"但我实在没有勇气说出这句话来。

我说道："没有什么。请写你的吧。"说着，我便走出他的房门，下了楼梯。我感到满心满臆的难过。为何我是那样地旷废着自己的时间呢？但同时却有些恨他，那么严肃地把工作时间表看作了铁似的不可移动的纪律；把写划文字的工作，看作了这末慎重巨大的一件事。从此以后，我再也不找他出去。

他在很早的时候起床，一起床，喝牛奶和早操之后，便大声地在念英文。我往往为他的书声所惊醒。有一次，我偶然起得早，去看看他念的书，原来他念的是一部关于心理学的书籍。他天天念，每天据他说，必定要念个三四页。一部三四百页的书，念了半年以上，而且天天在同一的时间念。他是那么贞恒地在遵守着他自己所定的"工作表"！

他并不夸耀他的聪明，他只是朴朴质质地按部就班地走着。他从没有走不到的路，他从没有过失败的事，他从没有半途而废的事业。

我们这里最多的是自作聪明的人，最多的是不肯"按部就班"走着的人，最多的是不肯遵守着铁似的表格式的纪律的人。

我们真该祝福那些极少数的像贤江般的朴质无华的人物！

贤江从事于编辑的生活很久。在工作的时间以外，他也从事于学会的和政党的活动。

在政治运动里，他也显出他的坚贞纯一的崇高的精神来。他信仰着某一种主义的时候，他便为这主义而献身，而奋斗，一点也不退却，一点也不彷徨。他是一个最好的先驱者，最好的工作的人。他服从纪律，他服从命令。我常常地听见人说，某某人分离了，某某人转变了，但贤江却始终是如山岳般的坚定。他似乎只知认定一个大前提而走去。一切小小的纠纷，一切小小的"宦海升沉"，到了他前面便都如飞雪落在热地似的消融了。

他为了做这种政治的活动，便被迫地离开了编辑的生活。但他的编辑的生涯虽然离开了，他却仍是不绝地在著书、译书——常常用的笔名。他仍是天天在写划着原稿纸，为了生计而写。

自从他离开了编辑生活以后，我们见面的时候便很少。但我还常常从报纸上及友朋们的口里知道了他的生涯。他是本着大无畏的精神，在争斗着。曾有一次，在一个最危急的时机里，他还去做一回最盛大的民众大会的主席。

他常常戴着压在眉边的一顶乌帽，还把大衣的领子竖了起来，在街上跑着——为的躲避迫害。有时他便是这样地出入商场，携着小儿女们去买东西。

我们也曾这样地遇见几次。我真为他担心！但我在他的面前，不敢说什么。我觉得我心里如何会具这种卑怯的观念呢？我觉得自己是渺小，是无聊！

他的信仰很坚定，他的理论常是盛水不漏的。他曾用李浩吾的一个笔名，著了一部关于中国教育问题的书。这部书到今日读来，还是一部杰作。在许多的教育论著里，从没有见过那么大胆、那么精密地分析的文字。

当前三年的时候，我在《小说月报》上发表了一篇《论所谓国学者》，曾攻击着那一批死气沉沉的抱着旧书以为天下之至乐的"学究"们以至"准学究"们。我以为在现在的时代，最重要的事，是抛弃了自己的厌尘界积的旧籍而去从事于西方的新事物、新学问。我们所需要的是专门的学者，而不是什么"上下古今"的学究们。贤江读了这篇文字，写来了一封很恳切的信——这是我们别后最长的通信，他赞成我的意见，但有一个很重要的修正。他以为西方的东西，不一定是完全无毒的；在吸收的时候，我们还该经过一番选择。这封信可惜不曾拿出来发表。

这样的一个真实的伟大的人物损失了，岂但是友朋们的损失而已！这样的人物最难得，至少在我们这个聪明人太多了的国度

里——最容易成为一个热力，一个中心。他的逝去真是一个民族
的损失！

　　附记：我在要写本文之前，恰好接到上海某商业
机关出版的一册定期刊物，其中载有一篇追悼贤江的文
字。我读了一遍，我不禁愤然，更不禁由愤而悲了。那
篇文字简直是可笑之至的卑劣。那位作者简直是没有完
全明了贤江的为人和性情，更是完全没有知道人世间在
"饭碗"以外还有别的东西！所以我便赶快地将这篇文
字写出。

　　原载1932年1月第2卷第2期《文学月刊》，标题为编
者所加

纪念几位今年逝去的友人

　　当这个"万方多难"的年头，逝去了几位友人，正有如万木森森的树林里，落下了两片三片的黄叶，那又算得什么事！我们该追悼无数为主义而脰折断颈的"烈士"，我们该追悼无数为抵御强权，为维护民族的生存而被大炮枪弹所屠杀的兵士，我们该追悼无数的在国内、国外任人烹割的、无抵抗的民众。我们真无暇纪念到我们自己的几位友人们，当这个"万方多难"的年头！

　　然而在这个"万方多难"的年头，逝去了的那几位友人，却正是无数的受苦难的民众的缩影。我们为那几位友人而哭，而哀悼，除了为我们的友情之外，也还有些难堪的别的情怀在。我们的勇士实在太少了。我们的诗才也实在太寥落了。当这个年头儿，该是许多勇士，许多诗人，为民众，为生活在这个古老的国土上的人类效力的时候，却正是那些最勇敢的勇士们受最难堪的苦难，而逝去，也正是那些最可珍异的诗才们受无妄之横祸的时候。站在最前面的一批，去了，远了，后继者有谁呢？真难说！这是我们所不得不为我们的逝去的友人们痛心的。我们常是太取巧了，太个人主义了，太自私了。站在任何主义的坚固的阵线上而作战的人们，在这古老的国里，几千年来就不多几个。现在是个大转变的时代，该产生出无数的意志坚定的战士，有为民众，为主义——不管他什么主义——而牺牲而努力。在过去的三五年间也真的产生了不少这样的无名的英雄们。这是我们这个古老的民族的一线新的生机。我们该爱护这新生的根芽，我们该培植这新生的德性。然而不然，最遭苦难的却正是他们！那不全是被"屠杀"——当然那是最重要的一个原因——也还有无数的别的不可说的法术儿，被用来销铄他们，毁亡他们。总之，要使意志坚定的最好的最有希望的青年们，在全国不见了踪迹。这是我们最可痛心的事。

至少，至少，我们该为国家爱惜有希望的人们，为民族爱惜意志坚定的战士们。这是我忆念到今年逝去的几位友人们便要觉得痛心的，不仅仅是为了个人有的友情而已。

一　胡也频先生

第一个该纪念的友人是胡也频先生，在今年逝去的友人们中。

胡先生的死，离现在已有好几个月了，我老想对他的死说几句话，老是没有机会。他的死是一个战士般的牺牲，是值得任何敌与友的致敬的。

凡是认识也频的人，没有一个曾会想到他的死会是那样的一个英雄的死。他是那样的文弱，那样的和平；他是一位十足的"绅士式"的文人，做着并不激刺的诗与小说的，谁会想得到他竟会遭际到那样的一个英雄的死？

　　也频的诗与小说，最早是在北平的《晨报》副刊和《现代评论》上发表的。在那个时代，他所写的诗与小说一点也没有比当代的一般流行的诗人和小说家们的作品有什么更足以招祸惹殃的所在。他的诗文散文，完全是所谓"绅士式"的文学：圆润，技巧；说的是日常的生活，绅士的故事。一丝半毫的反抗时代的影子，在那里都找不到。它们如百灵鸟在无云的天空，独自地歌唱着，它们如黄莺儿在枝头上跳跃不定地一声两声自得地鸣叫着。它们似还没有尝到任何真实的人间的生活的辛辣味儿。

　　后来，他到了上海。他的作品便常在《小说月报》上及他和丁玲、沈从文诸位自己所办的《红黑》上发表，他的作风还是一毫也不曾变动。他那时所写的，似以小说为最多，也只是些"绅士式"的小说。

　　有一天，他和从文同到我们那里来。

　　"我们组织了一个出版机关，要自己出个文艺杂志。"也频这样说，微笑地。

　　"要你们大家都帮忙才好呢，"从文说。

　　过几天，果然有"红黑社"请客的通知来。

　　那一天在静安寺路华安公司的楼上，举行了一次很盛大的宴会，倒有不少我所不认识的士女。也频和丁玲是那样殷勤地招待着。也频的瘦削的脸上，照耀着喜悦的颜色。他是十足地表现着"绅士式"的文人的气度——但恐怕这便是最后的一次了。

　　《红黑》出版了几期，听说《红黑》的出版部，发生了问题。没有别的，只为的是："红""黑"两个字太鲜明得碍目。于是不管它的内容如何，便来了一次不很愉快的干涉和阻碍。在那个时候，也频定受有很大的刺激与冲动。后来的转变，或已于此时植下很深的根芽。

有半年之久，他所做的仍是那一类"绅士式"的小说。那时他的生活似很艰苦，常常要为了生活而做小说，要为了卖小说而奔走着。在那个时候，他是和"现实的生活"窄路相逢了；他和它面对面地站着。常有被它吞没下去的危险。但他始终是挣扎着，并不退却，也并不转入悲观。

常是为了"没有米了""房钱是来催迫过好几趟了"的题目，执持了匆匆完稿的作品去出卖。

逢到"婉辞拒却"的机会是不少的，但也颇始终保持着他的雍容大量的绅士态度，一点也不着恼。把他的文字作严刻的讥弹着的也有，但他仍是很虚心地并不表现出不愉快的态度来。

我不曾见过那么好脾气的小说家、诗人。

在那个时候，他和我见面的时候不少。他那生疏的福州话，常使我很感动。我虽生长在外乡，但对于本地的乡谈，打得似乎要比他高明些。他和我是无话不谈的，在那时候。

不知在什么时候，他的作风，他的生活突然地起了一个绝大的转变，这个大转变，使他由"绅士"一跃而成为一个战士，使他由颓唐的文人的生活，一变而成为一位勇敢的时代的先驱。

他的爽直的性格、真纯的意志、充足的生活力，以至他的富有向前进的精神，都足以使他毫不踌躇地实现他的这个转变，使他并不退缩地站到时代的最前线去。

我记得，他有好几个月不来了。在前年的冬天，一个灰暗的下午，他又来了，带了一包的原稿。

"我现在的作风转变了，这是转变后的第一篇小说，中篇的，请你看看，可否有发表的机会。"

那中篇小说的题目是《到莫斯科去》。我匆匆地翻了一遍，颇为他的大胆的记述和言论所震动。

"等我细细拜读一下再说。假如没有什么'违碍'，发表当然是不成问题的。"我说。

我不好意思立刻便对他说，那题目便是一个最会"触犯时忌"的标帜。

像那样坦白地暴露着最会"触犯时忌"的事实的小说，在当时的出版物上，至少在《小说月报》上——是没法可以发表的。所以第二次他来了时，我便真心抱歉地对他说道：

"实在太对不住了，这部中篇，为了有'违碍'，月报上似乎是不能发表的。"

也频非常明了我的地位，他微笑道：

"没有什么，没有什么。我也知道有些'不便'。但请你指教这小说里有什么不妥当的所在？"

我坦白地说出了我的意见。他很觉得同意。

以后，他依然常常来，还常常拿稿子来，但不常常是他自己的，有时是丁玲的，有时是从文的。他还不时地说穷，但精神却极为焕发，似乎他的兴会比往常都好。我知道他在"工作"，但我决不问他什么——我向来是绝对不打听友人们的行动的。在他小说里，我见到他是时时很坦白地在诉说他的"工作"的情形，以及心理上的转变与进展。

在去年下半年的小说里，他似仍在写着他自己的"工作"的事，但在那时，有一件在他生活里比较重要的事发生，那便是丁玲的生孩子。

为了这件事，他奔走筹划了不少时候。他所写的《母亲》和

《牺牲》的两个短篇，便可充分地表现出他那时的心理的变化。我以为，在他的许多小说里，那两篇是要归入最好的一边，就技巧而论。

他这件家庭的事，刚刚忙过去不久，不料一个惊人的消息便接着而来，那便是他的被捕。我始终不大明白他被捕的真实原因何在。关于这，有种种的传言。

从他被捕以后，由丁玲、从文那里，时时得到如何设法营救他的消息。

突然地，又有一个惊人的消息传来，那便是他已经是如一个战士般地牺牲了。关于这，又有种种的传言。其中的一个是，在一个死寂的中夜的时候，有人听见一队少年们高唱着《国际歌》，接着"啪啪啪"的一阵枪声，便将这激昂高吭的歌声永远，永远地打断了。

也频便是这样地战士般地死去，据说。

谁知道呢？

但从此以后，便不再听见关于营救他的消息了，也不再听到关于他的任何的消息了。

他是这样地得到一个英雄的死！凡是认识也频的人谁还会想得到呢？！

二　洛生先生

第二个该纪念的友人是洛生先生。

洛生是他的笔名，他的真实的姓名是恽雨棠。

我有好久不知道洛生是何等样人，虽然在《小说月报》上已几次地登载过他的文字——正如我有好久不知道巴金先生是谁一样。大约是前年的秋天吧，同事的某先生送来了一册文稿，他说："这是一个朋友转交来的，不知《小说月报》上可登否？"

那是题为《苏俄文艺概论》的一册原稿，底下作者的署名是"洛生"二字。

我读了那册原稿，觉得叙述很有条理，在那几万个字里，已将我们所想知道的俄国大革命后的文坛的历史与现状，说得十分的明白，一点也不含糊。

我很想知道洛生是谁，但那位同事，他也不明白。他说，只知道洛生是曾经到过俄国的，他的俄文程度很不坏而已。

我不再追问下去。

我很想请洛生多译些小说或论文，但自从刊出《概论》之后，总有半年多没有得到他的消息，也再没有人提起过他。

我不知道他的所在，我不知道他是谁。

有一天，在早晨成堆的送来的邮件里，我得到一封署名为洛生的信，他说，约定在某一天来看我，有事面谈。

我很高兴，我终于能见到这位谜似的洛生。

他依约而来。会客单上写的仍是"洛生"两个字。

他是一位身材高大的人，脸部表现久历风霜的颜色。从他那坚定有威的容颜上便知道他定是一位意志异常地坚定的。在我的许多友人们里，似没有比他更为严肃、坚定的。我们没有谈过一句题外话。他来，是为了稿件的事，谈完了，便告辞。

我一点也不曾想到要问他的姓名。

后来，他不时地来，也总是为了文稿的事。我们渐渐地熟悉了。从他的评判和论断上看来，足以见出他是一位很左倾的意志坚定的人物。他的来，常是那样的神秘，有时戴了帽檐压在眉前的打鸟帽，有时戴着眼镜，有时更扮以一位穿短衫的工人般的人物。

我不便问他的事。但我很担心他的行动。

有人告诉我，他看见洛生穿着一身敞着前胸的蓝布短衣，在拉着洋车呢！有一天。

他是那样地谜般地行动，正如他的那样的谜般的姓氏一样。

有一次，当四月的繁花怒放的时候，他来了，表示着很严重的神色。正是下午，我坐在沉闷的工作室里，实在有些感着"春"的催睡的威力。他的来，使我如转入另一个气候里。我顿时地清醒了，振作了。

他是来和我谈当时正在流行着的"新兴文艺"的问题的。

他问我对这有什么意见，还有：

"你的杂志的态度，究竟如何？"

虽然我和他不是很生疏，但这一次那么正式的严重性的访问，颇使我觉得窘。

我只得将我的及杂志的地位，详细地使他明了。

他没有再追问下去。他当时那副严重的神色，我还记得很清楚。

方先生从日本回来，我告诉他，有洛生这样的一个人。

"我去打听打听看，高大的个儿，大约是 G 吧？"方说。

"也许是的。"

第二次见到方时，方说："我已经打听出来了，他不是 G，乃是我们的旧同事——在定书柜上办事的恽雨棠。"

说起恽雨棠，我便记起很早的一位《小说月报》的投稿者来，恽君是曾在《小说月报》上登过一篇小说的。我记得，他用的是很讲究的毛边纸写的，写的字体很清秀可喜，写的故事，也是一篇富于家庭的趣味的事。我的想象中，始终以他为一个很文雅的瘦弱的如一般文人似的人物。

谁想得到这位洛生，便会和那位恽雨棠是同一个人。

自知道了洛生的真实的姓氏之后，便再也见不到他。

有人传说，洛生在闹着恋爱的问题，到外城去了。

但他不再来。

又有人传说，洛生和他的妻，已一同被捕了。

他的不曾再度出现，大约可证实了这个传说吧。

过了一二个月，又有传说。洛生和他的妻，都已如战士般地同被牺牲了。

在如今的一个大时代里，这种的牺牲不是少见的。

但他不再来！

洛生，谜般地出现，便也这样地谜般地消失了。

但他不再来！永远地不再来！！！

三　徐志摩先生

第三个应该纪念的是徐志摩先生。

我万想不到要追悼到志摩！他的印象，他的清癯的略带苍白的面容，他的爽脆可喜的谈笑，还活泼泼地出现在我的眼前。我和他最后一次的见面是在四个礼拜以前，适之先生的家中。他到了北平，便打电话来找我，我在他的房里坐了两三点钟。我们谈的话都是无关紧要的，但也都是无顾忌的。他的态度仍如平常一般的愉快，无思虑。想不到在四个星期之后，我们便永远地再见不到他了！——我们住在乡下的人，消息真是迟钝，便连他南下的消息，也还不曾听到过呢。我还答应过清华的同学，说要找他来讲演。不料这句话刚说得不到几天，我们便再也听不到他的谈吐，他的语声了！

地山告诉我说，他最后见到志摩的一天，是在前门的拥挤的人群里，志摩和梁思成君夫妇同在着。

"地山，我就要回济南去了呢。"志摩说。

"什么时候再回北平来呢？"

志摩悠然仍带着开玩笑似的态度说道："那倒说不上。也许永不再回来了。"

地山复述着最后这句话时，觉得志摩的话颇有些"语谶"。

前天在北海的桥上遇见了铁岩。我们说到了志摩的死。铁岩道：

"事情是有些可怪。志摩的脸色不是很白的么？但我最后一次见到他时，觉得他的脸上仿佛罩上了一层黑光。"

这些都是事后的一种想当然的追忆，未必便是真实的预兆，也许我是太不细心了，这种的预兆，压根儿便不曾在我的心上飘浮过。

其实，志摩的死，也实在太突然了，太意外了，致使我们初闻的时候，都不会真确地相信。我见到报纸后，立即打电话去问胡宅：

"报纸载的徐志摩先生的事靠得住么？"

回复的话是："靠得住的。徐志摩先生确已逝世了。"

"有什么人到济南去料理呢？"

"去的是张慰慈、张奚若几位先生。"

当我第一天见到报纸，载着一架飞机失事了，死了两个机师，一位乘客的失事时，只是慨叹而已。谁想得到，那位乘客便会是志摩！

志摩不死于病，不死于国事，不死于种种的"天灾人祸"之中，而死于空中，死于烈焰腾腾，火星乱进的当儿，这真是一个不平凡的死，且是一个太无端的死！

也频、洛生的死，是战士般的牺牲；志摩的死，却是何所为的呢？

我们慨叹于一位很有希望的伟大的诗人的逝去，但我们也不忍因此去责备任何人。责备又何所用呢？

志摩是一位最可交的朋友，凡是和他见过面的人，都要这样说。他宽容，他包纳一切，他无机心，这使他对于任何方面，都显得可以相融洽。他鼓励，他欣赏，他赞扬任何派别的文学，受他诱掖的文人可真是不少！人家误会他，他并不生气；人家责骂他，他还能宽容他们。诗人，小说家都是度量狭小得令人可怕的，志摩却超出于一切的常例之外，他的度量的渊渊颇令人难测其深处。

他在上海发起笔会。他的主旨，便在使文人们不要耗费时力于因不相谅解而起的争斗之中。他颇想招致任何派别的文学家，使之聚会于一堂，俾得消灭一切无谓的误会。他很希望上海的左翼文人们，也加入这个团体。同时，连久已被人唾弃的"礼拜六"派的通俗文士们，他也想招致（我是最反对他要引入那些通俗文士们的意思的）。虽然结果未必能够尽如他意，然他的心力却已费得不少了。

在当代的文坛上像他那样的不具有"派别"的旗帜与偏见的，能够融洽一切，宽容一切的，我还没有见过第二个人。

他是一位很早的文学研究会的会员，但他同别的会社也并不是没有相当的联络，他是一位新月社的最努力的社员，但他对于新月社以外的文学运动，也还不失去其参加的兴趣。

他只知道"文学"，他只知道为"文学"而努力，他的动机和兴趣都是异常的纯一的，所以他决不会成为一位偏执的人。

许多人对于志摩似乎都有些误会。

有的人误会志摩是一个华贵的"公子哥儿"。他们以为：他的生活是异常的愉快与丰富的，他是不必"待米下锅"的，他是不必顾虑到他的明天乃至明年以后的生计的。在表面上看，这种推测倒未必错。他的外表，他的行动，似是一位十足的"公子哥儿"。可惜他做"公子哥儿"的年代恐怕是未必很久。他的父母的家庭的情况，倒足以允许他做一位无忧无虑的"公子哥儿"。但他却早已脱去了家庭的羁绊而独立维持着他自己的生计。他在最近三五年里我晓得，常是为衣食而奔走于四方。他并不充裕。他常要得到稿费以维护家计。有一个时期，他是靠着中华书局的不多的编辑费做他的主要的生活费。有一个时期，他奔走于上海、南京之间，每星期要往来京沪路一次，身兼中大与光华两校的教席，为的是家计！

有的人误会志摩是一位像春天的蛱蝶般的无忧无虑的人物。

他们以为志摩的生活既极华贵舒适，他的心地更是优游愉快；似没有一丝一抹的忧闷的云影曾飞浮过他的心头。我们见到他，永远见到的是恬静若无忧虑的气度，永远见到的是若庄、若谐的愉快的笑语与风趣盎然的谈吐。其实，在志摩的心头，他是深蕴着“不足与外人道”的苦闷的。他的家庭便够他麻烦的了。他的家庭之间，恐怕未必有很怡愉的生活（请恕我太坦率了的诉说）。有好几年了，他只是将黄连似的苦楚，向腹中强自咽下。他决不向人前诉过一句。也亏得他的性情本来是乐天的，所以常只是以“幽默”来替换了他的“无可奈何的轻喟”。这在他的近几年的诗里，有隐约的影子存在着。我们都可见得出。

更有的人误会志摩只是一位歌颂人世间的光明的诗人，只是一位像站在阳光斑斑斓斓的从树叶缝中窥射下去的枝头上的鸟儿似的，仅是啭唱着他自己的愉快的清歌，因此，这个误会，我们也可以将志摩自己的许多诗与散文去消释了它。志摩的生活并不比生在这个大时代的任何人愉快得多少；他的对于人世间的事变，其感受性的敏捷，也并不下于感受性最敏捷的人们。他所唱的并不全是欢歌。特别是这几年，他的诗差不多常常是充满了肃杀、消极的气氛，下面是一个例：

> 阴沉，黑暗，毒蛇似的蜿蜒！
> 生活逼成了一条甬道：
> 一度陷入，你只可向前，
> 手扪索着冷壁的黏潮，
> 在妖魔的脏腑内挣扎，

头顶不见一线的天光。

这魂魄，在恐怖的压迫下，

除了消灭更有什么愿望？

（《猛虎集》九十页以下）

这是许多年来的尝够了人世间的"辛苦艰难"发出来的呼号。志摩也许曾尝过人生的软哈哈的甜蜜，但这许多年来，他所尝到的人生，却是苦到比黄连更要苦的，致使那么活泼的乐天多趣的志摩，也不由得不如他自己所说的成了："一份深刻的忧郁占定了我，这忧郁，我信，竟于渐渐地潜化了我的气质。"（《猛虎集》序五页）

经了这种痛苦与压迫之下，志摩是变了一个人，他的诗也在跟着变。他有成为一位比他现在所成就更为远大，更为伟大的诗人的可能。很可惜地，就在这个转变的时代里，一场不可测的"横祸"竟永远地永远地夺去了志摩的舌与笔！

我不仅为友情而悼我的失去一位最恳挚的朋友，也为这个当前大时代而悼它失去了一位心胸最广，而且最有希望的诗人！

原载1931年12月第2卷第1期、1932年1月第2卷第2期《文学月刊》

记黄小泉先生

　　我永远不能忘记了黄小泉先生。他是那样的和蔼、忠厚、热心、善诱。受过他教诲的学生们没有一个能够忘记了他。

　　他并不是一位出奇的人物；他没有赫赫之名；他不曾留下什么有名的著作，他不曾建立下什么令年轻人眉飞色舞的功勋。他只是一位小学教员，一位最没有野心的忠实的小学教员。他一生以教人为职业。他教导出不少位的很好的学生。他们都跑出他的前面，跟着时代走去，或被时代拖了走去。但他留在那里，永远地继续地在教诲，在勤勤恳恳地做他的本分的事业。他做了五年，做了十年，做了二十年的小学教员，心无旁骛，志不他迁，直到他儿子炎甫承继了他的事业之后，他方才歇下他的担子，去从事一件比较轻松些、舒服些的工作。

　　他是一位最好的公民。他尽了他所应尽的最大的责任，不曾一天躲过懒，不曾想到过变更他的途程——虽然在这二十年间尽有别的机会给他向比较轻松些、舒服些的路上走去。他只是不息不倦地教诲着，教诲着，教诲着。

　　小学校便是他的家庭之外的唯一的工作与游息之所。他没有任何不良的嗜好，连烟酒也都不入口。

有一位工人出身的厂主，在他从绑票匪的铁腕之下脱逃出来的时候，有人问他道："你为什么会不顾生死地脱逃出来呢？"

他答道："我知道我会得救。我生平不曾做过一件亏心的事，从工厂出来便到礼拜堂，从家里出来便到工厂。我知道上帝会保佑我的。"

小泉先生的工厂，便是他的学校，而他的礼拜堂也便是他的学校。他是确确实实地不曾到过第三个地方去；从家里出来便到学校，从学校出来便到家里。

他在家里是一位最好的父亲。他当然不是一位公子少爷，他父亲不曾为他留下多少遗产。也许只有一所三四间屋的瓦房——我已经记不清了，说不定这所瓦房还是租来的。他的薪水的收入是很微小的。但他的家庭生活很快活。他的儿子炎甫从少是在他的"父亲兼任教师"的教育之下长大的。炎甫进了中学，可以自力研究了，他才放手。但到了炎甫在中学毕业之后，却因为经济的困难，没有希望升学，只好也在家乡做着小学教员。炎甫的收入极小，对于他的帮助当然是不多。这几十年间，他们的一家，这样地在不充裕的生活里度过。

但他们很快活。父子之间，老是像朋友似的在讨论着什么，在互相帮助着什么。炎甫结了婚。他的妻是我少时候很熟悉的一位游伴。她在他们家里觉得很舒服。他们从不曾有过什么不愉快的争执。

小泉先生在学校里，对于一般小学生的态度，也便是像对待他自己的儿子炎甫一样；不当他们是被教诲的学生们，不以他们为知识不充足的小人们；他只当他们是朋友，最密切亲近的朋友。他极善诱导启发，出之以至诚，发之于心坎。我从不曾看见他对于小学生有过疾言厉色的责备。有什么学生犯下了过错，他总是和蔼地在劝告，在絮谈，在闲话。

没有一个学生怕他，但没有一个学生不敬爱他。

他做了二十年的高等小学校的教员、校长。他自己原是科举出身。对于新式的教育却努力地不断地在学习，在研究，在讨论。在内地，看报的人很少，读杂志的人更少；我记得他却订阅了一份《教育杂志》（？）这当然给他以不少的新的资料与教导法。

他是一位教国文的教师。所谓国文，本来是最难教授的东西；清末到民国六七年间的高等小学的国文，尤其是困难中之困难。不能放弃了旧的四书五经，同时又必须应用到新的教科书。教高小学生以《左传》《孟子》和《古文观止》之类是"对牛弹琴"之举。但小泉先生却能给我们以新鲜的材料。

我在别一个小学校里，国文教员拖长了声音，板正了脸孔，教我读《古文观止》。我至今还恨这部无聊的选本！

但小泉先生教我念《左传》，他用的是新的方法，我却很感到趣味。

仿佛是到了高小的第二年，我才跟从了小泉先生念书。我第一次有了一位不可怕而可爱的先生。这对于我爱读书的癖性的养成是很有关系的。

高小毕业后，预备考中学。曾和炎甫等几个同学，在一所庙宇里补习国文。教员也便是小泉先生。在那时候，我的国文，进步得最快。我第一次学习着作文。我永远不能忘记了那时候的快乐的生活。

到进了中学校，那国文教师又在板正了脸孔，拖长了声音在念《古文观止》！求小泉先生时代那么活泼善诱的国文教师是终于不可得了！

所以，受教的日子虽不很多，但我永远不能忘记了他。

他和我家有世谊，我和炎甫又是很好的同学，所以，虽离开了他的学校，他还不断地在教诲我。

假如我对于文章有什么一得之见的话，小泉先生便是我的真正的"启蒙先生"，真正的指导者。

我永远不能忘记了他，永远不能忘记了他的和蔼、忠厚、热心、善诱的态度——虽然离开了他已经有十几年，而现在是永不能有再见到他的机会了。

但他的声音笑貌在我还鲜明如昨日！

二三年七月九日在张家口车上

原载1934年9月《太白》创刊号

永在的温情

——纪念鲁迅先生

　　十月十九日下午五点钟，我在一家编译所一位朋友的桌上，偶然拿起了一份刚送来的 *Evening Post*，被这样的一个标题——"中国的高尔基今晨五时去世"惊骇得一跳。连忙读了下来，这惊骇变成了事实：果然是鲁迅先生去世了！

　　这消息像闷雷似的，当头打了下来，呆坐在那里不言不动。

　　谁想得到这可怕的噩耗竟这样地突然地来呢？

　　鲁迅先生病得很久了；间歇地发着热，但热度并不甚高。一年以来，始终不曾好好地恢复过，但也从不曾好好地休息过。半年以来，情形尤显得不好。缠绵在病榻上者总有三四个月。朋友们都劝他转地疗养。他自己也有此意。前一个月，听说他要到日本去。但茅盾告诉我，双十节那一天还遇见他在Isis看Dobrovsky；中国木刻画展览会，他也曾去参观。总以为他是渐渐地复原了，能够出来走走了。谁又想得到这可怕的噩耗竟这样突然地来呢？

　　刚在前几天，他还有信给我，说起一部书出版的事；还附带地说，想早日看见《十竹斋笺谱》的刻成。我还没有来得及写回信。

谁想得到这可怕的噩耗竟这样突然地来呢？

我一夜不曾好好地安心地睡。

第二天赶到万国殡仪馆，站在他遗像的面前，久久地走不开。再一看，他的遗体正在像下，在鲜花的包围里。面貌还是那么清癯而带些严肃，但双眼却永远地闭上了！

我要哭出来，大声地哭，但我那时竟流不出眼泪，泪水为悲戚所灼干了。我站在那里，久久地走不开。我竟不相信，他竟是那样突然地便离我们而远远地向不可知的所在而去了。

但他的友谊的温情却是永在的，永在我的心上——也永在他的一切友人的心上，我相信。

初和他见面时，总以为他是严肃的冷酷的。他的瘦削的脸上，轻易不见笑容。他的谈吐迟缓而有力。渐渐地谈下去，在那里面你便可以发见其可爱的真挚，热情的鼓励与亲切的友谊。他虽不笑，他的话却能引你笑。和他的兄弟启明先生一样，他是最可谈、最能谈的朋友，你可以坐在他客厅里，他那间书室（兼卧室）里，坐上半天，不觉得一点拘束，一点不舒服。什么话都谈，但他的话头却总是那么有力。他的见解往往总是那么正确。你有什么怀疑、不安，由于他的几句话也许便可以解决你的问题，鼓起你的勇气。

失去了这样的一位温情的朋友，就个人讲，将是怎样的一个损失呢？

他最勤于写作，也最鼓励人写作。他会不惮烦地几天几夜地在替一位不认识的青年，或一位不深交的朋友，改削创作，校正译稿。其仔细和小心远过于一位私淑的教师。

他曾和我谈起一件事。有一位不相识的青年寄一篇稿子来请求他改。他仔仔细细地改了寄回去。那青年却写信来骂他一顿，说被改涂得太多了。第二次又寄一篇稿子来，他又替他改了寄回去。这一次的回信，却责备他改得太少。

"现在做事真难极了！"他慨叹地说道。对于人的不易对付，和做事之难，他这几年来时时地深切地感到。

但他并不灰心，仍然地在做着吃力不讨好的改削创作，校正译稿的事，挣扎着病躯，深夜里，仔仔细细地为不相识的青年或不深交的朋友在工作。

这样的温情的指导者和朋友，一旦失去了，将怎样地令人感到不可补赎之痛呢？

他所最恨的是那些专说风凉话而不肯切实地做事的人。会批评，但不工作；会讥嘲，但不动手；会傲慢自夸，但永远拿不出东西来。像那样的人物，他是不客气地要摈之门外，永不相往来的。所谓无诗的诗人，不写文章的文人，他都深诛痛恶地在责骂。

他常感到"工作"的来不及做，特别是在最近一二年，凡做一件事，都总要快快地做。

"迟了恐怕要来不及了。"这句话他常在说。

那样的清楚的心境，我们都是同样地深切地感到的。想不到他自己真的便是那么快地便逝去，还留下要做的许多事没有来得及做——但，后死者却要继续他的事业下去的！

我和他第一次的相见是在同爱罗先诃到北平去的时候。

他着了一件黑色的夹外套，戴着黑色呢帽，陪着爱罗先诃到女师大的大礼堂里去。我们匆匆地谈了几句话。因为自己不久便回到南边来，在北平竟不曾再见一次面。

后来，他自己说，他那件黑色的夹外套，到如今还有时着在身上。

我编《小说月报》的时候，曾不时地通信向他要些稿子。除了说起稿子的事，别的话也没有什么。

最早使我笼罩在他温热的友情之下的，是一次讨论到"三言"问题的信。

我在上海研究中国小说，完全像盲人骑瞎马，乱闯乱摸，一点凭藉都没有，只是节省着日用，以浅浅的薪入购书，而即以所购入之零零落落的破书，作为研究的资源。那时候实在贫乏得、肤浅得可笑，偶尔得到一部原版的《隋唐演义》却以为是了不得的奇遇。至于"三言"之类的书，却是连梦魂里也不曾读到。

他的《中国小说史略》的出版，减少了许多我在暗中摸索之苦。我有一次写信问他《醒世恒言》《警世通言》及《喻世名言》的事，他的回信很快地便来了，附来的是他抄录的一张《醒世恒言》的全目——这张目录我至今还保全在我的一部《中国小说史略》里。他说，《喻世》《警世》他也没有见到。《醒世恒言》他只有半部。但有一位朋友那里藏有全书。所以他便借了来，抄下目录寄给我。

当时，我对于这个有力的帮助，说不出应该怎样地感激才好。这目录供给了我好几次的应用。

后来，我很想看看《西湖二集》（那部书在上海是永远不会见到的），又写信问他有没有此书。不料随了回信同时递到的却是一包厚厚的包裹。打开了看时，却是半部明末版的《西湖二集》，附有全图。我那时实在眼光小得可怜，几曾见过几部明版附插图的平话集？见了这《西湖二集》为之狂喜！而他的信道，他现在不弄中国小说，这书留在手边无用，送了给我吧。这贵重的礼物，从一个只见一面的不深交的朋友那里来，这感动是至今跃跃在心头的。

我生平从没有意外的获得。我的所藏的书，一部部都是很辛苦地设法购得的；购书的钱，都是中夜灯下疾书的所得或减衣缩食的所余。一部部书都可看出我自己的夏日的汗，冬夜的凄栗，有红丝的睡眼，右手执笔处的指端的硬茧和酸痛的右臂。但只有这一集可宝贵的书，乃是我书库里唯一的友情的赠与——只有这一部书！

现在这部《西湖二集》也还在堆在我最宝爱的几十部明版书的中间，看了它便要泫然泪下。这可爱的直率的真挚的友情，这不意中的难得的帮助，如今是不能再有了！

但我心头的温情是永在的！——这温情也永在他的一切友人的心上，我相信。

"九一八"以后，他到过北平一趟，得到青年人最大的热烈的欢迎。但过了几天，便悄悄地走了。他原是去探望他母亲的病去的。我竟来不及去看他。

但那一年寒假的时候，我回到上海，到他寓所时，他便和我谈起在北平的所获。

"木刻画如今是末路了，但还保存在笺纸上。不过，也难说，保全得不会久。"他深思地说道。

他搬出不少的彩色笺纸来给我看，都是在北平时所购得的。

"要有人把一家家南纸店所出的笺纸，搜罗了一下，用好纸刷印个几十部，作为笺谱，倒是一件好事。"他说道。

过了一会儿，他又道："这要住在北平的人方能做事。我在这里不能做这事。"

我心里很跃动，正想说："那么，我来做吧。"而他慢吞吞地续说道："你倒可以做，要是费些工作，倒可以做。"

我立刻便将这责任担负了下来，但说明搜辑而得的笺纸，由他负选择之责。我相信他的选择要比我高明得多。

以后，我一包一包地将购得的笺样送到上海，经他选择后，再一包一包地寄回。

中间我曾因事把这工作停顿了二三个月。他来信说："这事我们得赶快做，否则，要来不及做，或轮不到我们做。"

在他的督促和鼓励之下，那六巨册的美丽的《北平笺谱》方才得以告成。

有一次，我到上海来，带回了亡友王孝慈先生所藏的《十竹斋笺谱》四册，顺便地送到他家里给他看。

这部谱，刻得极精致，是明末版画里最高的收获。但刻成的年月是崇祯十六年的夏天，所以流传得极少。

"这部书似也不妨翻刻一下，"我提议道；那时，我为《北平笺谱》的成功所鼓励，勇气有余。

"好的，好的，不过要赶快做！"他道。

想不到全部要翻刻，工程浩大无比，所耗也不资，几乎不是我们的力量所及。第一册已出版了，第二册也刻好待印，而鲁迅先生却等不及见到第三册以下的刻成了！

对于美好的东西，似乎他都喜爱。我曾经有过一个意思，要集合六朝造像及墓志的花纹刻为一书。但他早已注意及此了。他告诉我说，他所藏的六朝造像的拓本也不少，如今还在陆续地买。

他是最能分别得出美与丑，永远的不朽与急就的草率的。

除了以朽腐为神奇，而沾沾自喜，向青年们施以毒害的宣传之外，他对于古代的遗产，决不歧视，反而抱着过分的喜爱。

他曾经告诉过我，他并不反对袁中郎；中郎是十分方巾气的，这在他文集里便可见。他所厌弃、所斥责的乃是只见中郎的一面，而恣意鼓吹着的人物。

京平刚从鲁迅先生那里得到最大的鼓励。他感激得几乎哭出来。但想不到鲁迅竟这样突然地过去了！

第三天，我在万国殡仪馆门口遇见他；他的嘴唇在颤动，眼圈在红。

从万国公墓归来后，他给我一封信道："我心已经分裂。我从到达公墓时，就失去了约束自己的力量，一直到墓石封合了！我竟痛哭失声。先生，这是我平生第一痛苦的事了，他匆匆地瞥了我一眼，就去了——"

但他并没有去。他的温情永在我的心头——也永在他的一切友人的心上，我相信。

二十五年十月二十五日写

原载1936年11月1日第7卷第5期《文学》

悼夏丏尊先生

夏丏尊先生死了，我们再也听不到他的叹息，他的悲愤的语声了；但静静地想着时，我们仿佛还都听见他的叹息，他的悲愤的语声。

他住在沦陷区里，生活紧张而困苦，没有一天不在愁叹着。是悲天？是悯人？

胜利到来的时候，他曾经很天真地高兴了几天。我们相见时，大家都说道，"好了，好了，"个个人的脸上似乎都泯没了愁闷，耀着一层光彩。他也同样地说道："好了，好了！"

然而很快地，便又陷入愁闷之中。他比我们敏感，他似乎失望、愁闷得更迅快些。

他曾经很高兴地写过几篇文章，很提出些正面的主张出来。但过了一会儿，便又沉默下去，一半是为了身体逐渐衰弱的关系。

他是一个自由主义者，反对一切的压迫和统制。他最富于正义感，看不惯一切的腐败、贪污的现象。他自己曾经说道："自恨自己怯弱，没有直视苦难的能力，却又具有着对于苦难的敏感。"又道："记得自己幼时，逢大雷雨躲入床内；得知家里要杀鸡就立刻逃避；看戏时遇到翠屏山杀嫂等戏，要当场出彩，预先俯下头去；以及妻每次产时，不敢走入产房，只在别室中闷闷地听着妻的呻吟声，默祷她安全的光景。"（均见《平屋杂文》）

这便是他的性格。他表面上很恬淡，其实，心是热的；他仿佛无所褒贬，其实，心里是泾渭分得极清的。在他淡淡的谈话里，往往包含着深刻的意义。他反对中国人传统的调和与折中的心理。他常常说，自己是一个早衰者，不仅在身体上，在精神上也是如此。他有一篇《中年人的寂寞》：

　　我已是一个中年的人。一到中年，就有许多不愉快的现象，眼睛昏花了，记忆力减退了，头发开始秃脱而且变白了，意兴、体力甚么都不如年轻的时候，常不禁会感觉得难以名言的寂寞的情味。尤其觉得难堪的是知友的逐渐减少和疏远，缺乏交际上的温暖的慰藉。

在《早老者的忏悔》里，他又说道：

　　我今年五十，在朋友中原比较老大。可是自己觉得体力减退，已好多年了。三十五六岁以后，我就感到身体一年不如一年，工作起不得劲，只得是恹恹地勉强挨，几乎无时不觉到疲劳，甚么都觉得厌倦，这情形一直到如今。十年以前，我还只四十岁，不知道我年龄的，都以我是五十岁光景的人，近来居然有许多人叫我"老先生"。论年龄，五十岁的人应该还大有可为，古

今中外，尽有活到了七十八十，元气很盛的。可是我却
已经老了，而且早已老了。

这是他的悲哀，但他的并不因此而消极，正和他的不因寂寞
而厌世一样。他常常愤慨，常常叹息，常常悲愁。他的愤慨、叹
息、悲愁，正是他的入世处。他爱世、爱人，尤爱"执着"的有
所为的人，和狷介的有所不为的人。他爱年轻人；他讨厌权威，
讨厌做作、虚伪的人。他没有机心，表里如一。他藏不住话，有
什么便说什么。所以大家都称他"老孩子"。他的天真无邪之
处，的确够得上称为一个"孩子"的。

他从来不提防什么人。他爱护一切的朋友，常常担心他们
的安全与困苦。我在抗战时逃避在外，他见了面，便问道："没
有什么么？"我在卖书过活，他又异常关切地问道："不太穷困
么？卖掉了可以过一个时期吧。"

"又要卖书了么？"他见我在抄书目时问道。

我点点头：向来不作乞怜相，装作满不在乎的神气，有点倔
强，也有点傲然，但见到他的皱着眉头，同情的叹气时，我几乎
也要叹出气来。

他很远地挤上了电车到办公的地方来，从来不肯坐头等，总
是挤在拖车里。我告诉他，拖车太颠太挤，何妨坐头等，他总是
不改变态度，天天挤，挤不上，再等下一部；有时等了好几部还
挤不上。到了办公的地方，总是叹了一口气后才坐下。

"绖翁老了，"朋友们在背后都这么说。我们有点替他发
愁，看他显著地一天天地衰老下去。他的营养是那么坏，家里的

饭菜不好，吃米饭的时候很少；到了办公的地方时，也只是以一块面包当作午餐。那时候，我们也都吃着烘山芋、面包、小馒头或羌饼之类作午餐，但总想有点牛肉、鸡蛋之类伴着吃，他却从来没有过；偶然是涂些果酱上去，已经算是很奢侈了。我们有时高兴上小酒馆去喝酒，去邀他，他总是不去。

在沦陷时代，他曾经被敌人的宪兵捉去过。据说，有他的照相，也有关于他的记录。他在宪兵队里，虽没有被打，上电刑或灌水之类，但睡在水门汀上，吃着冷饭，他的身体因此益发坏下去。敌人们大概也为他的天真而恳挚的态度所感动吧，后来，对待他很不坏。比别人自由些，只有半个月便被放了出来。

他说，日本宪兵曾经问起了我："你有见到郑某某吗？"他撒了谎，说道："好久好久不见到他了。"其实，在那时期，我们差不多天天见到的。他是那么爱护着他的朋友！

他回家后，显得更憔悴了；不久，便病倒。我们见到他，他也只是叹气，慢吞吞地说着经过，并不因自己的不幸的遭遇而特别觉得愤怒。他永远是悲天悯人的——连他自己也在内。

在晚年，他有时觉得很起劲，为开明书店计划着出版辞典；同时发愿要译《南藏》。他担任的是《佛本生经》（*Jataka*）的翻译，已经译成了若干，有一本仿佛已经出版了。我有一部英译本的 *Jataka*，他要借去做参考，我答应了他，可惜我不能回家，托人去找，遍找不到。等到我能够回家，而且找到 *Jataka* 时，他已经用不到这部书了。我见到它，心里便觉得很难过，仿佛做了一件不可补偿的事。

他很耿直，虽然表面上是很随和。他所厌恨的事，隔了多少年，也还不曾忘记。有一次，在一个宴会上遇到了一个他在杭州第一师范学校教书时代的浙江教育厅长，他便有点不耐烦，叨叨地说着从前的故事。我们都觉得窘，但他却一点也不觉得。

他是爱憎分明的！

他从事于教育很久，多半在中学里教书。他对待学生们从来不采取严肃的督责的态度。他只是恳挚地诱导着他们。

> ……我入学之后，常听到同学们谈起夏先生的故事，其中有一则我记得最牢，感动得最深的，是说夏先生最初在一师兼任舍监的时候，有些不好的同学，晚上熄灯，点名之后，偷出校门，在外面荒唐到深夜才回来；夏先生查到之后，并不加任何责罚，只是恳切地劝导，如果一次两次仍不见效，于是夏先生第三次就守候着他，无论怎样夜深都守候着他，守候着了，夏先生对他仍旧不加任何责罚，只是苦口婆心，更加恳切地劝导他，一次不成，二次，二次不成，三次……总要使得犯过者真心悔过，彻底觉悟而后已。
>
> ——许志行《不堪回首悼先生》

他是上海立达学园的创办人之一，立达的几位教师对于学生们所应用的也全是这种恳挚的感化的态度。他在国立暨南大学做过国文系主任，因为不能和学校当局意见相同，不久，便辞职不干。此后，便一直过着编译的生活，有时，也教教中学。学生们对于他，印象是非常深刻，都敬爱着他。

他对于语文教学，有湛深的研究。他和刘薰宇合编过一本《文章作法》，和叶绍钧合编过《文章讲话》《阅读与写作》及《文心》，也像做国文教师时的样子，细心而恳切地谈着作文的心诀。他自己作文很小心，一字不肯苟且；阅读别人的文章时，也很小心，很慎重，一字不肯放过。从前，《中学生》杂志有过"文章病院"一栏，批评着时人的文章，有发必中；便是他在那里主持着的；他自己也动笔写了几篇东西。

古人说"文如其人"。我们读他的文章，确有此感。我很喜欢他的散文，每每劝他编成集子。《平屋杂文》一本，便是他的第一个散文集子。他毫不做作，只是淡淡地写来，但是骨子里很丰腴。虽然是很短的一篇文章，不署名的，读了后，也猜得出是他写的。在那里，言之有物，是那么深切地混和着他自己的思想和态度。

他的风格是朴素的，正和他为人的朴素一样。他并不堆砌，只是平平地说着他自己所要说的话。然而，没有一句多余的话，不诚实的话，字斟句酌，决不急就。在文章上讲，是"盛水不漏"，无懈可击的。

他的身体是病态的胖肥，但到了最后的半年，显得瘦了，气色很灰暗。营养不良，恐怕是他致病的最大原因。心境的忧郁，也有一部分的因素在内。友人们都说他"一肚皮不合时宜"。在这样一团糟的情形之下，"合时宜"的都是些何等人物，可想而知。怎能怪绽尊的牢骚太多呢！

想到这里，便仿佛听见他的叹息，他的悲愤的语声在耳边响着。他的忧郁的脸，病态的身体，仿佛还在我们的眼前出现。然而他是去了！永远地去了！那悲天悯人的语调是再也听不到了！

如今是，那么需要由叹息、悲愤里站起来干的人，他如不死，可能会站起来干的。这是超出于友情以外的一个更大的损失。

原载1946年6月1日第1卷第5期《文艺复兴》

悼许地山先生

许地山先生在抗战中逝世于香港。我那时正在上海蛰居，竟不能说什么话哀悼他——但心里是那么沉痛凄楚着。我没有一天忘记了这位风趣横逸的好友。他是我学生时代的好友之一。真挚而有益的友谊，继续了二十四五年，直到他的死为止。

人到中年便哀多而乐少。想起半生以来的许多友人们的遭遇与死亡，往往悲从中来，怅惘无已。有如雪夜山中，孤寺纸窗，卧听狂风大吼，身世之感，油然而生。而最不能忘的，是许地山先生和谢六逸先生，六逸先生也是在抗战中逝去的。记得二十多年前，我住在宝兴西里，他们俩都和我同住着，我那时还没有结婚，过着刻板似的编辑生活，六逸在教书，地山则新从北方来。每到傍晚，便相聚而谈，或外出喝酒。我那时心绪很恶劣，每每借酒浇愁，酒杯到手便干。常常买了一瓶葡萄酒来，去了瓶塞，一口气咕嘟嘟地全都灌下去。有一天，在外面小酒店里喝得大醉归来，他们俩好不容易把我扶上电车，扶进家门口。一到门口，我见有一张藤的躺椅放在小院子里，便不由自主地躺了下去，沉沉入睡。第二天醒来，却睡在床上。原来他们俩好不容易地又设法把我抬上楼，替我脱了衣服鞋子。我自己是一点知觉也没有了。一想起这两位挚友都已辞世，再见不到他们，再也听不到他们的语声，心里便凄楚欲绝。为什么"悲哀"这东西老跟着人跑呢？为什么跑到后来，竟越跟越紧呢？

地山到北平燕京大学念书。他家境不见得好。他的费用是由闽南某一个教会负担的。他曾经在南洋教过几年书。他在我们这一群未经世故人情磨炼的年轻人里，天然是一个老大哥。他对我们说了许多我们从来没有听到过的话。他有好些书，西文的、中文的，满满地排了两个书架。这是我所最为羡慕的。我那时还在省下车钱来买杂志的时代，书是一本也买不起的。我要看书，总是向人借。有一天傍晚，太阳光还晒在西墙，我到地山宿舍里去。在书架上翻出了一本日本翻版的《太戈尔诗集》，读得很高兴。站在窗边，外面还亮着。窗外是一个水池，池里有些翠绿欲滴的水草，人工的流泉，在淙淙地响着。

"你喜欢太戈尔的诗么？"

我点点头，这名字我是第一次听到，他的诗，也是第一次读到。

他便和我谈起太戈尔的生平和他的诗来。他说道："我正在译他的《吉檀迦利》呢。"随在抽屉里把他的译稿给我看。他是用古诗译的，很晦涩。

"你喜欢的还是《新月集》吧。"便在书架上拿下一本书来。"这便是《新月集》，"他道，"送给你，你可以选着几首来译。"

我喜悦地带了这本书回家。这是我译太戈尔诗的开始。后来，我虽然把英文本的《太戈尔集》，陆续地全都买了来，可是得书时的悦喜，却总没有那时候所感到的深切。

　　我到了上海，他介绍他的二哥敦谷给我。敦谷是在日本学画的，一位孤芳自赏的画家，与人落落寡合，所以，不很得意。我编《儿童世界》时，便请他为我作插图。第一年的《儿童世界》，所有的插图全出于他的手。后来，我不编这周刊了，他便也辞职不干。他受不住别的人的指挥什么的，他只是为了友情而工作着。

　　地山有五个兄弟，都是真实的君子人。他曾经告诉过我，他的父亲在台湾做官，在那里有很多的地产。当台湾被日本占去时，曾经宣告过，留在台湾的，仍可以保全财产，但离开了的，却要把财产全部没收。他父亲招集了五个兄弟们来，问他们谁愿意留在台湾，承受那些财产，但他们全都不愿意。他们一家便这样地舍弃了全部资产，回到了祖国。因此，他们变得很穷。兄弟们都不能不很早地各谋生计。

　　他父亲是丘逢甲的好友，一位仁人志士，在台湾独立时代，尽了很多的力量，写着不少慷慨激昂的诗。地山后来在北平印出了一本诗集。他有一次游台湾，带了几十本诗集去，预备送给他的好些父执，但在海关上，被日本人全部没收了。他们不允许这诗集流入台湾。

　　地山结婚得很早。生有一个女孩子后，他的夫人便亡故。她葬在静安寺的坟场里。地山常常一清早便出去，独自到了那坟地上，在她坟前，默默地站着，不时地带着鲜花去。过了很久，他方才续弦，又生了几个儿女。

　　他在燕大毕业后，他们要叫他到美国去留学，但他却到了牛津。他学的是比较宗教学。在牛津毕业后，他便回到燕大教书。

他写了不少关于宗教的著作；他写着一部《道教史》，可惜不曾全部完成。他编过一部《大藏经引得》。这些，都是扛鼎之作，别的人不肯费大力从事的。

茅盾和我编《小说月报》的时候，他写了好些小说，像《换巢鸾凤》之类，风格异常的别致。他又写了一本《无从投递的邮件》，那是真实的一部伟大的书，可惜知道的人不多。

最后，他到香港大学教书，在那里住了好几年，直到他死。他在港大，主持中文讲座，地位很高，是在"绅士"之列的。在法律上有什么中文解释上的争执，都要由他来下判断。他在这时期，帮助了很多朋友们。他提倡中文拉丁化运动，他写了好些论文，这些，都是他从前所不曾从事过的。他得到广大的青年们的拥护。他常常参加座谈会，常常出去讲演。他素来有心脏病，但病状并不显著，他自己也并不留意静养。

有一天，他开会后回家，觉得很疲倦，汗出得很多，体力支持不住，便移到山中休养着。便在午夜，病情太坏，没等到天亮，他便死了。正当祖国最需要他的时候，正当他为祖国努力奋斗的时候，病魔却夺了他去。这损失是属于国家民族的，这悲伤是属于全国国民们的。

他在香港，我个人也受过他不少帮助。我为国家买了很多的善本书，为了上海不安全，便寄到香港去；曾经和别的人商量过，他们都不肯负这责任，不肯收受，但和地山一通信，他却立刻答应了下来。所以，三千多部的元明本书，钞校本书，都是寄到港大图书馆，由他收下的。这些书，是国家的无价之宝；虽然在日本人陷香港时曾被他们全部取走，而现在又在日本发现，全部要取回来，但那时如果仍放在上海，其命运恐怕要更劣于此——也许要散失了，被抢得无影无踪了。这种勇敢负责的行为，保存民族文化的功绩，不仅我个人感激他而已！

他名赞堃，写小说的时候，常用落华生的笔名。"不见落华生么？花不美丽，但结的实却用处很大，很有益"，当我问他取这笔名之意时，他答道。

他的一生都是有益于人的，见到他便是一种愉快。他胸中没有城府。他喜欢谈话。他的话都是很有风趣的，很愉快的。老舍和他都是健谈的。他们俩曾经站在伦敦的街头，谈个三四个钟点，把别的约会都忘掉。我们聚谈的时候，也往往消磨掉整个黄昏，整个晚上而忘记了时间。

他喜欢做人家所不做的事。他收集了不少小古董，因为他没有多余的钱买珍贵的古物。他在北平时，常常到后门去搜集别人所不注意的东西。他有一尊元朝的木雕像，绝为隽秀，又有元代的壁画碎片几方，古朴有力。他曾经搜罗了不少"压胜钱"，预备做一部压胜钱谱，抗战后，不知这些宝物是否还保存无恙。他要研究中国服装史，这工作到今日还没有人做。为了要知道"纽扣"的起源，他细心地在查古画像，古雕刻和其他许多有关的资料。他买到了不少摊头上鲜有人过问的"喜神像"，还得到很多玻璃的画片。这些，都是与这工作有关的。可惜牵于他故，牵于财力、时力，这伟大的工作，竟不能完成。

我为中国版画史的时候，他很鼓励我。可惜这工作只做了一半，也困于财力而未能完工。我终要将这工作完成的，然而地山却永远见不到他的全部了！

他心境似乎一直很愉快，对人总是很高兴的样子。我没有见他疾言厉色过；即遇怫意的事，他似乎也没有生过气。然而当神圣的抗战一开始，他便挺身出来，献身给祖国，为抗战做着应该做的工作。

抗战使这位在研究室中静静地工作着的学者，变为一位勇猛的斗士。

他的死亡，使香港方面的抗战阵容失色了。他没有见到胜利而死，这不幸岂仅是他个人的而已！

他如果还健在，他一定会更勇猛地为和平建国、民主自由而工作着的。

失去了他，不仅是失去了一位真挚而有益的好友，而且是，失去了一位最坚贞、最有见地、最勇敢的同道的人。我的哀悼实在不仅是个人的友情的感伤！

原载1946年7月1日第1卷第6期《文艺复兴》

耿济之先生传

耿济之先生，名匡，字孟邕，上海市人。他生于前清光绪二十四年（公元一八九八年）十二月初七日。在上海读毕了中学，后因为他父亲在北平做事，就到北平去上学。入俄文专修馆，与瞿秋白先生同学，瞿先生比他低一班。他在学校里，学业成绩总是比别人好。五四运动的时候，他和瞿先生都是俄专的代表。曾应北平青年会之请，与许地山、瞿菊农、瞿秋白、郑振铎几个人，编辑《新社会》周刊，销行甚广，远至四川、南洋各地。后《新社会》被当局封闭，改出《人道》月刊，仅出一期，又因经济困难而夭折。他在这时候对于俄国文学开始感到很浓厚的兴趣，着手翻译托尔斯泰的《家庭幸福》。这是他从事于翻译工作的发端。后来陆续地译出《托尔斯泰短篇小说集》（与瞿秋白先生合译），及几部俄国戏曲，又译托尔斯泰的大著《复活》。中华民国八年，他于俄专毕业后，即在外交部服务。二十四岁，与钱女士结婚。婚后不久，被派往苏联，任赤塔中国领事馆随习领事。在赤塔三年，译了不少的俄国小说。后调往伊尔库次克中国领事馆，任副领事，并代理领事。仍在从事于翻译。他在西比利亚，一住便是好几年，实在有些腻烦了。无一个可谈的人，也很少有忙迫的时候，除了替几个侨民们办理些琐屑的事务。在伊尔库次克二年，又调往列宁格拉特，任副领事。这时候，他方才到了苏联的中心，增加了不少见识。但不久，他的心脏病开始发现了。一年之后，不得不请假回国休养。在国内，他还是不停地做着翻译的工作。他对于俄国文学实有深切的爱好，所以随便在哪里也不曾放弃了他的介绍的热忱。在国内休息了一年后，又被派往赤塔中国领事馆，任领事。屠格涅夫的《猎人日记》便是在这个时候译成的。在西比利亚一住又是四年。他的心脏病又发作了。只得请假回国。半年后，蒋廷黻氏任苏联大使，约他一同到苏联去。他在大使馆里做秘书。为了他的文学的修养和翻译的努力，莫斯科的人士们知道他的很多。但他生性不善交际，且又沉默寡言，故没有多大的活动。这时候，他译的东西最少，大概是因为大使馆里的工作很忙之故。蒋氏回国后，他代理过大使几个月。后来，被调到海参崴，做总领事。这时候正在中日战争开始的时期，他的工作是十分忙碌的。忙迫的事务使他血压一天天地高了。医生劝告他必须长期休养。他也因为在国外太久了，想回国看看，便向外交部请假。过了好久，上了好几次的辞呈，方才得到允许。这时，东三省已经不能走了。他便转道到欧洲，从意大利坐船回国。到了上海，政府已经迁都到重庆去。他休息了一个月，便赴香港，欲由广州到重庆。但在香港，他的心脏病复发了，情形很严重，绝对不能作长途的旅行。只好再回到上海住着。在上海沦陷的几年里，他杜门索居，轻易不见人，所常常过从的，只是有限的几位老朋友们。他用耿孟邕的名字，避免了敌伪爪牙的查询与麻烦。但也曾有过敌人到他家里去，查问翻译俄国文学的耿济之。他很技巧地对付过去了。但每天生活在敌人的刀光枪影之下，总觉得不安心，经常地郁郁不欢。屡次地想走，都没有走成。他的家庭的负担实在太重了。他没有别的工作做，只是整天地埋头翻译。替良友出版公司译了杜思陀益夫斯基的《兄弟们》，又替开明书店译了《白痴》和高尔基的小说。他是完全依靠翻译为生了。每天至少得译个三四千字。过度辛劳的工作，使他一天天地更衰弱下去。后来，又替生活书店译高尔基的著作，还计划着动手编辑一部《中俄字典》。这部字典后来也已动手，写了一部分。但生计还是难于维持。不断地须斥卖些东西来补助。家里到了数米为炊的时候，常常以面、珍珠米和豆当饭吃。而他精神上的痛苦，比物质的痛苦更甚。三十四年八月十日，敌人投降的消息传来时，他兴奋异常，夜不成眠，以为从此以后，总可以有好日子过了。但他已和外交界失去了联络。胜利后，他还是孤寂地住在上海。两个月后，他方才得到张嘉璈氏的电召，飞到重庆去。十月十日，随张氏飞到东北，任中长铁路理事会总务处之职。这工作很繁琐，决不是他所能应付得来的。然而，他不能不做下去。但他的生活还是那么清苦。薄俸所入，并不能解决他的生计。仅仅过了两三个月，他又动念要继续从事翻译的工作。从前在做外交官时代，他的翻译是为了自己的兴趣，现在的翻译却不能不为稻粱谋了。想不到胜利之后，他的穷困并没有减除，而且更有加甚。白天里在理事会里对付着繁琐的事务，晚上，在灯下，又要执笔译书。在这双重的工作的压迫下，他的血压又高起来。勉强地支持了一年，在去年冬天，便不能不请假回家来休养。在上海住了一个月，找不到别的事，只好又回沈阳。他接洽了几家书店，携了好些参考书去，仍预备翻译些俄国小说，并继续编辑《中俄字典》。在三十六年三月二日下午三时，他突患急性脑溢血症，晕倒在地，不省人事。二十分钟后，即长逝人世。享年仅五十岁。遗下四个女儿，静芬、宁芬、美芬、敏芬，和一个男孩子肃。最大的女儿静芬已经出嫁育子了。男孩子还只有十二岁。他一生苦作，两袖清风；文士的生涯便是这样的凄凉的么？然而，他遗下的许多部不朽的译作，却使他永远地活着。他的遗属和友人们正谋出版他的全集。全集的刊行，不仅为了纪念他，在中国文艺界也会有极大的影响的。他活在友人们的心里，他也活在他的读者们的心里！

原载1947年4月15日第4卷第4期《文艺春秋》

想起和济之同在一处的日子

这几年，连续地丧失了许多好友。地山的死，使我痛苦最甚。我们正在做着一件事，他帮了我许多的忙。而他的死，几乎使那件事付托无人。而想起了三十年前在他盔甲厂宿舍里的纵谈，应和着窗前流水的淙淙，至今犹像在眼前。接着，六逸又在贵阳死了。我们在上海同住在一个宿舍里好几年，且在同一个文化机关里同事了好几年。他是那么刚正不阿，而对于朋友们又是那么慈祥纵容，一团和气。他的温和的语笑，如今也还像在眼前晃着。现在，我又在哭济之了！济之死在沈阳，和六逸一样，都是为了穷，为了工作过度而死的！他太太呜咽地说道："他独自个死在那边，没有一个亲人。入殓时不知穿什么衣服，有没有好好地成殓？"说着，便大哭起来。我伤心得连泪水也被灼干了，一句安慰的话也说不出来。

想起三十年前学生时代终日同在一处的朋友们，经过了这三十年，已经是凋落将尽了。梦良、亦几、秋白、庐隐早已成古人了。地山、济之又死，怎么不令我们几个活在这苦难的世界上的人兴"人生无常"之恸呢？

我和济之认识最早。在五四运动的前一年，我常常到北京青年会看书。那个小小的图书馆里，有七八个玻璃橱的书，其中以关于社会学的书，及俄国文学名著的英译本为最多。我最初很喜欢读社会问题的书。青年会干事美国人步济时是一位很和蔼而肯帮助人的好人。他介绍给我看些俄国文学的书。在那里面，有契诃夫的戏曲集和短篇小说集，有安特列夫的戏曲集，托尔斯泰的许多小说等。我对之发生了很大的兴趣。这小小的图书馆成了我常去盘桓的地方。有一位孔先生，不记得他是哪个学校的学生了，也常去。我们谈得很起劲。他介绍济之给我相识。恰好那时候青年会要办一个学生刊物，便约我和济之几个人来编。同时，还有秋白、菊农、地山几个人，同在这个编委会里。这个刊物定名为《新社会》。我们经常地聚在一起闲谈，很快地便成为极要好的朋友们，几乎天天都见面。我住的地方最狭窄，也最穷。济之和菊农的家，在我们看来，很显得阔气。秋白的环境也不好。他在我们几个人当中，最为老成，而且很富于哲学思想，他读着老子和庄子。地山住在燕大宿舍里，也是我们里的一位老大哥，他有过不少的社会经验，在南洋一带，当过中学教员。我们常常带着好奇心，听他叙述南洋的故事和他自己及他一家在台湾的可歌可泣的生活。和他们两个人比起来，济之、菊农和我，简直是还没有见过世面的孩子们。

我们这个集团，很起劲地工作着。我常常很早地起来，从东城步行到琉璃厂附近的一家印刷所里去校对。但过不了几个月，这个刊物便被封闭了，经理某君也被捉去关了好几天才放出来。这是我们遭受到暴力的压迫与摧残。我那个时候，才懂得些世故。济之向来是不大说话的，但那时也很愤慨。我们立刻又计划着出版一个月刊，定名《人道》；在那里，秋白的文章写得最多。但只出版了一期，便因为经济的困难和青年会的怕麻烦，也夭折了。

五四运动爆发了。我们也没有工夫从事于文字工作了。我们这几个人都被选为代表；秋白、济之做了俄专的代表，菊农做了燕大的代表，我也做了我的学校的代表，我们仍是经常地聚集在一处。我们常常在晚上开会，而且总在教会学校里。一个个地溜进去，开会完了，又一个个地溜出来，还要看看背后有没有人跟踪着。有一次，秋白便被侦探们注意地跟随了好久。

济之虽沉默寡言，处事却极有条理。在那时候，我们对于文学的兴趣突然大炽。我常常带了书到会场里看。济之有一位前辈叶君办了一个《新中国》杂志，需要些文艺的稿子，他和秋白便开始了俄国文学的翻译工作。我记得他的第一篇译文是托尔斯泰的《家庭幸福》。说来很可怜，那时候的俄专，教的是俄文，却从来不讲什么俄国文学。济之、秋白知道译托尔斯泰的著作，对于俄国文学的源流，却无书可资参考，便托我在英文书里找这一类的材料替他们做注解。我那时所能得到的，也只是薄薄的一本Bome Library的《俄国文学史》而已。我自己也从英文里，重译了一篇俄国小说，登载在《新中国》里。这是我第一次由写稿获得稿费的事。记得那时候多么高兴！我午餐向来是以烩老饼或云吞当饭的，那一天却破例叫了两个菜，正式吃了一顿白米饭。大约还花不到五毛大洋吧。在我已是十分的豪奢了。以后，又和蒋百里先生见面，替共学社译了不少俄国文学的名著。济之和秋白合译了《托尔斯泰短篇小说集》，我译了契诃夫的《樱桃园》，后来，济之又译了《复活》和其他的几部大书。他结婚的时候，便是靠《复活》的稿费补助的。

为了对于文学兴趣的浓厚，我们便商量着组织一个文艺协会。第一次开会便借济之的万宝盖胡同的寓所。到会的有蒋百里、周作人、孙伏园、郭绍虞、地山、秋白、菊农、济之和我，还约上海的沈雁冰，一同是十二个人，共同发表了一篇宣言，这便是文学研究会的开始。

高梦旦先生到了北平来，我和济之去找他，预备在商务印书馆出版一个文学杂志。梦旦先生说，还是把《小说月报》改革一下吧。当时便决定由雁冰接办《小说月报》，而由我负责在北京集稿寄去。这时候，地山第一次用落华生的笔名，写他的小说，济之和秋白也为《小说月报》译些俄国小说。

过了半年多，我毕业了，派到上海来服务。济之也毕业了，被派到外交部工作。不久，他便结婚了。又被派到莫斯科使馆里做事。此后十几年，他总在莫斯科和西比利亚一带做着外交官。我们见面的机会很少。但每当他回国的时候，我们总要见面几次，盘桓好几天。他第一次回来时，和家眷同归；他那时已是两个孩子的父亲了。显得更沉着，更沉默寡言。但他虽做着外交官，他的翻译的工作却从未间断过。许多托尔斯泰、屠格涅夫的大著作都由他介绍到中国来。

不知什么时候，他发现他自己有很严重的心脏病，便请假回国休养。接着，抗战起来了。他住在上海，几次要到内地去。有一次已经到了香港，因为心脏病复发，不能走，便只好又回到上海来。这七八年，我们总聚会在一处。他还是继续不断地做着翻译的工作。他的负担很重。每天都不能不写个两三千字。又计划着要编一部《中俄字典》。

日寇进占租界时，我离开了家，埋名隐姓地住在一个朋友家里。我们总有半年不曾见面。后来，我又找到了他。我们计划着要译些什么以维持生活。当时，便和开明书店商量，他着手译高尔基的几部小说；杜斯妥夫斯基的《白痴》和《兄弟们》两部大著作，也是他在这时候译成的。后来，又替生活书店译了一部高尔基的小说。《中俄字典》也开始着手编写。他是那么起劲而过度地工作着。

我们常在开明书店见面，常常地以大饼或生煎馒头或烘山芋当午饭。仿佛又恢复了学生时代的生活。在那时候，吃一顿白米饭可真不易！调孚是从家里带了一包炒米粉来，用茶送下去，勉强地吞咽着当作一顿饭。彼此相顾苦笑，但也并不以为苦，觉得这苦是应该吃的！济之在那时还开了一爿旧书店，这是我替他出的主意。然而，根本不能挣钱，不能补助他的生计。不久，这爿店也便关门了。

他本来很胖。然而最近几年来，大约因为过度工作的结果，显著地瘦了下来。他本来很乐观，而最后，也显得十分忧郁。而工作的重担却总是压住他，一刻也不放松，他的负担实在太重了！

胜利了。我们都很喜悦，他也常常显着笑容，做着种种的梦。过了两个多月，他才由他兄弟式之的介绍，飞到重庆，就了东北的长春铁路理事会的总务处长。他如何能做这么繁琐的工作呢？他不曾回上海，便由重庆直飞到沈阳就任。待遇很菲薄，家用还是不够。他写信来，依然要翻译点什么。去年，他请假回来，我们又重聚了一个多月。他更瘦了。自觉心脏病又严重起来，腿有点肿。我们劝他不要再去了。然而，在这里有什么办法可留下他呢？

他在这一个多月的逗留中，总是计划着要译些什么，编些什么。《中俄字典》也依旧继续地编下去，参考书也带去了不少。他走的时候，我因为忙，没有去送他，也没有和他长谈，想不到这一别便永远地见不到他了！

他最后给我的一封信，说起那工作对他的不适宜，想要有机会教书。还谈起他的一位同学韩君死了，留下不少俄文书，遗嘱要卖了维持生活，托我设法。不料，他自己不久也就成了古人了！

回想到三十年来相处的日子，见到他灵前的白烛的发抖的光焰和他宛然犹在的遗容，心里便透过一阵冷颤。济之便这样地一瞑不视了么？蓝印的讣闻，正放在桌上，翻开了便见到他的遗容，简直如见到他还坐在我客室里谈着似的，然而他却永远不会再见到了！

多少少年时候的朋友们都这样匆匆地了结了他们的一生，没有见到"太平"，没有享受过应该享受的生活，济之便是一个。他们能够死得瞑目么？呜呼！我不忍再写下去了！

三十六年四月三日写

原载1947年4月5日《文汇报》

悼李公朴闻一多二先生

　　听到了李公朴先生的被刺，悲愤无已！正想说几句话，刚摊开了纸，提起笔来，要写下去，早报来了，一翻开来，便触目惊心地读到闻一多先生又在昆明被刺身死的消息！言语文字已不能表达我们的愤怒了！这是什么一个世界！"打"风之后，继之以政治暗杀，显见得手段之日益残酷。凡有点正义感的人，凡肯说几句公平话的人，凡能替老百姓们传达其痛苦的呼吁的人，恐怕都难免有"危险"。然而"暗杀"能够阻止有正义感的人的发言么？"暗杀能够吓得退从事于民众运动或政治工作的人么？"这正如要用武力来解决中国问题一样，明显地是不可能！

　　"民不畏死，奈何以死惧之！"凡有坚定的信仰和主张的人，生死早已置之度外。他们不会怕死贪生。对他们，"暗杀"的阴影，只有更增加其决心与愤怒，丝毫不能摇撼其信仰。正如战争，前面的人倒下了，后面的人绝对不会停步退却的，反因战友的死，而更燃起了向前冲去的勇气。

　　"打"是恶劣的手段，"暗杀"是更进一步的卑鄙的作风。凡是政治家，必须以堂堂正正之师与人相见，有理论，有主张，

165

尽管说出来，与对手方见个高低，而以"暗杀"来沉默对手方的发言，却是最无聊、最无耻的方法。这不是政治家，这是谋杀犯！以这样的手段来做政治活动简直是自杀！

像李公朴闻一多二先生那样的人是"暗杀"不尽的。可悲可痛的是，他们乃在胜利之后，从背后被人打了几枪而死；他们为呼吁和平而死；他们为不愿意见到兄弟们自相残杀而呼吁不要内战而死；他们手无寸铁，不想拥兵自卫，结果是被"暗杀"，那么，有自卫力量的人，谁还肯放下其自卫的力量呢？

李公朴先生一生致力于民众教育；战前，在上海有过广大的影响。不意，继较场口被打之后，竟以身殉。闻一多先生为一诗人，曾出版过诗集《红烛》和《死水》，在新诗人里是严肃而注重于格律的一位。他从来不问政治。在清华大学教杜诗，教《诗经》，曾经有过不少重要的考证的论文发表。他随学校到了昆明，继续在西南联大教书，教的还是《诗经》等课程。"民主"的呼号把他从恬静的书室里呼唤出来。他曾为呼吁和平，争取民主，尽了很大的力量。不意，继于李公朴先生之后，他也以身殉国了！尤为残酷的是，他的公子闻立鹤也中弹五发，伤势严重；胸部左右，各中一弹，大腿中弹三发，一腿已断，能否出险，尚可不知。闻公子并不参加民主运动，而亦遭此横祸，人的生命尚有丝毫的保障么？

他们两位先生为国牺牲，永垂不朽，上海各界正在筹备举行"人民葬"，将有以谋作永久之纪念之举。他们未睹和平统一、民主的中国的建立而死，实死不瞑目。但他们的血，像火种似的，已经深种在四万万千千万人民的胸中，薪尽火传，他们是不怕没有后继者的；后继者们将更多、更多起来。死一李公朴，将更有千万个李公朴继之而起，杀一闻一多，将更有千万个闻一多继之而起。前仆后继，暗杀者其能将四万万五千万爱好和平、主张民主的人民们尽杀之么？

我们悲愤于李、闻二先生的壮烈殉难，我们敬向二先生的遗属致最恳挚的哀悼之意！

但我们于悲愤、哀悼之余，我们不能不对国民们和政府说几句话。

我们呼吁和平，争取民主，全为中国的前途着想；我们希望看见强盛、民主、和平的中国的实现。我们没有任何政治的欲望，也没有任何党派的背景。我们一介书生，手无寸铁，所有的只是口和笔。如果国家升平，民生安定，我们只愿意在书室里做我们所应做的工作，所想做的工作，绝对地没有任何的好心情，从事于任何政治活动。像闻一多先生，其心情想来也是同样的。然而，在这种的政局之下，凡为一个中国国民，如何能够忍心看得下去呢？！作为一个中国的国民，我们不能不出来说几句话，说我们想说的话，应该说的话。在我们觉得，实在是歉愧之至。因为除了口和笔之外，并没有别的东西可以贡献给国家。然而，即此微薄的呼吁和平而合法的工作，也要遭到横祸，受到暗算，遇到毒手，则实在无话可说了！到了我们不能说话的时候，那么，应该怎样说话，便不问可知了。我们为此危惧！

到底是什么人在做着这种不人道的卑鄙的政治暗杀的事呢？这对于政府是有害无益的。商谈之门，并没有杜绝。打仗的，也还在断断续续地谈着，而呼吁和平、大叫不要打的人们却首先遭到了暗杀，这是什么一种做法呢？主持的人，为何会愚蠢至此呢？为政府计，必须彻底查明主使之人，依法公开审判，依法严加惩办，单是负责治安机关一纸悬赏缉凶的布告是绝对不够的。政府对于昆明负责治安的机关，应该严厉督促其"破案"，务期获到凶手，严查主使之人，并保证以后在任何地方不再有同样的政治暗杀事件发生。同时，对于李、闻二先生的善后，必须负责办理；对于昆明的负责治安者必须加以惩戒；这些，都是"题内文章"，我们不必多说。

我们所悲哀的是，中华民国已经有了三十五年的历史了，政治上，却一点进步也没有。舍堂堂正正的政治斗争方式而不用，而还在用武力，用暗杀来杜绝人民们的呼吁的，这岂复有丝毫清明之气存在！"暗杀"是最下流的手段，凡为光明磊落的人或任何党派都绝对地不会使用这个手段的。袁世凯派人暗杀了宋教仁，暗杀了陈英士，然而对于国民党的活动和发展，到底有什么阻碍没有？这两个大暗杀案，只增加了人民们对于袁氏政权的厌恶和憎恨，却丝毫不能削减国民党的力量。这不是明显的前车之鉴么？用暴力来企图削弱或扑灭对方的，一定会自食其果。除了招致了人民们的普遍的不平和厌恨之外，任何效果是不会得到的。相反地，反而暴露了这主持政治的谋杀者的胆怯与无知，惶恐与无力。凡有智慧、有力量、有见解、有主张的任何政党或政治家，在有所主张，有所活动时，都是要以正规的政治活动的方法出之的。如果在英国或美国，有某一个政党，胆敢用这种卑怯的暗杀手段，加之于对手方的，立刻，她的政治生命便会寿终正寝，人民们立刻便会群起而攻之，把她驱逐出政治圈子以外去的。我们希望今日的政治，不要在黑暗之上再加上黑暗，不要在武力之上再加上暴力的卑怯的谋杀。且为国家留些体面，为民族存些正气，为社会惜着有用的人才，为自己保有些生机吧。

凡有前途、有活力的政党，绝对地不应该为自己掘墓坟，应该尽量地改变作风，纯然以堂堂正正之师，出与对手方相周旋。凡是民主国家的政党，都是富有竞技者的精神的；胜固可喜，败亦可鉴。心平气和，一心为国。尊重对手方，也便是尊重自己。这些话都是陈腐之极的老生常谈，然而在今日却还是谈不到的起码条件，岂不可悲可叹乎！

要照这样发展下去，"打"之后继之以"杀"，我们实在要为中国的政局前途哭！难道和平的合法的主张和言论，正义的公平的呼吁，已不可能在中国出现了么？难道主张和平的，争取民主的，以合法方式来从事政治活动的，有正义感的，肯出来替受苦难的人民们说几句话，便都要被视为眼中之钉，不除去不快了么？

虽然这谋杀或暗杀事件发生在昆明，受难者是李、闻二先生，然其影响是极大的，其意义是极深刻的。四万万五千万人是不会允许这种不名誉的政治暗杀事件再度在其他地方发生的。这种不名誉的政治暗杀事件，在国际上将发生怎样的一种反应啊！我们到底是一个野蛮的黑暗的国家呢，还是一个正向民主道路走去的现代的国家？我们在国际的地位上，已经是一天天地向下走了，如何再能自己再加速度地堕落下去呢？"天助自助者。"像这样地胡闹、胡搞下去，即有"助我者"，恐亦将望望然而去之的吧！

李、闻二先生首先为国牺牲了，为争取民主而以身殉之了，我们国民们必须急起直追，不息不懈，为二先生雪恨，而彻底地查究那些凶手们及其指使的主持的人物，与众共弃之；而为了安慰李、闻二先生的在天之灵，我们也将相誓地踏着二先生的血迹前进，决不中途停步。我们相信，民主的、自由的、强盛的中国，早或迟，必定会建立的；在那时候，我们当再以淡酒园蔬，祭告于二先生之灵道：

　　民主已经争取到了，建国事业正在进行，强盛、自由的中国已在实现了，二先生之目可以瞑矣。

　　然而，在今日，谁还能息一息肩，松一松前进的脚步呢！我们谨以泪，同时也以汗与血来哀悼壮烈殉难的李、闻二先生！

三五年七月十七写

原载1946年7月20日第40期《民主》

忆六逸先生

　　谢六逸先生是我们朋友里面的一个被称为"好人"的人，和耿济之先生一样，从来不见他有疾言厉色的时候。他埋头做事，不说苦、不叹穷、不言劳。凡有朋友们的委托，他无不尽心尽力以赴之。我写《文学大纲》的时候，对于日本文学一部分，简直无从下手，便是由他替我写下来的——关于苏联文学的一部分是由瞿秋白先生写的。但他从来不曾向别人提起过。假如没有他的有力的帮忙，那部书是不会完成的。

　　他很早地便由故乡贵阳到日本留学。在早稻田大学毕业后，就到上海来做事。我们同事了好几年，也曾一同在一个学校里教过书。我们同住在一处，天天见面，天天同出同入，彼此的心是雪亮的。从来不曾有过芥蒂，也从来不曾有过或轻或重的话语过。彼此皆是二十多岁的人——我们是同庚——过着很愉快的生活，各有梦想，各有致力的方向，各有自己的工作在做着。六逸专门研究日本文学和文艺批评。关于日本文学的书，他曾写过三部以上。有系统地介绍日本文学的人，恐怕除他之外，还不曾有过第二个人。他曾发愿要译紫式部的《源氏物语》，我也极力怂愿他做这个大工作。后来不知道为什么他竟没有动笔。

他和其他的从日本留学回来的人，显得落落寡合。他没有丝毫的门户之见。他其实是外圆而内方的。有所不可，便决不肯退让一步。他喜欢和谈得来的朋友们在一道，披肝沥胆，无所不谈。但遇到了生疏些的人，他便缄口不发一言。

我们那时候，学会了喝酒，学会了抽烟。我们常常到小酒馆里去喝酒，喝得醉醺醺的回来。他总是和我们在一道，但他却是滴酒不入的。有一次，我喝了大醉回来，见到天井里的一张藤的躺椅，便倒了下去，沉沉入睡。不知什么时候，被他和地山二人抬到了楼上，代为脱衣盖被。现在，他们二人都已成了古人，我也很少有大醉的时候。想到少年时代的狂浪，能不有"车过腹痛"之感！

我老爱和他开玩笑，他总是笑笑，说道："就算是这样吧。"那可爱的带着贵州腔的官话，仿佛到现在还在耳边响着。然而我们却再也听不到他的可爱的声音了！

我们一直同住到我快要结婚的时候，方才因为我的迁居而分开。

那时候，我们那里常来住住的朋友们很多。地山的哥哥敦谷，一位极忠厚而对于艺术极忠心的画家，也住在那儿。滕固从日本回国时，也常在我们这里住。六逸和他们都很合得来。我们都不善于处理日常家务，六逸是负起了经理的责任的。他担任了那些琐屑的事务，毫无怨言，且处理得很有条理。

我的房里，乱糟糟的，书乱堆，画乱挂，但他的房里却收拾得整整有条，火炉架上，还陈列了石膏像之类的东西。

他开始教书了。他对于学生们很和气，很用心地指导他们，从来不曾显出不耐烦的心境过。他的讲义是很有条理的。写成了，就是一部很好的书。他的《日本文学史》，就是以他的讲义为底稿的。他对于学生们的文稿和试卷，也评改得很认真，没有一点马虎。好些喜欢投稿的学生，往往先把稿子给他评改。但他却从不迁就他们，从不马虎地给他们及格的分数。他永远是"外圆内方"的。

曾经有一件怪事，发生过。他在某大学里做某系的主任，教"小说概论"。过了一二年，有一个荒唐透顶的学生，到他家里，求六逸为他写的《小说概论》做一篇序，预备出版。他并没有看书，就写了。后来，那部书出版了，他拿来一看，原来就是他的讲义，差不多一字不易。我们都很生气。但他只是笑笑。不过从此再也不教那门课程了。他虽然是好脾气，对此种欺诈荒唐的行为，自不能不介介于心，他生性忠厚，却从来不曾揭发过。

他教了二十六七年的书，尽心尽责的。复旦大学的新闻学系，由他主持了很久的时候。在"七七"的举国抗战开始后，他便全家迁到后方去。总有三十年不曾回到他的故乡了，这是第一次的归去。他出来时是一个人，这一次回去，已经是儿女成群的了。那么远迢迢的路，那么艰难困顿的途程，他和他夫人，携带了自十岁到抱在怀里的几个小娃子们走着，那辛苦是不用说的。

自此一别，便成了永别，再也不会见到他了！胜利之后，许多朋友们都由后方归来了，他的夫人也携带了他的孩子们东归了，但他却永远永远地不再归来了！他的最小的一个孩子，现在已经靠十岁了。

记得我们别离的时候，我到他的寓所里去送别。房里家具凌乱地放着，一个孩子还在喂奶，他还是那么从容徐缓地说道：
"明天就要走了。"然而，我们的眼互相地望着，各有说不出的
黯然之感。不料此别便是永别！

他从来没有信给我——仿佛只有过一封信吧，而这信也已抛
失了——他知道我的环境的情形，也知道我行踪不定，所以，不
便来信，但每封给上海友人的信，给调孚的信，总要问起我来。
他很小心，写信的署名总是用的假名字，提起我来，也用的是假
名字。他是十分小心而仔细的。

他到了后方，为了想住在家乡之故，便由复旦而转到大夏大
学授课。后来，又在别的大学里兼课，且也在交通书局里担任编
辑部的事。贵阳几家报纸的文学副刊，也多半由他负责编辑。他
为了生活的清苦，不能不多兼事。而他办事，又是尽心尽力的，
不肯马虎，所以，显得非常的疲劳，体力也日见衰弱下去。

生活的重担，压下去，压下去，一天天地加重，终于把他压
倒在地。他没有见到胜利，便死在贵阳。

他素来是乐天的，胖胖的，从来不曾见过他的愤怒。但听
说，他在贵阳时，也曾愤怒了好几回。有一次，一个主省政的官
吏，下令要全贵阳的人都穿上短衣，不许着长衫。警察在街上，
执着剪刀，一见有身穿长衫的人，便将下半截剪了去。这个可笑
的人，听说便是下令把四川全省靠背椅的靠背全部锯了去的。六
逸愤怒了！他对这幼稚任性，违抗人民自由与法律尊严的命令不
断地攻击着。他的论点正确而有力。那个人结果是让步了，取消
了那道可笑的命令。六逸其他为了人民而争斗的事，听说还有不
少。这愤怒老在烧灼着他的心。靠五十岁的人也没有少年时代的

好涵养了。

　　时代迫着他愤怒、争斗，但同时也迫着他为了生活的重担而穷苦而死。

　　这不是他一个人所独自走着的路。许多有良心的文人们都走着同样的路。

　　我们能不为他——他们——而同声一哭么？

三十六年七月十七日写

原载1947年9月15日第7卷第3期《文讯》

哭佩弦

从抗战以来，接连地有好几位少年时候的朋友去世了。哭地山、哭六逸、哭济之，想不到如今又哭佩弦了。在朋友们中，佩弦的身体算得很结实的。矮矮的个子，方而微圆的脸，不怎么肥胖，但也决不瘦。一眼望过去，便是结结实实的一位学者。说话的声音，徐缓而有力。不多说废话，从不开玩笑；纯然是忠厚而笃实的君子。写信也往往是寥寥的几句，意尽而止。但遇到讨论什么问题的时候，却滔滔不绝。他的文章，也是那么地不蔓不枝，恰到好处，增加不了一句，也删节不掉一句。

他做什么事都负责到底。他的《背影》，就可作为他自己的一个描写。他的家庭负担不轻，但他全力地负担着，不叹一句苦。他教了三十多年的书，在南方各地教，在北平教；在中学里教，在大学里教。他从来不肯马马虎虎地教过去。每上一堂课，在他是一件大事。尽管教得很熟的教材，但他在上课之前，还须仔细地预备着。一边走上课堂，一边还是十分的紧张。记得在清华大学的时候，有一次我在他办公室里坐着，见他紧张地在翻书。我问道：

"下一点钟有课么？"

"有的，"他说道，"总得要看看。"

像这样负责的教员，恐怕是不多见的。他写文章时，也是以这样的态度来写。写得很慢，改了又改，决不肯草率地拿出去发表。我上半年为《文艺复兴》的"中国文学研究"号向他要稿子，他寄了一篇《好与巧》来；这是一篇结实而用力之作。但过了几天，他又来了一封快信，说，还要修改一下，要我把原稿寄回给他。我寄了回去。不久，修改的稿子来了，增加了不少有力的例证。他就是那么不肯马马虎虎地过下去的！

他的主张，向来是老成持重的。

将近二十年了，我们同在北平。有一天，在燕京大学南大地一位友人处晚餐。我们热烈地辩论着"中国字"是不是艺术的问题。向来总是"书画"同称。我却反对这个传统的观念。大家提出了许多意见。有的说，艺术是有个性的；中国字有个性，所以是艺术。又有的说，中国字有组织，有变化，极富于美术的标准。我却极力地反对着他们的主张。我说，中国字有个性，难道别国的字便表现不出个性了么？要说写得美，那么，梵文和蒙古文写得也是十分匀美的。这样的辩论，当然是不会有结果的。

临走的时候，有一位朋友还说，他要编一部《中国艺术史》，一定要把中国书法的一部门放进去。我说，如果把"书"也和"画"同样地并列在艺术史里，那么，这部艺术史一定不成其为艺术史的。

当时，有十二个人在座。九个人都反对我的意见。只有冯芝生和我意见全同。佩弦一声也不言语。我问道：

"佩弦，你的主张怎样呢？"

他郑重地说道："我算是半个赞成的吧。说起来，字的确是不应该成为美术。不过，中国的书法，也有它长久的传统的历史。所以，我只赞成一半。"

这场辩论，我至今还鲜明地在眼前。但老成持重，一半和我同调的佩弦却已不在人间，不能再参加那么热烈的争论了。

这样的一位结结实实的人，怎么会刚过五十便去世了呢？我说"结结实实"，这是我十多年前的印象。在抗战中，我们便没有见过。在抗战中，他从北平随了学校撤退到后方。他跟着学生徒步跑，跑到长沙，又跑到昆明。还照料着学校图书馆里搬出来的几千箱的书籍。这一次的长征，也许使他结结实实的身体开始受了伤。

在昆明联大的时候，他的生活很苦。他的夫人和孩子们都不能在身边，为了经济的拮据，只能让他们住在成都。听说，食米的恶劣，使他开始有了胃病。他是一位有名的衣履不周的教授之一。冬天，没有大衣，把马夫用的毡子裹在身上，就作为大衣；而在夜里，这一条毡子便又作为棉被用。

有人来说，佩弦瘦了，头上也有了白发。我没有想象到佩弦瘦到什么样子；我的印象中，他始终是一位结结实实的矮个子。

胜利以后，大家都复员了，应该可以见到。但他为了经济的关系，径从内地到北平去，并没有经过南方。我始终没有见到瘦了后的佩弦。

在北平，他还是过得很苦。他并没有松下一口气来。

暑假后，是他应该休假的一年。我们都盼望他能够到南边来游一趟。谁知道在假期里他便一瞑不视了呢？我永远不会再有机会见到瘦了后的佩弦了！

佩弦虽然在胜利三年后去世，其实他是为抗战而牺牲者之一。那么结结实实的身体，如果不经过抗战的这一个阶段的至窘极苦的生活，他怎么会瘦弱了下去而死了呢？他的致死的病是胃溃疡与肾脏炎。积年地吃了多少粒与稗子的配给米，是主要的原因。积年的缺乏营养与过度的工作，使他一病便不起。尽管有许多人发了国难财，胜利财，乃至汉奸们也发了财而逍遥法外，许多瘦子都变成了肥头大脸的胖子，但像佩弦那样的文人、学者与教授，却只是天天地瘦下去，以至于病倒而死。就在胜利后，他们过的还是那么苦难的日子与可悲愤的生活。

在这个悲愤苦难的时代，连老成持重的佩弦，也会是充满了悲愤的。在报纸上，见到有佩弦签名的有意义的宣言不少。他曾经对他的学生们说，"给我以时间，我要慢慢地学"。他在走上一条新的路上来了。可惜的是，他正在走着，他的旧伤痕却使他倒了下去。

他花了整整一年工夫，编成《闻一多全集》。他既担任着这一个工作，他便勤勤恳恳地专心一志地负责到底地做着。《闻一多全集》的能够出版，他的力量是最大的，他所费的时间也最多。我们读到他的《闻一多全集》的序，对于他的"不负死友"的精神，该怎样地感动。

地山刚刚走上一条新的路，便死了；如今佩弦又是这样。过了中年的人要蜕变是不容易的。而过了中年的人经过了这十多年的折磨之后，又是多末脆弱啊！佩弦的死，不仅是朋友们该失声痛哭，哭这位忠厚笃实的好友的损失，而且也是中国的一个重大的损失，损失了那么一位认真而诚恳的教师、学者与文人！

三七年八月十七日写于上海

原载1948年9月15日第9卷第3期《文讯》

忆贤江

　　杨贤江先生和邹韬奋先生相同，都是一生苦学的。很早的时候，贤江就在商务印书馆出版的《学生杂志》上投稿了。他靠着稿费作为升学的费用。他那时候写着各种性质不同的论文，尤以关于青年修养的为最多。我正在中学里念着书，颇受他的论文的影响，也主张吃苦自修。仿佛还把《五种遗规》和《读书分年日程》《小学集注》《近思录》《大学衍义》等等，弄得颇有些"道学"气。

　　《新青年》的出现，使我们整个的人生观都改变了。贤江也开始用白话文来写文章。他进了南高师，还是过着半工半读的生活。他觉得自己的外国语不够用，曾努力地学习着英文和日文。

　　后来，他被《学生杂志》社聘请为编辑，到了上海做事。我那时候也在商务印书馆做编辑。我们曾经同住在闸北的一所旧式楼房里好些时候。

　　他的日常生活很严肃，起居有时，饮食有节。记得，我住在前楼，他住在另一部分。每天早晨，他都要早操一次。他用的是练气力的钢做拉链。不知道要拉多少次——数目是有一定的。还有一对铁哑铃，他也常常地双手执持着在晒台上操演着。他洗冷水澡，洗冷水脸。他的脸色红红的，身体相当的高大，显得十分的健康、结实。

我和几位同住的朋友们，却过不惯那么有规律的严格的生活。早上，要出去散散步，傍晚，也许有时候要到小酒店里喝喝酒。这些事，贤江都是不参加的。有一天，还是相识了不久的时候，天气好极了（太阳刚刚升上来）。我到了他房里，问他道："出去散散步吧？"他摇摇头，说道："没有工夫。还要读英文呢。"果然，他手执着一本英文书，正在小房间里踱着，边走边念，念的声音很高。我抬头一看，墙上正贴着一张"工作日程表"一类的东西，每天上午七时到八时半的时间，正填着"英文"这一个项目。我很不好意思地走开了。

大革命之后，他离开了商务印书馆。但朋友们都知道他正做着"工作"。他很忙，生活依然地严肃而有规律。不知他在上海又住了多少时候，只知道他曾经到过日本。

我写过一篇论文，说起介绍西洋文化的问题。那时候，我的思想还是很模糊，还是带着很浓厚的"五四"时代的见解。我主张，我们的文化应该"全盘欧化"。

过了几天，我收到一封很厚的信，是贤江寄来的。这封信有两千多字长，满满地写了十多张信纸；他反复详明地阐述着"全盘欧化"的主张的错误、不妥。他说明，西欧的文化不完全是健全的，是对我们有用的；其中，有毒的成分很多。我们介绍西洋文化必须有所选择，必须有所分别；绝对地不能说，凡是西方的就都是好的，就都应该介绍的。他说得那么恳切，那么周详，

182

那么明白而确定。我非常地感谢他的箴谏与启发。这个及时的警告，使我，还有许多抱着同样见解的人们，不致糊涂到底，更不致一直沿着错路走去。

他是一位真实的好朋友！

在我的想象里，他一直是健全而壮实的——在身体上与思想上。想不到，他的思想是一天天在进步着，而他的身体却一天天地坏下去了。他到日本去医病；听说，他的病是肠结核一类的症候。谁想得到，那么健壮的贤江，会染上了这个病呢？更谁想到，他竟为了这个病而死呢？在许多朋友们里，他是最能照顾自己身体的人。不料，病魔的力量，竟大过他，压倒了他。

他死了已经十八年。革命已经得到了决定性的胜利。这是可以告慰于他的！

原载1949年8月9日《光明日报》

回忆早年的瞿秋白

秋白遇害于一九三五年六月十八日。在他遇害之前的四五年我们已经不大见面了。偶然见了一面，我也从来不去打听他的住处，甚至有几次在街头遇到了，他戴着鸭舌帽，帽檐低压着眉梢，坐着洋车，疾驰而过，我们只是彼此望了一下，连招呼也不打。

在现在虽然是隔了近二十年，秋白的瘦削而苍白的脸，带着很浓厚的常州口音的谈吐，还是活生生地活在我的心上，活在所有他的朋友们、同志们的心上。

秋白和我的岁数不相上下（他生于一八九九年）。在五四运动的前后，我们都不过是二十岁左右的青年，而他却显得十分的老成持重颇有些老大哥的样子，好些问题，我们不能解决的，总要请教到他。他的筹划和见解都不像是一个二十岁左右的青年人。他是那么早熟而干练！

他的早年的环境很不好。在北平念书的时候，是寄居在一位他的堂房哥哥的家里。这位哥哥在外交部做一个小官，生活也不怎么充裕。不过，我常到他住的房子里，觉得房子收拾得很干净，明窗净几，笔砚罗列；靠墙摆了一排书架。架上的书，有哲学的，有古文学的，那时，我见了颇觉深奥，有点不容易了解。他还会刻图章，听懂得的人说，他对于刻印的一道，功夫很深。他对于古文学的修养远比我和同时的许多朋友们高深的。

那时，常聚在一起的朋友们，有耿济之、瞿世英、许地山、秋白和我，还有济之的弟弟式之等六七人。为了我们全都住在东城，为了兴趣的关系，我们在无形中竟形成了一个集团。我们虽然不在同一个学校读书，但彼此往返得比同学亲热得多。

我那时也是寄居在叔父的家里，有点像清教徒的样子，不抽烟，不喝酒，生活异常的刻苦，不论多远的路，总是步行，反对坐洋车，绝对地不穿绫着缎，不问冬夏，老是布长衫一袭。秋白、济之他们就显得比我阔绰得多。我记得，秋白那时已经吸上了纸烟，烟瘾很大。手指上都染得黄黄的。也会喝酒了，而且喝得相当的多，酒量很不小。这些，都叫我吃惊而羡慕。我当时觉得，他的生活经验比我是丰富得多了。

北平的青年会会所在东城。我常到会所里去看书——虽然我不是一个会员，更不是一个教徒。秋白、济之他们也常去，地山和世英，因为在盔甲厂燕京大学念书的关系，和青年会的交往，经常是密切的。这时，青年会的干事是一位美国人步济时。他是研究社会学的，思想相当的进步，而且也很喜欢文学。在青年会小小的图书室里，陈列得最多的是俄国文学名著的英文译本和关于社会学和社会问题的书。我开始接触着托尔斯泰、柴霍甫、高尔基几位的小说和剧本。而秋白和济之在俄文专修馆里也正读着托尔斯泰和柴霍甫。他们从俄文开始译托尔斯泰的短篇小说，我却从英文译本重译柴霍甫的剧本。我们那时候对于俄国文学是那么热烈地向往着，崇拜着，而且是具着那么热烈地介绍翻译的热忱啊！我们第一次得到的稿费，记得都是翻译俄国的作品的稿费。秋白和济之合译了一本《托尔斯泰短篇小说集》交给共学社，由商务印书馆出版，这是第一部的译本。我编的《俄国戏曲集》，其中有秋白，济之，我自己，还有好几位俄专的同人们所译的剧本，也交给了共学社，不久，也由商务出版了。

青年会想出版一个青年读物。一本周刊，找着我们几个人谈着编辑的事。我们就组织了一个编辑委员会，秋白、济之、世英、地山和我，共五个人。经理部的事务，由青年会的一位学生干事负责，我负责编辑和校对的事。这周刊，定名为《新社会》。我们经常地讨论着编辑方针；这些会议，在秋白寓所举行得不少。为的是他身体不好，有肺病的征候，而且晚上失眠，早上起不来。我们到了的时候，他每每是还坐在床上，也就拥被而谈，滔滔不绝。他的见解是很正确的。我们不能不细细地倾听他的意见。

后来，《新社会》被北方的军阀封闭了，我们的经理也被捕下狱。幸而，是青年会的刊物，被捕的经理很快地就被释放出来。我们愤慨极了！特别是秋白，主张非再接再厉地干下去不可。我们立刻和青年会方面商量着，想要继续再出一种刊物。好容易说动了他们，决定再出一种月刊——为的是，他们怕周刊太尖锐了，不如出月刊——经过了短期的筹备，这个定名为《人道》的月刊第一期出版了。这个《人道》月刊，主要的推动力是秋白。他是那么勇敢而兴奋地工作着。可惜，第二期快要编成，而因为经费来源的关系——主要的还是青年会方面害怕了——竟不能继续地出版下去。

在五四运动的时候，我们不是发难者；打"赵家楼"的一幕，我们没有参加。可是，我们都代表着我们的学校参加了学生会。秋白和济之都是俄专的代表。世英是燕大的代表。我是铁路学校的代表。我们是随时有被逮捕的危险的。开会的时间和地点都很秘密。秋白有一次在路上走着，被暗探跟上了，差一点没被捉去。

李守常先生在北大图书馆的时候，秘密地主持着一个"社会主义研究会"（？）的组织。这是一个社会主义者们的联合阵线；有共产党，有基尔特社会主义者（郭梦良等），还有我们，秋白和我是对社会主义有信仰而没有什么组织的人。经常地在北大图书馆和教室里开会。相当地秘密。守常先生尤其谨慎小心。在开会之前，必须到室外巡视一周，看看有没有什么可疑的人物在左近。但这个"会"，很快地就结束了，一来是，为了环境更劣恶下去的关系，二来是，联合阵线显得不太联合，而共产党需要一个更严密的组织。

我们组织了一个研究文学的团体，名为"文学研究会"，我们五个人都是发起的人。

就在这个时候，秋白有一个很好的机会到苏联去。北平的晨报社，一个"研究系"的机关报纸，要派遣几位记者到欧洲去。他们决定了派遣俞颂华、李宗武和秋白三位，先到苏联。俞颂华和李宗武二位后来到德国去。秋白始终留在苏联。这次的出国，奠定了秋白的思想路线，也使他成为一位最坚强的共产党的斗士。

他的通讯继续在《晨报》上发表，犀利的笔锋，正确的报导，震撼着当时的读者群。后来集为一本《新俄游记》交给我，作为一本"文学研究会丛书"在商务出版。

他回国以后，行踪就没有一定了；他的《赤都心史》也是"文学研究会丛书"之一，我记得，这部书还是原稿，不曾在报纸上发表过。那时候，《晨报》上已不登载他的通讯了。不久之后，连《赤都心史》和《新俄游记》也都被军阀们禁止发售了。

就在他做着党的工作，而行动相当秘密的时候，他还替我的《俄国文学史》写了最后的关于苏联文学的一章。关于这部分的材料，在那时候，我自己是一点也找不到的。

虽然从此以后，见面的机会极少，也就从此天人永隔，可是他的声音笑貌，一闭眼还是如在目前的。

原载1949年7月18日《文汇报》

记瞿秋白同志早年的二三事

　　瞿秋白同志的早年生活，知道的人已经不多。当一九一九年五四运动前后，我和他是比较接近的。他和耿济之同在北京俄文专修馆读书，他的远房叔叔瞿世英和许地山同在汇文大学读书；我则在李阁老胡同的铁路管理学校读书。因为我们全都住在东城根一带，便彼此熟悉了。

　　秋白同志的早年，因为家庭环境的恶劣，心情是十分灰暗的。懂得"人情世故"也特别早。他的父亲独自住在济南，他的母亲很早地去世了，死的情形很悲惨。"一家星散，东飘西零。"他和两个弟弟住在北京叔伯哥哥瞿纯白家里，还有两弟一妹则住在杭州他的伯父家里。纯白先生我见到好几次。他是一位好好先生，那时在外交部做一个科员，收入微薄，但负担很重。秋白兄弟三人住在他家里，很得到他的照料。我记得，秋白独自住一个屋子，屋子里有书桌，书架，收拾得干干净净。秋白在我们几个朋友里面，是有"少年老成"之称的。许地山、耿济之、瞿世英和我的年龄都比他大。地山在入大学之前，还曾"饱经世故"，到过南洋，做过教师。但比起秋白来，似乎阅历都没有秋白深。秋白在我们几个人当中，够得上是"老大哥"。他说的话，出的主意，都成熟、深入、有打算、有远见。他的中国书念得很多，并大量地刻苦地读着哲学书。对于"老""庄"特殊有研究。我那时只读些刘知几《史通》，章实斋《文史通义》之类的书，见解很幼稚，对于他的博学和思想的深刻是十二分的佩服的。有许多事，都要去请教他。

一九一九年五四运动的时候，北京的大学生全都卷入这个大运动中了。它像一声大霹雳似的，震撼醒了整个北京、整个中国的青年学生，以至工人和中年的知识分子。山洪爆发了。由于一九一七年俄国大革命的影响，中国走上新的革命的道路了。这个开始，这个以反帝的爱国运动开始的学生运动，在实际上已经是翻天覆地的伟大革命的序曲。而且，实际上的领导者也是中国共产主义运动的先驱者们，秋白同志就是其中之一。

在这个大运动中，青年学生们的思想和态度，也不是自始至终完全一致的。我们有辩论，有斗争，有说服，有打击，有协商，我们的政治工作是复杂而严肃的。其中也显得出有"封建性"的"门户"，像在"学生联合会"里，北京大学和高师就是两"派"。不过反帝、反封建的主题，却是以万钧之力领导着大家向前走，总的方向和总的口号是一致的，是能泯灭了一切不同的意见的。我们几个人代表的都是小单位，而且在那些单位里，做工作十分困难，群众意见多，领导不起来，特别是我几乎成了"单干"。我们这一群代表着"俄专""汇文"和"铁路管理"的便在一起，成了一个小单位，主要的原因是平常见面多，比较熟悉，因之，在开会、活动时也就常常在一起了。秋白在我们之中成为主要的"谋主"，在学生会方面也以他的出众的辩才，起了很大的作用，使我们的活动，正确而富有灵活性，显出他的领导的天才。越到后来，我们的活动越困难。北大、高师都无法开会了，只好到东城根的"汇文"去开。开的时候，老在夜间。悄悄地个别地溜进来开会。散了会之后，也一个个地悄悄地溜出去。军阀的走狗们变得更狡猾了，说不定就埋伏在附近，叫一声你的名字，如果回头一答应，就会被他们捉去。他们以这样的方式，已经捉了好几个人。秋白是很机警的，曾经被一个走狗追踪了半天，跟上了电车，又跟上了人力车，但他转弯抹角地兜圈子走，终于甩掉了那个狗子。自此之后，秋白的行动显得更小心了。有时，总是我们三两个人一同走，以便彼此有照应。

我们在那个时候开始有一个共同的趣味就是搞文学。我们特别对俄罗斯文学有了很深的喜爱。秋白、济之是在俄文专修馆读书的。在那个学校里，用的俄文课本就是普希金、托尔斯泰、屠格涅夫、契诃夫等的作品。济之偶然翻译出一二篇托尔斯泰的短篇小说出来，大家都很喜悦它们。但那时，他们对于俄国文学的发展历史是不知道的，对于托尔斯泰和其他作家生平传记，也是知道得很少。因为"俄专"里是不教授这些课程的。

我受了他们两人的影响，也要找些俄国作家们的小说、戏剧来读。我看不懂俄文，只好找些英译本的俄国作品来读。在北京，那时很少有公立图书馆或私人藏这一类的书。恰巧在某一天，我认识了一位孔君，他在青年会做学习干事，约我去青年会玩玩。在那里，我看到了两个玻璃橱，橱里装满了英文本的小说、戏曲、诗歌，特别是英译本的俄国作家，像托尔斯泰、屠格涅夫、契诃夫、高尔基等人的作品，足足摆满了一橱。我高兴得很，便设法向他们借几本来读，贪婪地读着。那时青年会想出版一本专给青年阅读的杂志，约了我们几个人做编辑。我们商量了几天，决定出一个周刊，是八开本的十六页，定名《新社会》。孔君负责做经理，我负责集稿并校对。我跑印刷所，也经常跑到秋白、济之、地山、世英的家里去取稿。每个星期天早上，我都到秋白那里去一次，有时，济之也同去。我们到秋白家里时，他常常还不曾起床，抽着香烟拥被而坐，不时地咳嗽着，脸色很苍白。我们很为他的身体担忧。但一谈起话，他便兴奋起来。带着浓厚常州口音的国语清晰而有条理地分析着事理。他的稿子总写得很干净，不大涂改，而且是结实、有内容。我一进屋子，他便指着书桌上放着的几张红格稿纸，说道：

"已经写好了，昨夜写得很晚，你看看，好用么？"

他在那个时候，已经习惯了在深夜写作了。他的国文根底好——在学校里他的国文得过一百零五分——写的白话文，"文言"气息很重，有时，用的典故，我还不大懂得。可惜《新社会》如今是一本也找不到了。我想不起来，当时写的都是些什么题目的文章。但我们所写的开头还谈些青年修养，介绍些科学常识；到了后来，却完全鼓吹起社会改造、家庭革命，向当时的统治者直接进攻了。《新社会》成了反帝反封建的队伍里的一支勇敢的尖兵队。远到四川、两广、东北等地，都有我们的读者。秋白的尖利异常的正面攻击，或明讽暗刺的文章是《新社会》里最有分量的。

像这样的刊物，当然不多久就受到统治的军阀的注意与取缔了。警察局把经理孔君抓了去，坐了好几个月的牢。《新社会》就此停刊。但我们很愤慨，要斗争到底，努力说服青年会，继续出版一种刊物。秋白表现了最积极的斗争精神。等到孔君出狱，我们已商量好要出版一种"月刊"定名为《人道》，写稿和编辑的人还和《新社会》相同。在写稿的态度和观点上，却有了些进步。

不过，当我们编辑《新社会》旬刊和《人道》月刊时，在编辑过程中，也不是没有争论的，秋白那时已有了马克思主义者的倾向，把一切社会问题，作为一个整体来看。我们其余的人，则往往孤立地看问题，有浓厚的唯心论的倾向。有的还觉得他的议论"过激"。我则具有朦胧的社会主义的信仰，而看的书却以无政府主义的著作为多，因此，就受了他们的影响，而主张什么"人道主义"。《新社会》旬刊被禁止出版后，讨论要出版一个"月刊"时，我就主张定名为《人道》月刊。秋白当时表示不赞成这个名称。他的见解是正确的，鲜明的。但他并没有提出别的名称出来，大家也都赞成我的意见，当即定名为《人道》。

《人道》月刊只出版了第一期。第二期已经编好，而且"目录"预告也刊出了，但青年会方面却有了种种的推托，借个题目，主要是说经费没有了，干脆停刊。

我们这时候对俄国文学的翻译，发生了很大的兴趣。秋白、济之，还有好几位俄专里的同学，都参加翻译工作。我也译些契诃夫和安德烈耶夫的作品，却都是从英文转译的。同时，也看些用英文写或译的俄国文学史，像小小的绿皮的家庭丛书里的一本《俄国文学史》，就成了我们怀中之宝。秋白他们译托尔斯泰、屠格涅夫、高尔基的小说，普希金、莱蒙托夫的诗，克雷洛夫的寓言，其中有关于作家的介绍，就是由我从那本小书里抄译出来的。我当时曾写信给在日本的田汉同志，希望他能介绍些俄国文学史给我们。

我们译的东西，其初是短篇小说，由耿济之介绍到《新中国》

杂志去发表。这杂志由一位叶某（已忘其名）主编，印刷得很漂亮。后来由一个什么人的介绍（已忘其名）我们认识了"研究系"的蒋百里。他正在主编"共学社丛书"，就约我们译些俄国小说、戏剧加入这个丛书里。秋白和济之合译了一本《托尔斯泰短篇小说集》，济之和我译了契诃夫的《海鸥》《樱桃园》等十种剧本，编为《俄罗斯戏曲集》，还有其他的若干俄国文学的中译本，也都交给这个"丛书"的编辑部，交上海商务印书馆陆续出版。

大概因为这个因缘，北京晨报社要派三位记者到苏联去的时候，其中的一位，就选上了秋白同志。还有两位，是俞颂华和李宗武。记得我们很兴奋地送他上火车，他也很愉快地像新生了似的踏上了远远的征途。

我们几乎不断地读着他的游记和通讯，那些充满了热情和同情的报道，令无数的读者们对于这个人类历史上第一次出现的崭新的社会主义国家，发生了无限的向往之情。我相信，那影响是很大的。后来，这些报道集成了两部书《新俄游记》（今收入《瞿秋白文集》第一卷，恢复了原名《饿乡纪程》）和《赤都心史》（今收入《瞿秋白文集》第一卷），由我编入"文学研究会丛书"里，交给商务印书馆出版。但隔了不久，因为反动派的干涉，《赤都心史》就首先不出卖，《新俄游记》继之也绝版不印了。

他回国之后，我们在上海见面了。我知道他已经有了坚定的信仰，他已从学生时代的朦胧的社会主义的信仰，成为钢铁般的"布尔什维克"了。他已经冲破墨漆漆的黑暗，受到红光的照射，摆脱了一切过去的负担，成为走在战斗最前列的最勇敢的战士之一了。我没有和他细谈，我还是一个朦朦胧胧的"向往者"，始终没有足够的勇气走到最前列去。他那时，还抽出时间来，写作或翻译文学作品。当我编译一本《俄国文学史略》的时候，其中最后的一章第十四章"劳农俄国的新作家"就是他替我写的。他还有一篇介绍新俄文学的作品——《赤俄新文艺时代的第一燕》也刊登在《小说月报》第十五卷第六号（一九二四年六月十日出版）上。他还写了很多篇短文，篇篇都是针对着当时受着帝国主义买办胡适等人的影响的文坛进军的；这些短文，像尖锐的匕首似的，直刺中他们的要害之处，及时地、深刻地揭发了他们的不可告人的藏在假面具之后的狰狞的面目。他的这些短文，后来集成为《乱弹及其他》出版。

过了不久，秋白同志成为中国共产党中央的领导人之一，他的行踪就更加秘密起来，从此我们很少见面。

最后一次见面，我还记得，是在上海宝山路上。我从工厂里放工回家，在这条路上步行着，他坐在人力车上，头戴一顶打鸟帽，低低地压在额前。我们彼此互望了一眼，但并没有点头打招呼。从此就成了人天之隔。今年离开秋白同志就义，已经二十周年了。中国共产党和工人阶级已成为国家的领导力量。中国已经是一个红光遍地的自由、独立、繁荣、幸福的国家。秋白同志一生为之奋斗以至于牺牲了自己生命的理想是实现了！我们在幸福里永远纪念着他，这个卓越的无产阶级的共产党的最好的最勇敢的战士之一——秋白同志！

一九五五年六月五日写

原载1955年第12期《新观察》

悼王统照先生

　　我刚从国外回来，就听到了王统照先生的噩耗。这个不幸而令人悲伤的消息使我沉默了好几天。我写不出一个字来哀悼他。无言的悲戚不是平常的人对于最沉重的哀悼之感的一般的表现么？等到心境比较安静下来的时候，一桩桩、一件件的回忆就都涌现在心头了。一个平常的小事，足以令你突然地感泣起来。一件当时看来很平凡的无足轻重的谈话，这时都会叫你追想起来，心肠绞痛。四十年来的交情是不平常的。常常有三五年或七八年不相见了，却彼此相信得过，彼此知道是在工作着，在努力着，在不辜负彼此的期待而向着正确的光明的道路上走着。

　　王统照先生是一位恳挚坦率的人；他有时很沉默，但实在是很喜欢谈话的，而他的话永远是那样的亲切而动人！如今仿佛还在耳边响着他的一句接连一句的迅速而略有模糊的口音，然而我们却再也听不到他那熟悉的声音了！凡是和他熟悉的人，想到这里能不啜泣么？

　　他在一九一九年五四运动的时候，就投身到反帝反封建的斗争的最前线。那时他是中国大学的一个学生。他和几位同学一同编辑了《曙光》月刊，而瞿秋白、耿济之和我等，那时候也正在编着《新社会》旬刊。我们开始认识，并立即成为很好的朋友。《小说月报》由茅盾同志和我主编的时候，他是很热心支持它的一位作家。他在《小说月报》上写了不少短篇小说。他的小说具有特殊的风格，表现出"五四"时代所共有的反抗的精神，同时却加上了他自己的婉曲而沉郁的情绪。是的，他的情绪一直是婉曲而沉郁的。他比我只大一岁，但他显得比我老成得多，也显得比我早衰。很早的时候，他就开始絮絮叨叨地说着"老话"。

在上海编辑《文学》的时候，好像是他一生里最为怫郁的时代，他要应付一切琐碎的编辑事务，还要准备着敌人们的不意的袭击。编辑部有一个铁门，那门是常常拉上，而且加了锁的。他的生活也很困苦，收入戋戋，常和我们一同吃着烘山芋当一顿午饭，就在这样困难的时期，他对他所负责的编辑工作是坚持到底的，是一丝不苟地担任起全部责任。但他的心境似乎有些颓唐，或衰老。他老是说着他山东老家的故事，老是说着他先代的许多遗闻轶事。我们那时在私下就说他道："剑三老了！"的确，他似乎是比我，或年龄相仿佛的朋友们老得多。他很瘦弱，常常咳嗽，却诊查不出有什么病。他开始有些气喘，晚上失眠，有时，要坐到天明，因为一躺下去就会喘得厉害。我们都为他的身体担心，劝他戒酒戒烟。他一边抽烟，一边呛着，实在不是一件好受的事。

我在上海编写《中国版画史》，先成"图录"若干册，"史"却一字未曾动笔，不过那篇"长序"倒早写成了。王统照先生的字是写得很劲秀的，一手褚河南，深得其神髓，在今日的

"书家"里，他算得上是出类拔萃的一位。但他从来不自己吹嘘，所以，知道他会"写字"的人很少。我却把那篇"长序"托他替我写了。足足有一万多字，他整整地花了一个暑假的工夫才写成，写了四十页，首尾如一，无一划败笔。有二十多年了，他这篇手写的序却未曾印出，虽然还保存在我的书箱里，却已为恶鼠咬得只剩下一半。我找了出来看，不能不内疚于心！幸亏他的妙迹我们还有一篇可见，那就是鲁迅和我重印的《十竹斋笺谱》后面所附的我的一篇跋，有十多页，就是出于他的手笔。再版本的《十竹斋笺谱》，把这篇跋拼合成为二页，用木刻印出，颇失去他的丰韵。原本的《十竹斋笺谱》附的是珂罗版印的大字原页，可惜跋里有"痛饮黄龙"的话，在敌伪时期大都被惧祸者撕拆下去了。

表面看起来，王统照先生是随和得很的人，甚至有些"婆婆妈妈"般的。他和谁也没有争吵过。但他是"有所不为"的！他是内方外圆的，其实，固执得很。对于不义正的事，他从来不肯应付，或敷衍一下。他嫉恶如仇。他从来没有向任何罪恶的力量低过头，不问是敌伪时期的坏蛋们，或国民党的反动派。他在山东大学做教授的时候，乃是一盏明灯，照耀着学生们向光明大路走去。他是"有所为"的！无论在这个时期或在上海编辑《文学》的时期，他都是真心诚意地接受中国共产党的领导的。他知道只有和党走一条路，只有接受党的领导，才能够走上正确的光明的道路。

他是认真的。凡是从事于任何一件工作，他都是认真负责到底的。就是在他很忧郁的时候，他也从来不放弃了他自己的任务。只要他答应你做那一件事，他就会用全副精神全副力量来办好它的。像上面所讲的在上海编辑《文学》的事就是如此。他在山东大学教书的时候，他的这种认真负责的态度和精神，得到了学生们的爱戴。他对学生们是那样地喜爱，又是那样地导引着，恨不得把全身的本领，或他所知道的一切，全都教给了他们。当然，最重要的还在于：教导他们如何明辨是非，分清敌我，走上革命的道路上去。

当在全国解放的时候，他在山东是很活跃的。他顿时年轻起来，再也不说什么"老话"了。他领导着山东省文化事业。他和党的领导同志们相处得融洽无间。他的身体很衰弱，喘哮病也没有好，有时，还更加剧，但他的精神却是异常焕发，和在解放前简直是换了一个人。他不再沉郁悲愤了。他以满身的热力，从事于他所负担的工作。他更加认真负责了。只有一个遗憾：他的身体太坏了，有时不得不被强迫地休息若干时期。他自己经常地抱歉，说，自己的工作做得太少了，党对于他照顾得太多、太好了。只要是他的体力之所及，他总是要尽力于他所应做的工作的。我去年到了济南，他就力疾地出来招待，到处陪同着我参观、访问。我看着他的衰弱的身体，要依靠着手杖走路的情形，心里十分地难过，坚决地辞谢了他的相伴，他却始终地坚持下去了。我私下还在想：一同走走也好，可以多谈谈话。其实，在那时候"谈话"对于他已是一种负担了。有一次，上了千佛山，他停留在山脚下的茶馆里，说道："我实在走不上去，就在这茶馆里坐着等候你们吧。"我顿时警觉着：他是衰老了，他的身体是太不行了。但想不出办法来怎样地去让他根治那致命的哮喘病。

有一天，我对他说道：

"到南方去治疗，也许会好的。"

他答道："是要去的，只是放不开工作。"

我应该责备我自己，那时候并没有下决心立即使他有机会到南方去治疗。就这样拖延下去，他的病情是一天天地严重了。我们总以为这是"老病"，没有什么危险的。他自己常说，"一到了冬天，病就要大发了"，但也没想到要转地疗养。

今年开全国人民代表大会的时候，他到了北京。等到我在第二天到他的座位上找他时，却是空着，他已经进了医院。我一直没有时间到医院去看望他，只是通过几次信。老想等空闲了些，就去探望他，却又怕见了面，我谈几句话伤害他的病情和静养。就此忍耐住了不去看他。他还买了一本纪念册子，要茅盾、圣陶、老舍、克家和我题些字在上面。我们都写了送还了他。不知道什么时候，他已经出了医院，回到济南去。我竟没有去送他。

在《人民日报》上，看到他热情充溢地歌颂十月革命节的长诗，我心里很高兴，觉得他的病是已经大好了，他的坚定的意志，似乎已克服了顽固的病魔，像这样的豪迈而具有积极的对于社会主义社会的颂歌，是非有健全的身体和健全的精神写不出来的。他既写出了这样的颂歌，可见他逐渐走向健康的路上来了。听说，他还有两篇性质相同的诗歌，在别的刊物上发表，但我没有读到，古语说："朝闻道，夕死可矣。"这只是消极的一句话。王统照先生是远在解放之前就已经"闻道"的。在解放之后，他仿佛年轻了多少年，正在积极地为人民办事，却不幸死了。我们失去了这样一位"闻道"的同志，不仅仅是在友情上哀悼他而已，实在也为中国的现代文学界和中国人民的失去了他而惋惜不已！像他这样的一位成熟的老作家正在挥笔歌颂社会主义社会的时候，正在积极地为工农兵服务的时候，而突然地停止了他的响亮的歌声，那个损失是属于整个中国文坛和中国人民的！

一九五七年十二月十五日写

原载1958年1月8日第1期《人民文学》

梁任公先生

一

梁先生在文坛上活动了三十余年，从不曾有一天间断过。他所亲炙的弟子当然不在少数；而由他而始"粗识文字"，粗知世界大势以及一般学问上的常识的人，当然更是不少。梁先生今年还只五十六岁，正是壮年的时候；有的人因为他在文坛上活动的时候很久，便以为他已是一位属于过去时代的老将了，其实他却仍是一位活泼泼的足轻力健，紧跟着时间走的壮汉呢。不幸这位壮汉却于今年正月十九日逝去了！这个不幸的消息，使我惆怅了许久！我们真想不到这位壮汉会中途而永息的，我不想做什么应时的文字，然而对于梁任公先生，我却不能不写几句话——虽然写的人一定很不少——我对于他实在印象太深了。

他在文艺上，鼓荡了一支像生力军似的散文作家，将所谓恹恹无生气的桐城文坛打得个粉碎。他在政治上，也造成了一种风气，引导了一大群的人同走。他在学问上，也有了很大的劳绩；他的劳绩未必由于深湛的研究，却是因为他的将学问通俗化了，普遍化了。他在新闻界上创造了不少的模式，至少他还是中国近代最好的、最伟大的一位新闻记者。许多学者，其影响都是很短促的，廖平过去了，康有为过去了，章太炎过去了，然而梁任公先生的影响，我们则相信他尚未至十分地过去——虽然已经绵延了三十余年。许多学者、文艺家，其影响与势力往往是狭窄的，限于一部分的人，一方面的社会，或某一个地方的，然而梁任公先生的影响与势力，却是普遍的，无远不届的，无地不深入的，无人不受到的——虽然有人未免要讳言之。

对于与近三十年来的政治、文艺、学术界有那么深切关系，而又有那么普遍、深切的影响与势力的梁任公先生，还不该有比较详细的研究么？

二

说到一个人的生平，他自己的话，当然是最可靠的。在冠于第一次出版的，即当梁任公先生三十岁那一年出版的《饮冰室文集》之前，有他的一篇《三十自述》。在这一篇自述里，已将他自己的一个很重要的活动时期，即三十岁以前，办《时务报》、时务学堂，公车上书，戊戌政变，刊行《新民丛报》《新小说》的一个时期的事迹叙述得颇为详细了。本文仅就之而作一番的简洁复述而已。三十以后的事迹也多半采用他自己的叙述。又他的《清代学术概论》也略有叙述到他自己的地方。

梁任公先生名启超，字卓如，别署饮冰室主人，任公是他的号。父名宝瑛，字莲涧，母氏赵。他为中国极南部的一个岛民，即广东新会的熊子乡。熊子乡是正当西江入海之冲的一个岛。他生于同治十二年癸酉正月二十六日，正是中国受外患最危急的一个时代，也正是西欧的科学，文艺以排山倒海之势输入中国的时代；一切旧的东西，自日常用品以至社会政治的组织，自圣经旧典以至思想，生活，都渐渐地崩解了，被破坏了，代之而起的是一种崭新的外来的东西。梁氏恰恰生于这一个伟大的时代，为这一个伟大时代的主动角之一。梁氏四五岁时，"就王父及母膝下授'四子书'，《诗经》。夜间就睡王父榻，日与言古豪杰哲人嘉言懿行，而尤喜举亡宋亡明国难之事，津津道之。六岁后，就父读，受中国略史。五经卒业。八岁学为文。九岁能缀千言。十二岁应试学院，补博士弟子员。日治帖括，……顾颇喜词章。王父父母时授以唐人诗，嗜之过于八股。……父慈而严，督课之外，使之劳作。言语举动稍不谨，辄呵斥不少假借。常训之曰：'汝自视乃如常儿乎？'……十三岁始知有段、王训诂之学，大好之"。十五岁，母死。其时肄业于广东省城的学海堂。学海堂是阮元在广东时所设立的。他沉酣于乾嘉时代的"训诂词章"的空气中，乃决舍帖括而有意训诂词章。十七岁，梁氏举于乡。第二年，他的父亲偕他一同赴京会试。李端棻以他的妹子许字给他。下第归，过上海，从坊间购得《瀛环志略》读之，乃知有所谓世界。这一年的秋天，他和陈千秋同去拜谒康有为。这是梁氏与康氏的第一次的会面，也即是使梁氏的生活与思想起了一个大变动的一次重要的会面。梁氏在《三十自述》里曾有一段话提到这一次的会面情形，很足以动人：

于是乃因通甫（即千秋）修弟子礼，事南海先生。时余以少年科第，且于时流所推重之训诂词章学，颇有所知，辄沾沾自喜。先生乃以大海潮音，作狮子吼，取其所挟持之数百年无用旧学，更端驳诘，悉举而摧陷廓清之。自辰入见，及戍始退。冷水浇背，当头一棒，一旦尽失其故垒，惘惘然不知所从事。且惊且喜，且怨且艾，且疑且惧，与通甫联床，竟夕不能寐。明日再谒，请为学方针。先生乃教以陆王心学，而并及史学西学之梗概。自是决然舍去旧学，自退出学海堂，而间日请业南海之门。生平知有学自兹始。

第二年，康有为开始讲学于广东省城长兴里的万木草堂。康氏讲述中国数千年来学术源流、历史政治、沿革得失，取万国以比例推断之。梁氏与诸同学日札记其讲义。他自己说，他"一生学问之得力，皆在此年"。（《三十自述》）康氏著《新学伪经考》时，他从事校勘。著《孔子改制考》时，他从事分纂。这一年十月，梁氏入北平，与李氏结婚。第二年，他的祖父病卒。自此，学于万木草堂中凡三年。然梁氏虽服膺康氏，却也并不十分赞同他的主张。"治《伪经考》，时复不慊于其师之武断，后遂置不复道；其师好引纬书，以神秘性说孔子，启超亦不为然。"（《清代学术概论》一百三十八页）

甲午，梁氏年二十二，复入北平，"于京国所谓名士者多所往还"。（《自述》）"而其讲学最契之友，曰：夏曾佑，谭嗣同。曾佑方治龚（自珍）刘（逢禄）今文学，每发一义，辄相视莫逆。……嗣同方治王夫之之学，喜谈名理，谈经济，及交启超，亦盛言大同，运动尤烈。而启超之学，受夏、谭影响亦至巨。"（《清代学术概论》一百三十九页）本年六月，中日战事起，梁氏惋愤时局，时有所言，却不见有什么人听信他。他因此益读译书，研究算学史地，明年，和议成。他代表广东公车百九十人，上书陈时局。康有为也联合公车三千人，上书请变法。梁氏亦从其后奔走。这一次可以说是梁氏第一次的政治运动。七月，北平创立强学会，梁氏被委为会中书记员。不三月，强学会被封。第二年，黄遵宪在上海办《时务报》，以书招梁氏南下。他便住在上海，专任《时务报》的撰述之役。他的报馆生活实开始于此时。著《变法通议》，以淹贯流畅，若有电力足以吸住人的文字，婉曲地表达出当时人人所欲言而迄未能言或未能畅言的政论。这一篇文字的影响，当然是极大。像那样不守家法，非桐城，亦非六朝，信笔取之而又舒卷自如，雄辩惊人的崭新的文笔，在当时文坛上，耳目实为之一新。丁酉十月，陈宝箴，江标，聘他到湖南，就时务学堂讲席。这时，黄遵宪恰官湖南按察使，谭嗣同亦归湘助乡治。湖南人才称极盛。不久，德国割据胶州湾事起，这更给他们以新的刺激。时务学堂学生仅四十人；而于这四十人中，在后来政治上有影响的却很不少。助教唐才常为第一次起义于汉口而不成的主动者。学生蔡锷则为起师云南推覆袁氏帝制的一位最重要的主角。在那时，梁氏每日在讲堂四小时，夜则批答诸生札记，每条或至千言，往往彻夜不寐。所言皆当时一派之民权论，又多言清代故实，胪举失政，盛倡革命；其论学术则自荀卿以下汉唐宋明清学者抨击无完肤。及年假，学生各回故乡，出札记示亲友。全湘大哗。反动的势力便一时蜂起。叶德辉著《翼教丛编》，张之洞著《劝学篇》，皆系对于梁氏及康氏、谭氏诸人的言论加以抨击的。当时的康梁，谈者几视之与"洪水猛兽"同科。

明年戊戌，梁氏年二十六。春大病几死，出就医上海。病愈，更入北平。时康有为方开保国会，梁氏多所赞画奔走。四月，以徐致靖之荐，被召见，命办大学堂译书局事务。"时朝廷锐意变法，百度更新。南海先生深受主知，言听谏行。复生（谭嗣同），暾谷（林旭），叔峤（杨锐），裴村（刘光第），以京卿参预新政。"（《三十自述》）梁氏亦在其中有所尽力。在这个时候，又遇到一个极大的反动；康氏诸行新政者，以德宗为护法主，旧势力却投到西太后那里去。双方怒目而视，如箭在弦上，一触即发。恰巧有一个御史，胪举梁氏札记批语数十条指斥清室鼓吹民权的，具折揭参。于是，卒兴大狱。谭林等六君子于八月被杀。德宗被幽禁。康有为以英人的仗义出险。梁氏亦设法乘日本大岛兵舰而东。梁氏的第一期政治生活遂告了一段落。以后便入了一个以著述为生的时期了。他的影响也以这个第一期的著述时代或《清议报》《新民丛报》时代为最大。十月，与横滨商人，创刊《清议报》，仍以其沛沛浩浩若有电力的热烘烘的文字鼓荡着，或可以说是主宰着当时的舆论界。自此，居日本一年，"稍能读东文，思想为之一变"。盖因东籍的介绍，对于近代古代的欧洲思想与政治，很觉得了然，而对于中国的学术历史，也突然地另感到了一种与前全异的新的研究方法。以后发表于《新民丛报》中的许多学术论文，皆可以说是受了东籍的感应力的产品。己亥冬天，美洲的中国维新会招他去游历。道过夏威夷岛，因治疫故，航路不通，留居在那里半年。庚子六月，正欲赴美，而义和团运动已大起，北方纷扰不堪。梁氏便由夏威夷岛复向西而归。至日本，闻北京失守。至上海时，又知汉口难作，唐才常等皆已被杀。他便匆匆地复由上海，过香港，至南洋，经印度，到澳洲。居澳洲半年，复回日本。自此以后便又进入了著述的时代了，这个时代便是《新民丛报》的时代。于《新民丛报》外，复创刊《新小说》。"述其所学所怀抱者，以质于当世达人志士，冀以为中国国民遒铎之一助。"（《三十自述》）这个时代，自壬寅（一九〇二年）至辛亥（一九一一年），几历十年，中间惟丙午（一九〇六）及己酉（一九〇九）二年所作绝少。其余几年则所写著作极为丰富，实可谓名副其实的大量生产者。在这个时代，他的影响与势力最大。一方面结束了三十以前的作品，集为《饮冰室文集》，一方面则更从事于新方面的努力与工作。除了少数的应时的时事评论及著《开明专制论》等等，力与当时的持共和论者相搏战之外，他的这几年来的成绩，可分为六方面：

第一方面是鼓吹宣传"新民"之必要，欲从国民性格上加以根本的改革，以为政治改革的人手。他知道没有良好的国民，任何形式的政体都是空的，任何样子的改革也都是没有好结果的。于是他便舍弃了枝枝节节的"变法论""保皇论"，而从事于《新民丛报》的努力；所谓《新民丛报》，盖即表示这个刊物是注重在讲述"新民之道"的。他在这个报上，一开头便著部《新民说》，说明："国也者，积民而成。国之有民，犹身之有四肢五脏，筋脉血轮也。未有四肢已断，五脏已瘵，筋脉已伤，血轮已涸，而身犹能存者，则亦未有民愚陋怯弱，涣散混浊，而国犹能立者。故欲其身之长生久视，则摄生之术不可不明；欲其国之安富尊荣，则新民之道不可不讲。"以后便逐渐地讨论到"公德""国家思想""进取冒险""权利思想""自治""自由""进步""自尊""合群""生利分利""毅力""义务思想""私德""民气"等，很有几点是切中了我们的古旧民族的根性病的。他如大教主似的，坐在大讲座上，以狮子吼，作唤愚启蒙的训讲。庚戌年（一九一〇）创刊《国风报》时，他又依样地以《说国风》冠于首，说明，"国风之善恶，则国命之兴替所攸系也"，而思以文字之力，改变几千年来怯懦因循的国风。

　　第二方面是介绍西方的哲学、经济学等等的学说，所介绍的有霍布士、斯片挪莎、卢梭、倍根、笛卡儿、达尔文、孟德斯鸠、边沁、康德诸人。他的根据当然不是原著，而是日本人的重述，节述或译文。然因了他的文笔的流畅明达，国内大多数人之略略能够知道倍根、笛卡儿、孟德斯鸠、卢梭诸人的学说一脔的，却不是由于严复几个翻译原作者，而是由于再三重译或重述的梁任公先生。这原因有一大半是因为梁氏文章的明白易晓，叙述又简易无难解之处，也有一小半因为梁氏的著作流传的范围极广。我常常觉得很可怪：中国懂得欧西文字的人及明白欧西学说的专门家都不算少，然而除了严复、马建忠等寥寥可数的几位之外，其他的人每都无声无息过去了，一点也没有什么表现；反是几位不十分懂得西文或专门学问的人如林琴南、梁任公他们，倒有许许多多的成绩，真未免有点太放弃自己的责任了；林梁诸人之视他们真是如巨人之视婴儿了！即使林梁他们有什么隔膜错误的地方，我们还忍去责备他们么？而林梁之中，林氏的工作虽较梁氏多，梁氏的影响似乎较他为更大。

第三方面，是运用全新的见解与方法以整理中国的旧思想与学说。这样的见解与方法并不是梁氏所自创的，其得力处仍在日本人的著作。然梁氏得之，却能运用自如，加之以他的迷人的叙述力，大气包举的融化力，很有根底的旧学基础，于是他的文章便与一班仅仅以转述或稗贩外国学说以论中国事物的人大异。他的这些论学的文字，是不粘着的，不枯涩的，不艰深的；一般人都能懂得，却并不是没有内容，似若浅显袒露，却又是十分的华泽精深。他的文字的电力，即在这些论学的文章上，仍不曾消失了分毫。这一方面重要的著作是：《论中国学术思想变迁之大势》《子墨子学说》《中国法理学发达史论》《国文语原解》《中国古代币材考》等。在其中，《论中国学术思想变迁之大势》一作尤为重要；在梁氏以前，从没有过这样的一部著作发见过。她是这样简明扼要地将中国几千年来的学术加以叙述，估价，研究；可以说是第一部的中国学术史（第二部的至今仍未有人敢于着手呢），也可以说是第一部的将中国的学术思想有系统地整理出来的书。虽有人说她是肤浅，是转贩他人之作，然作者的魄力与雄心已是十分的可敬了。此作共分七部分：一，总论；二，胚胎时代；三，全盛时代；四，儒学统一时代；五，老学时代；六，佛学时代；七，近世之学术。梁氏在十余年之后，更欲成中国学术史的大著，为深一层的探讨，惜仅成一部分——《清代学术概论》——而止。今梁氏亡矣，这部伟大著作是永没有告成的希望了。

第四方面，是研究政治上经济上的各种实际的问题。在这个时候，梁氏的政论，已不仅是宣传鼓吹自己的主张，或攻击、推翻古旧的制度而已，这样的时候，即著《变法通议》的时代，已经过去了；他现在是要讨论实际上的种种问题以供给所谓"建设时代"的参考了。所以他一方面介绍各国的实例，一方面讨论本国的当前问题。在这些问题中，关于政治的，以宪法问题为中心，关于经济的，以货币、国债问题为中心。这些问题，都是那个时代的举国人民所要着眼的问题。关于前者，他著有《论政府与人民之权限》（壬寅）、《外官制私议》（庚戌）、《立宪法议》（庚子）、《论立法权》（壬寅）、《责任内阁释义》（辛亥）、《宪政浅说》（庚戌）、《中国国会制度私议》（庚戌）及《各国宪法异同论》（己亥）诸作。关于后者，他著有《中国国债史》（甲辰）、《中国货币问题》（甲辰）、《外资输入问题》（甲辰）、《改盐法议》（庚戌）、《币制条议》（庚戌）、《外债平议》（庚戌）诸作。

第五方面，是对于历史著作的努力。梁氏的事业，除了政论家外，便始终是一位历史家。他的对于中国学术思想的研究也完全是站在历史家的立场上的。他一方面攻击旧式历史的纰缪可笑，将历来所谓"史学"上所最聚讼的问题，如"正统"，如"书法"等等，皆一切推翻之，抹煞之，以为不成问题。他以为：所谓历史，不是一姓史，个人史，也不仅仅是铺叙故实的点鬼簿，地理志而已；历史乃是活泼泼的，乃是"叙述人群进化之现象，而求得其公理公例者也"，乃是供"今世之人，鉴之裁之，以为经世之用也"。在这一方面，他著有《新史学》（壬寅），《中国史叙论》（辛丑）等。他又在第二方面，写出许多的史书、史传来，以示新的历史，所谓"使今世之人，鉴之裁之"的历史的模式。这一方面的著作有《中国专制政治进化史论》（壬寅），《历史上中国民族之观察》，《南海康先生传》（辛丑），《李鸿章》（辛丑），《张博望班定远合传》（壬寅），《赵武灵王传》，《袁崇焕传》（甲辰），《中国殖民八大伟人传》（甲辰），《郑和传》（乙巳），《管子传》（辛亥），《王荆公传》，《匈牙利爱国者噶苏士传》（壬寅），《意大利建国三杰传》，《雅典小史》，《朝鲜亡国史略》（甲辰）等等，都是火辣辣的文字，有光有热，有声有色的，决不是什么平铺直叙的寻常史传而已。

第六方面是，对于文学的创作。梁氏在这十年中，不仅努力于作史著论，即对于纯文艺，也十分地努力。他既发刊《新小说》，登载时人之作品，如我佛山人的《痛史》《二十年目睹之怪现状》《九命奇冤》，以及苏曼殊诸人的翻译等等。他自己也有所作，如《新中国未来记》，《世界末日记》（此为翻译），《十五小豪杰》（此亦为翻译）等；又作传奇数种，如《劫灰梦传奇》《新罗马传奇》《侠情记传奇》，虽皆未成，却已传诵一时。他的诗词也以在这个时间所作者为特多。又有诗话一册，亦作于此时。他对于小说的势力是深切地认识的，所以他在《论小说与群治之关系》一文中，说起：

　　欲新一国之民，不可不先新一国之小说。故欲新道德，必新小说；欲新宗教，必新小说；欲新政治，必新

小说；欲新风俗，必新小说；欲新学艺，必新小说；乃
至欲新人心，欲新人格，必新小说。何以故？小说有不
可思议之力支配人道故。

小说之支配人道，有四种力。一是熏，"熏也者，如入云烟
中而为其烘，如近墨朱处而为其所染"。二是浸，"浸也者，入
而与之俱化者也"。三是刺，"刺也者，能入于一刹那顷，忽起
异感而不能自制者也"。四是提，"前三者之力，自外而灌之使
入，提之力自内而脱之使出"。他既明白小说的感化力如此的伟
大，所以决意便于《新民丛报》之外复创刊《新小说》，然《新
小说》刊行半年之后，梁氏的著作却已不甚见。大约他努力的方
面后来又转变了。

这十年，居日本的十年，可以说是梁氏影响与势力最大的时
代，也可以说是他最勤于发表的时代。我们看民国十四年（乙丑）
出版的第四次编订的《饮冰室文集》里，这十年的作品，竟占了
一半有强。

《新民丛报》与《新小说》创刊的第二年（一九〇三），梁氏
曾应美洲华侨之招，又作北美洲之游。这一次却不曾中途折回。
他到了北美合众国之后，随笔记所见闻，对于"美国政治上，历
史上，社会上种种事实，时或加以论断"。结果便成了《新大陆
游记》一书。

在这一个时期内，还有一件事足记的，便是从戊戌以后，
他与康有为所走的路已渐渐地分歧，然在表面上还是合作的。到
了他在《新民丛报》上发表了一篇《保教非所以尊孔论》后，便

显然地与康氏背道而驰了。他自己说："启超自三十以后，已绝口不谈'伪经'，亦不甚谈'改制'；而其师康有为大倡设孔教会，定国教祀天配孔诸议，国中附和不乏，启超不谓然，屡起而驳之。"（《清代学术概论》二百四十三页）世人往往以康梁并称，实则梁氏很早便已与康氏不能同调了。他们两个人的性情是如此的不同；康氏是执着的，不肯稍变其主张，梁氏则为一个流动性的人，往往"不惜以今日之我，难昔日之我"，不肯故步自封而不向前走去。

辛亥（一九一一）十月，革命军起于武昌，很快地便蔓延到江南各省。南京也随武昌而被革命军所占领。梁氏在这个时候，便由日本经奉天而复回中国。这时离他出国期已经是十四年了。因为情势的混沌，他曾住在大连以观变。南北统一以后，袁世凯就临时大总统任，以司法次长招之。梁氏却不肯赴召。这时，国民党与"进步党"（民元时代名共和党）的对峙情形已成。袁氏极力地牵合进步党，进步党也倚袁氏以为重。梁氏因与进步党关系的密切，便也不得不与袁氏连合。他到了北平与袁氏会见。会见的结果，却使他由纯粹的一位政论家一变而为实际的政论家。自此以后，他便过着很不自然的政治家生活，竟有七年之久。这七年的政治生活时代是他的生活最不安定的时代，也是他的著述力最消退、文字出产量最减少的时代。这个时代，又可分为三期：

第一期是与袁世凯的合作的时代。癸丑（一九一三）熊希龄组织内阁，以梁氏为司法总长；这是戊戌以后，他第一次地踏上政治舞台。这一次的内阁，即所谓"名流内阁"者是。然熊氏竟无所表见，不久竟倒。梁氏亦随之而去。这一次的登台，在梁氏可以说是一点的成绩也没有。然他却并不灰心，也并未以袁世凯为不足合作的人。他始终要立在维持现状的局面之下，欲有所作为，欲有所表见，欲有所救益。这时，最困难的问题便是财政问题。梁氏在前几年已有好几篇关于财政及币制的文章发表（这时他的文章多发表在《庸言报》上），这时更锐然欲有以自见，著《银行制度之建设》等文，发表他的主张。进步党的《中华民国宪法草案》也出于他的手笔。袁世凯因此特设一个币制局，以他为总裁（一九一四），俾他能够实行他的主张。然梁氏就任总裁之后，却又遇到了种种的未之前遇的困难；他的主张一点也不能施行。实际问题与理论竟是这样地不能调和。结果，仅获得《余之币制金融政策》一篇空文，而不得不辞职以去。自此，他对于袁氏方渐渐地绝望了，对于政治生涯也决然地生了厌恶、舍弃之心。他写了一篇很沉痛的宣言，即《吾今后所以报国者》，极恳挚地说明，他自己是很不适宜于实际的政治活动的。他说："夫社会以分劳相济为宜，而能力以用其所长为贵。吾立于政治当局，吾自审虽蚤作夜思，鞠躬尽瘁，吾所能自效于国家者有几。夫一年来之效概可睹矣。吾以此心力，转而用诸他方面，安见其所自效于国家者，不有以加于今日！"他更决绝地说道："故吾自今以往，除学问上或与二三朋辈结合讨论外，一切政治团体之关系，皆当中止。乃至生平最敬仰之师长，最亲习之友生，亦惟以道义相切劘，学艺相商榷。至其政治上之言论行动，吾决不愿有所与闻，更不能负丝毫之连带责任。非孤僻也，人各有其见地，各有其所以自信者。虽以骨肉之亲，或不能苟同也。"他这样地痛切地悔恨着过去的政治生涯，应该再度地入于"著述时代"了。然而正在这个时候，一个大变动的时代却恰恰与他当面。欧战在这时候发生了；继之而中日交涉勃起，日本欲乘机在中国获得意外的权利；继之而帝制运动突兴，袁世凯也竟欲乘机改元洪宪，改国号中华帝国，而自为第一代的中华帝国的皇帝。种种大事变紧迫而来，使他那么一位敏于感觉的人，不得不立刻兴起而谋所以应付之。于是他便又入于第二期的政治生涯。

第二期是"护国战役"时代。他对于欧战，曾著有《欧洲大战史论》一册；后主编《大中华月刊》，便又著《欧战蠡测》一文。更重大的事件，中日交涉，使他与时人一样地受了极大的刺激。他接连在《大中华》上写著极锋利极沉痛的评论，如《中日最近交涉平议》《解决悬案耶新要求耶》《外交轨道外之外交》《交涉乎命令乎》《示威耶挑战耶》诸作。及这次交涉结束之后，他又作《痛定罪言》《伤心之言》二文。他不曾作过什么悲苦的文字，然而这次他却再也忍不住了！他说道："吾固深感厌世说之无益于群治，恒思作壮语留馀望以稍苏国民已死之气。而吾乃时时为外境界所激刺，所压迫，几于不能自举其躯。呜呼！吾非伤心之言而复何言哉！"（《伤心之言》）

更重大的事件帝制运动，又使他受了极大的刺激。他对于这次的刺激，却不仅仅以言论而竟以实际行动来应付它了。帝制问题其内里的主动当然是袁世凯，然表面上则发动于古德诺的一篇论文及筹安会的劝进。这是乙卯（一九一五）七月间的事。梁氏便立刻著《异哉所谓国体问题者》一文，发表于《大中华》。梁氏在十年前，原是君主立宪论的主持者，然对于这次的政体变更，却期期以为不可。他的理由在《异哉所谓国体问题者》里说得又透彻，又严肃，又光明，又讥诮。他以为自辛亥八月以来，未及四年而政局已变更了无数次，"使全国民彷徨迷惑，莫知适从"。作帝制论者何苦又"无风鼓浪，兴妖作怪，徒淆民视听，而诒国家以无穷之戚"，并为袁氏及筹安会诸人打算利害，以为此种举动是与"元首"以不利的。当时他亦"不敢望此文之发生效力。不过因举国正气销亡，对于此大事无一人敢发正论，则人心将死尽，故不顾利害死生，为全国人代宣其心中所欲言之隐耳"。（以上引文皆录自《盾鼻集》）他的此文草成未印时，袁氏已有所闻，曾托人以二十万元贿之。梁氏拒之，且录此文寄袁氏。未几，袁氏又遣人以危辞胁喝他，说："君亡命已十馀年，此种况味亦既饱尝，何必更自苦。"梁氏笑道："余诚老于亡命之经验家也。余宁乐此，不愿苟活于此浊恶空气中也。"来的人语塞而退。这时，梁氏尚住在天津。他的从前的学生蔡锷，革命后曾任云南都督，这时则在北平。于是梁蔡二氏便密计谋实际上的反抗行动。在天津定好后此的种种军事计划，决议：云南于袁氏下令称帝后即独立。二人并相约："事之不济，吾侪死之，决不亡命。若其济也，吾侪引退，决不在朝。"他们便相继秘密南下。蔡氏径赴云南，梁氏则留居上海。这一年十二月，云南宣布独立，进攻四川。广西将军陆荣廷则约梁氏赴桂，同谋举义事。他说道："君朝至，我夕即举义。"许多人皆劝梁氏不要冒险前去，然他却不顾一切地应召而去。丙辰（一九一六）三月，梁氏由安南偷渡到桂，时海防及其附近一带铁路，袁政府的侦探四布。梁氏避匿山中十日，不乘火车，而间道行入镇南关。至则广西已独立。不久，广东亦被迫而独立。然广东局面不定，梁氏冒险去游说龙济光，几乎遇害。两广局面一定，他便复到上海，从事于别一方面的活动。这时，才知道他的父亲宝瑛，已于他间道入广西时病殁了。这时，情形已大为转变。浙江，陕西，湖南，四川诸省皆已独立；南京的冯国璋也联合长江各省谋反抗。正在这个时候，袁世凯忽然病死。于是这次的"护国战争"便告了结束。黎元洪继任大总统，段祺瑞组织内阁，梁氏则实践初出时的"决不在朝"的宣言，并不担任政务。然不久，却又有一个大变动发生，又将梁氏牵入漩涡，使他再度第三期的政治生涯。

　　第三期是"复辟战役"时代。当欧战正酣时，中国严守中立，不表示左右袒的态度，虽日本在山东占领了好几个地方，以攻青岛，我们也只是如在日俄战争时代一样地置之不见不闻。到了后来，德国厉行潜水艇海上封锁政策，美国首先提出抗议。中国的抗议也继之而提出。德国方面却置之不理。于是中国便进一步而与德奥绝交，协约国极力劝诱中国也加入战团。梁氏承认这是一个绝好的机会，可以增高中国在国际上的地位，并可以收回种种已失的权利，便极力地鼓吹对于德奥宣战。他在大战的初期，著《欧洲大战史论》及《欧战蠡测》之时，虽预测德国的必胜，然在这个时代，他已渐渐地瞧透德奥兵力衰竭的情形了。在这个时候，黎元洪与段祺瑞已表示出明显的政争情态。实际上是总统与总理的权限之争，表面上却借了参战问题，做政争的工具，段氏主张参战，黎氏则反对参战。梁氏因段氏的主张与他自己的相投合，便自然地倾向到段氏一方面去。不幸这次的政争愈演愈烈；参战问题始终不能解决，而内政问题却因黎氏的决然免去段职之故而引起了一段意外的波澜。

　　段氏免职之后，继之而有督军团的会议，而有各省脱离中央的宣告，而有张勋统兵五千入北京，任调停之举。这个"调停军"的内幕，却将黎段两方都蒙蔽了。原来，张勋此来，系受了康有为诸人的怂恿，有拥宣统复辟之意。黎氏固不及觉察，即段氏也不甚明白。直到张勋到了天津，复辟的空气十分浓厚，他们才十分的惊惶。于是梁氏与熊希龄急急地欲谋补救，宣统复辟于六年七月初成事实。梁氏乃极力地游说段祺瑞，要他就近起来反抗。马厂誓师的壮举，一半是梁氏所怂恿的。梁氏自己也于七月一日发表了一篇反对复辟的通电，持着极显白的反抗态度。他陈说变更国体的利害，十分的恳切动人，较他的《异哉所谓国体问题者》一文尤为直捷痛切。他说："苟非各界各派之人，咸有觉悟，洗心革面，则虽岁更国体，而于政治之改良何与者。若曰建帝号则政自肃，则清季政象何若，我国民应未健忘。今日蔽罪共和，过去罪将焉蔽。况前此承守成馀荫，虽委裘犹可苟安，今则师悍士狡，挟天子以令诸侯。谓此而可以善政，则莽卓之朝，应成郅治。似斯持论，毋乃欺天！"这些话，都足以直攻复辟论者的中心而使之受伤致命的。梁氏又说："启超一介书生，手无寸铁，舍口诛笔伐外，何能为役。且明知樊笼之下，言出祸随，徒以义之所在，不能有所惮而安于缄默。抑天下固多风骨之士，必安见不有闻吾言而兴者也。"然这事不必望之于他人，他自己便已投笔而兴了，他自己已不徒实行着口诛笔伐，而且躬与于"讨伐"之役了。这时，他与康有为已立于正面的对敌地位。自戊戌以后，梁氏与康氏便已貌合神离，为了孔教问题，也曾明显地争斗过。而这次却第二次为了政治问题而破脸了。梁氏自己相信他

219

始终是一位政论家，不适宜于做政治上的实际活动。他非到于万不得已的时候，决不肯放下政论家的面目而从事于政治家的活动。这一次，与护法战役之时相同，都是使他忍不住不出来活动的。他带着满腔的义愤，与段祺瑞会见于天津；他说动了段氏，举兵入北平。在这时，似乎也只有段氏一个人比较地可以信托。其他的督军军人们都是首鼠两端的。段氏的崛起，使张勋减少了不少的随从。段氏便很快地得到了成功，扑灭了以张勋、康有为为中心的清帝复辟运动。张康等皆逃入使馆区域。梁氏在政治上的成功这是第二次。他对于共和政体的拥护，这也是第二次。

段氏复任总理，黎氏退职，由副总统冯国璋就大总统任。段氏既复在位，对德奥宣战，便于那一年的八月十四日实行。梁氏这次并不曾于功成后高蹈而去。他做了段内阁的财政总长（一九一七）。他很想发展他的关于财政上的抱负，然而在当时的局面之下却不容他有什么主张可以见之实施。不久，他便去职。经过这一次的打击之后，他的七年来的政治生涯便真的告了一个终结。自此以后，他便永不曾再度过实际上的政治生活。自此以后，即自戊午（一九一八）冬直到他的死，便入于他的第二期的著述时代。

第二期的著述时代绵亘了十一年之久。这个时代，开始于他的欧游。一九一八年欧战告终，和会开始。抱世界和平的希望的人很多，梁氏也是其一。他既倦于政治生涯，便决意要到欧洲去考察战后的情形。他于民国七年十二月由上海乘轮动身。他自己说："我们出游目的，第一件是想自己求一点学问，而且看看这空前绝后的历史剧怎样收场，拓一拓眼界。第二件也因为正在做

正义人道的外交梦。以为这次和会，真是要把全世界不合理的国
际关系根本改造立个永久和平的基础，想拿私人资格将我们的冤
苦，向世界舆论伸诉伸诉，也算尽一二分国民责任。"（《梁任公
近著第一辑》卷上七十三页）在船上，他本着第二个目的，曾做两三
篇文章，为中国鼓吹，其中有一篇是《世界和平与中国》，表示
中国国民对于和平会议的希望。后来译印英法文，散布了好几千
本。他在欧洲，到过伦敦，巴黎，到过西欧战场，到过意大利，
瑞士，还到过为欧战导火线之一的亚尔莎士、洛林两州。这一次
的旅行，经过了一年多。民国九年春天归国，他自己曾说起对于
此行的失望，第一是外交完全失望了，他的出国的第二个目的，
最重大的目的，已不能圆满达到；第二是他"自己学问，匆匆过
了整年，一点没有长进"。在这一年中，真的，他除了未完篇的
《欧游心影录》之外，别的东西一点也没有写；而到了回国以后
所著作，所讲述的仍是十几年前《新民丛报》时代，或第一期的
著述时代所注意，所探究的东西，一点也没有什么新的东西产
生。此可见他所自述的一年以来"一点没有长进"，并不是很谦
虚的话。

　　然他回国以后所讲述，所著作的东西，题材虽未轶出十几年
前《新民丛报》时代所探讨的，在内容上与文字、体裁上却已有
了很大的不同了：第一，他如今所研究的较前深入，较前专门；
已入于谨慎的细针密缝的专门学者的著作时期，而非复如从前那
么样的粗枝大叶、一往无前的少年气盛的态度了。所以《中国学
术思想变迁大势》的一篇长文，在当时可以二三个月的时间写成
之者，如今则不能不慎重地从事；经过了好几年的工夫，还只成

了《清代学术概论》的一部（即《中国学术史第五种》），《中国佛教史》（《学术史第三种》）则已半成而又弃去。他自己虽说"欲以一年内成此五部"（《清代学术概论》第二自序），然其他几部却始终不曾出现。其他著作也均有这样的谨慎态度。第二，他的文字已归于恬淡平易，不复如前之浩浩莽莽，有排山倒海的气势，窒人呼吸的电感力了。读《新民丛报》的文字，我们至今还要感到一种兴奋，读近年来的梁氏文字，则如读一般的醇正的论学文字，其所重在内容而不在辞章。第三，他的文章体裁也与从前有了一个很大的变化；从前他是用最浅显流畅的文言文，自创一格的政论式的文言文，来写他的一切著作的，在这个时代，他却用当代流行的国语文，来写他的著作了。此可见梁氏始终是一位脚力轻健的壮汉，始终能随了时代而走的。

但很有些人却说梁任公此后文字的不能动人，完全是因为他抛弃了他所自创的风格而去采用了不适宜于他应用的国语文之故。这当然是一种很可笑的无根的见解。以梁氏近七八年来的态度与见解，而欲其更波翻云涌地写出前十七八年的《新民丛报》时代的论文，怎么还会可能的呢？且第二期的著述时代的作品也不尽是以国语文写成的。溪水之自山谷陡降也，气势雄健，一往无前，波跳浪涌，水声雷轰，一切山石悬岩，皆只足助其壮威，而不足以阻其前进；及其流到了平原之地，则声息流平，舒徐婉曲，再也不会有从前那么样的怒叫奔腾了。这便是年龄，便是时代，便是他本人的著作态度，使梁氏的文字日就舒徐婉曲的，并没有什么别样的理由。

他从欧洲归后，至民国十一年双十节前，所著述的约有一百万字。他自己曾在《梁任公近著第一辑》的序上统计过：

"已印布者，有《清代学术概论》约五万言，《墨子学案》约六万言，《墨经校释》约四万言，《中国历史研究法》约十万言，《大乘起信论考证》约三万言。又三次所辑讲演集约共十馀万言。其馀未成或待改之稿有《中国韵文里头所表现的情感》约五万言，《国文教学法》约三万言，《孔子学案》约四万言，又《国学小史稿》，及《中国佛教史稿》全部弃却者各约四万言，其馀曾经登载各日报及杂志之文，约三十馀万言，辄辑为此论，都合不满百万言，两年有半之精神，尽在是矣。"

此时以后的著作，则有《陶渊明》（单行）、《戴东原先生传》、《戴东原哲学》、《人生观与科学》、《近代学风之地理的分布》、《说方志》、《国学入门书要目及其读法》等等。尚有《中国文化史》的未定稿一篇——《社会组织篇》，亦已印行。

综观这个"第三著述时代"的梁氏的著作，其研究的中心有四。第一，是对于佛教的研究。这是他将十几年前的《中国学术思想变迁大势》中，关于佛教的一部分放大了的。他的《中国佛教史》虽未完成，然已有好几篇很可观的论文告毕的了；如在庚申（一九二〇）所写的《佛教之初输入》《千五百年前之中国留学生》《佛教与西域》《印度史迹与佛教之关系》《佛典之翻译》《翻译文学与佛典》等皆是；其所着意乃在于"佛教的输入"史一部分。在这部分上，他的研究确是很深邃的，其材料也大都是他辛苦收集得来的。与前十几年之稗贩日本人的研究结果的文字完全不同。第二年（一九二一），他在南京东南大学讲演，同时又到支那内学院，研究佛教经典。《大乘起信论考证》即作于是年。壬戌（一九二二），又写了一篇《印度与中国文化之亲属的关系》，可以说是研究佛教的余波。

第二，是对于先秦诸子的研究。这也是将《中国学术思想变迁》中关于先秦思想的一部分放大了的。然其研究的面目，与前也已十分的不同。庚申（一九二○）年写成的有《老子哲学》《墨子年代考》《墨经校释》等，第二年（辛酉）又写成《墨子学案》一书。梁氏对于《墨子》本来研究得很深，从前有过一部《墨学微》出版。这一次的研究，则"与少作全异其内容"。《先秦政治思想史》则出版于壬戌年。

第三，是对于清代学术思想研究。这也是将《中国学术思想变迁》一文中关于清代学术的一部分加以放大的。在这一方面，他自己说："余今日之根本观念，与十八年前无大异同，惟局部的观察，今视昔似较为精密。且当时多有为而发之言，其结论往往流于偏至——故今全行改作，采旧文者什一二而已。"（《清代学术概论》自序）《清代学术概论》出版于庚申，是他对于清代学术的有系统的一篇长论，但多泛论，没有什么深刻的研究的结果。独有对于康有为及他自己今文运动的批评，却是很足以耐人寻味的。此外对于戴东原的研究也是他的一个专心研究的题目。《戴东原先生传》《戴东原哲学》《戴东原著述纂校书目考》（皆作于癸亥），都是他研究的结果。又有《明清之交中国思想界及其代表人物》（甲子）及《颜李学派与现代教育思潮》（癸亥）亦可归入这一类。

第四，是对于历史的研究。这又是将十几年前他所作的《新史学》等文放大的。关于这一方面，所作有《近代学风之地理

的分布》（甲子），《中国历史上民族之研究》（壬戌），《历史
统计学》（壬戌），《中国历史研究法》（壬戌），《说方志》
（甲子）等。《中国历史研究法》是他的《中国文化史稿》的第
一篇。他的《中国文化史》，其规模较他的《中国学术史》为尤
大。除此作外，尚成有一部《社会组织篇》，惟未公开发表。

　　这些都是与他十几年前的研究有很密切的关系的。所以我们
可以说第二期著述时代的梁任公作品，都不过是第一期著述时代
的研究的加深与放大而已。但也有一部分轶出于这个范围之外；
一是几篇关于人生观与科学（癸亥）的论文，二是几篇对于中国诗
歌的研究，如《屈原研究》《情圣杜甫》《陶渊明》《中国韵
文里头所表现的情感》（皆作于壬戌）等等。他的关于时事论文，
这时所作很少。真可以说是实践他前几年在《吾今后所以报国
者》一文中所说的"吾自今以往，不愿更多为政谭。非厌倦也，
难之。故慎之也。政谭且不愿多作，则政团更何有"而未能实践
的话。

　　他在卒前的二三年，虽仍在清华学校讲学不辍，然长篇巨著
的发表已绝少。最后的几年，可以说是他生平最消沉的时代。这
一半是因为他的夫人李氏在民国十六年得病而死，他心里很不高
兴，一半也因为他自己有病，虽曾到北平的一家医院里割去过一
只内肾，而病仍未痊愈，最后还是因此病死去。他自己说：

　　　我今年受环境的酷待，情绪十分无俚。我的夫人从灯
　　节起，卧病半年，到中秋日，奋然化去。她的病极人间未
　　有之痛苦，自初发时，医生便已宣告不治。半年以来，耳

所触的只有病人的呻吟，目所接的只有儿女的涕泪。丧事初了，爱子远行，中间还夹着群盗相噬，变乱如麻，风雪蔽天，生人道尽。块然独坐，几不知人间何世。哎，哀乐之感，凡在有情，其谁能免。平日意态活泼兴会淋漓的我，这会嗒然气尽了。（《痛苦中的一点小玩意儿》）

以后几年，他的意绪似还未十分地恢复。但他究竟是一位强者，虽在这种"嗒然气尽"的环境，仍还努力地工作着。他在病中还讲学，还看书，还著书。临死前的数月，专以词曲自遣。拟撰一部《辛稼轩年谱》，在医院中还托人去搜觅关于辛稼轩的材料。忽得《信州府志》等书数种，便狂喜携书出院，仍继续他的《辛稼轩年谱》的工作。然他的病躯已不能再支持下去了。今年一月十九日，梁氏便卒于北平医院里。《辛稼轩年谱》成了他的未完工的一部最后著作。

三

每个人都有自知之明，然真能深知灼见他自己的病根与缺点与好处之所在的，却不很多。每个人都能够于某一个时候坦白披露他自己的病根，他自己的缺点，他自己的好处，然真能将自己的病根与缺点与好处分析得很正确，很明白，而昭示大众，一无隐讳的，却更不多。梁任公先生便是一位真能深知灼见他自己的病根与缺点与好处的，便是一位真能将他自己的病根与缺点与好处分析得很正确，很明白，而昭示大众，一无隐讳的。世人对于梁任公先生毁誉不一，然有谁人曾将梁任公骂得比他自己所骂的更透彻、更中的的么？有谁人曾将梁任公恭维得比他自己所恭维的更得体、更恰当的么？一部传记的最好材料是传中人物的自己的记载，同此，一篇批评的最好材料，也便是被批评者对于他自己的批评。这句话，在别一方面或未能完全适合，然论到梁任公，却是再恰当也没有的了。

梁任公最为人所恭维的——或者可以说，最为人所诟病的——一点是"善变"。无论在学问上，在政治活动上，在文学的作风上都是如此。他在很早的时候曾著一篇《善变之豪杰》（见《饮冰室自由书》），其中有几句话道："语曰，君子之过也，如日月之食焉，人皆见之，及其更也，人皆仰之，大丈夫行事磊磊落落，行吾心之所志，必求至而后已焉。若夫其方法，随时与境而变，又随吾脑识之发达而变，百变不离其宗。"他又有一句常常自诵的名语，是"不惜以今日之吾与昨日之吾宣战"。我们看他，在政治上则初而保皇，继而与袁世凯合作，继而又反抗袁氏，为拥护共和政体而战，继而又反抗张勋，反抗清室的复辟；由保皇而至于反对复辟，恰恰是一个敌面，然而梁氏在六七年间，主张却已不同至此。这难道便是如许多人所诟病于他的"反复无常"么？我们看他，在学问上则初而沉浸于词章训诂，继而从事于今文运动，说伪经，谈改制，继而又反对康有为氏的保教尊孔的主张，继而又从事于介绍的工作，继而又从事于旧有学说的整理，由主张孔子改制而至于反对孔教，又恰恰是一个对面，然而梁氏却不惜于十多年间一反其本来的见解。这不又是世人所讥诮他的"心无定见"么？然而我们当明白他，他之所以"屡变"者，无不有他的最强固的理由，最透彻的见解，最不得已的苦衷。他如顽执不变，便早已落伍了，退化了，与一切的遗老遗少同科了；他如不变，则他对于中国的贡献与劳绩也许要等于零了。他的最伟大处，最足以表示他的光明磊落的人格处便是他的"善变"，他的"屡变"。他的"变"，并不是变他的宗旨，变他的目的；他的宗旨，他的目的是并未变动的；他所变者不过方法而已，不过"随时与境而变"，又随他"脑识之发达而变"其方法而已。他的宗旨，他的目的便是爱国。"其方法虽变，然其所以爱国者未尝变也。"凡有利于国的事，凡有益于国民的思想，他便不惜"屡变"，而躬自为之，躬自倡导着。惟其爱的是国，所以他生平"最爱平和惮破坏"（《盾鼻集·在军中敬告国人》）。所以他在辛亥时代则怕因变更国体之故而引起剧战，在民国元二年之交，则又"惧邦本之屡摇，忧民力之徒耗"而不惜与袁世凯合作。惟其爱的是国，所以他不忍国体屡更，授野心家以机会，所以他两次为共和而战，护体，即所以护国家。惟其爱的是国，所以他竭力地说明保国与保教的不同，而力与他自己前几年的主张相战。他在《保教非所以尊孔论》的前面，有过一段小引：

> 此篇与著者数年前之论相反对，所谓我操我矛以伐我者也。今是昨非不敢自默。其为思想之进步乎，抑退步乎？吾欲以读者思想之进退决之。

以梁氏思想与主张之屡变而致此讥诮的，我也不知道他们的思想到底是"进步乎，抑退步乎？"

梁氏是一位感觉最灵敏的人，是一位感情最丰富的人，所以四周环境里一有显著的变动，他便起而迎之，起而感应之。这又是他的"善变"的原因之一。例如，一件极小的事，前几年的"人生观与科学"的论战，他的朋辈有一部分加入，他便也不由自主地而卷入这个争论的漩涡中。前几年有几个人在开列着国学书目，在研究着墨子、戴东原、屈原、印度哲学，他便也立刻地引起了他所久已放弃了的研究这些题目的兴致。

梁氏又是一位极能服善的人，他并不谬执他自己的成见；他可以完全抛弃了他自己的主张，而改从别人的。这大约又是他的"善变"的原因之一。他本治戴段王考证，及见康有为，则"尽弃所学而学焉"。到了日本之后，他见到日本人的著作，则又倾向于他们而竭力地去汲引了他们过来。当他中年以后，国语文的采用，成了必然的趋势。虽然一般顽执者竭全力以反对之，他却立刻便采用国语文以写他的文章，一点也不吝惜地舍去了他的政论式（或策论的，或《新民丛报》式的），已成为一大派别的文体。这可见他的精神是如何的博大，他的见解如何的不粘着。

梁氏还有一个好处或缺点——大多数人却以为这是他的最可诟病之缺点——便是"急于用世"，换一句话，说得不好听一点，便是"热中"。他在未受到政治上的种种大刺激之前，始终是一位政治家，虽然他晓得自己的短处，说是不适宜于做政治活动。然在七年十二月之前，哪一个时候不在做着政治的活动，不在过着政治家的生涯？戊戌不必说，民元二年不必说，民五六七年不必说，即在留居日本的时候，办《清议报》，办《新民丛报》，办《国风报》，还不都在做着政治活动么？到澳洲，到美洲，到菲律宾，还不都在做着政治活动么？即民七的到欧洲去，还不带有一点政治的意味么？《新民丛报》时代，论学之作虽多，然其全力仍注意在政治上。他自己有一段话最足以表现他的政治生涯的里面：

> 吾二十年来之生涯，皆政治生涯也。吾自距今一年前，虽未尝一日立乎人之本朝。然与国中政治关系，殆未尝一日断。吾喜摇笔弄舌，有所论议。国人不知其不肖，往往有乐倾听之者。吾问学既谫薄，不能发为有统系的理想，为国民学术辟一蹊径。吾更事又浅，且去国久，而与实际之社会阔隔，更不能参稽引申，以供凡百社会事业之资料。惟好攘臂扼腕以谭政治。政治谭以外，虽非无言论，然匣剑帷灯，意固有所属，凡归于政治而已。吾亦尝欲借言论以造成一种人物，然所欲造成者，则吾理想中之政治人物也。（《吾今后所以报国者》）

惟其对于政治这样的"热中"，所以他一有机会，便想出来做一点事，为国家做一点事。政治上的活动人物，有两种不同之型式，一种是革命者，一种是改良者。革命者有他的政纲，有他的主义，他是要彻底改革的，他是要彻底建设的。改良者则不然，他不见得有具体的政纲，不见得有一成不变的主义，他不想破坏现状，他没有打倒了一个旧的，创出一个新的之雄心，他只欲在现状之下，使它尽量地改良，尽量地做一点好事。非万不得已，他决不肯去推翻已成的势力。因为他相信有所凭借而做事，每是牺牲最少而成功最易的。梁任公便彻头彻尾是这样的一位改良派的政治家。传说中的伊尹，五就桀，五就汤，古传中的孔子，一日不得其君，则惶惶然若不可终日，皆是这个形式中的人物。梁氏既是一位改良者，所以他在辛亥革命成功以前便反对革命而主张君主立宪；在袁世凯未露逆谋之前，便始终以为他还是可以与之为善的；在段祺瑞最无忌惮的时代，便也未觉得他是绝望了的。总之，他是竭力欲出来做一点好事的。现状的能否根本推倒原是很渺茫的，所以还是就现状之下，而力谋补助，力求改良，力求做一点好事，即仅仅是一点也是好的。像这样地"热中"下去，当然未免有"不择人而友"之讥。然而他的心却是热烈的，却是光明的，却是为国的；即在与最不堪为伍的人为伍着时，我们也还该原谅他几分。比之一事不做的处士，贪污坏事的官吏，其善不肖为何如。何况梁氏也曾两次地放下了他的改良者的面目，为正义自由，为国体人格而战，已足一洗其政治上的温情主义者或容忍主义者之耻呢！

四

在学术上，梁氏对于他自己的成就也有很正确的分剖与批判。他的话是那样的坦白可喜，竟使我们无从于此外再赞一辞：

> 启超之在思想界，其破坏力确不小，而建设则未有闻。晚清思想界之粗率浅薄，启超与有罪焉。启超常称佛说，谓："未能自度，而先度人，是为菩萨发心"；故其生

平著作极多，皆随有所见，随即发表。彼尝言："我读到'性本善'，则教人以'人之初'而已"；殊不思（"性相近"以下尚未读通，恐并"人之初"一句亦不能解）；以此教人，安见其不为误人。启超平素主张，谓须将世界学说为无限制的尽量输入。斯固然矣；然必所输入者确为该思想之本来面目，又必具其条理本末，始能供国人切实研究之资；此其事非多数人专门分担不能。启超务广而荒，每一学稍涉其樊，便加论列；故其所述者，多模糊影响笼统之谈，甚者纯然错误；及其自发现而自谋矫正，则已前后矛盾矣。平心论之，以二十年前思想界之闭塞委靡，非用此种鲁莽疏阔手段，不能烈山泽以辟新局；就此点论，梁启超可谓新思想界之陈涉。……启超与康有为有最相反之一点，有为太有成见，启超太无成见，其应事也有然，其治学也亦有然。有为常言："吾学三十岁已成，此后不复有进，亦不必求进。"启超不然，常自觉其学未成，且忧其不成，数十年日在旁皇求索中。故有为之学，在今日可以论定；启超之学，则未能论定。然启超以太无成见之故，往往徇物而夺其所守；其创造力不逮有为，殆可断言矣。启超"学问欲"极炽，其所嗜之种类亦繁杂；每治一业，则沉溺焉，集中精力，尽抛其他；历若干时日，移于他业，则又抛其前所治者。以集中精力故，故常有所得；以移时而抛故，故入焉而不深。彼尝有诗题其女令娴《艺蘅馆日记》云："吾学病爱博，是用浅且芜，尤病在无恒，有获旋失诸。百凡可效我，此二无我

如。"可谓有自知之明。（《清代学术概论》第一百四十七
至一百四十九页）

　　他因为"爱博"，所以不能专，不能深入，因为他"每一学
稍涉其樊，便加论列"，所以"浅且芜"的弊，也免不了。然而
他究竟是中国"新思想界之陈涉"，虽未必有精湛不磨的成功，
然他的筚路蓝褛，以开荒荆的功绩已经不小了。且他还不仅仅为
一个陈涉而已，他的气势的阔大，规模的弘博，却竟有点像李世
民与忽必烈，虽未及建国立业，其气势与规模已足以骇人了。他
在政治上虽是一位温情主义的改良论者，野心一点也不大，然在
学术上，他却是一位虎视眈眈的野心家。他不动手则已，一动手
便有极大的格局放在那里；不管这个格局能否计划得成功。他喜
于将某一件事物，某一国学术作一个通盘的打算，上下古今地大
规模地研究着，永不肯安于小就，作一种狭窄专门的精密工作。
例如，他要论中国的学术，便写了一篇《中国学术思想变迁之大
势》，要论中国的民族，便写了一篇《历史上中国民族之观察》，
要对于"国学"有所讲述，便动手去写一篇《国学小史》，要对
于中国民族的文化有所探究，便又动手去写《中国文化史》。这
些都是极浩瀚的工作，然而他却一往无前地做去，绝不问这个工
作究竟有无成功的可能。他的《中国学术史》，据他的计划要分
为五部分，其一：先秦学术，其二：两汉六朝经学及魏晋玄学，
其三：隋唐佛学，其四：宋明理学，其五：则为清学。他的《国
学小史》为民九在清华学校的课外讲演；五十次的讲述，讲义草
稿盈尺。我们未见此稿，不知内容究竟如何，然即就其论墨子的

一部分（已印行，即《墨子学案》）而观之，已可想见其全书内容的
如何弘博了。最可骇人的还有他的《中国文化史》的计划；他为
了要写此书，特地先写了一篇极长的叙论印行，名为《中国历史
研究法》。在他的已成的《中国文化史》本文的一小部分《社会
组织篇》上，我们又见到他的《中国文化史》的全部计划。这个
文化史，范围极为广大，凡分三部，二十九篇，上自叙述历史事
实的《朝代篇》，下至研究图书的印刷，编纂，收藏的《载籍篇》，
凡关于中国的一切事物，几无不被包括在内。现在且钞录其全目
于下：

第一部

朝代篇（神话及史阙时代，宗周及春秋，战国及
秦，两汉，三国南北朝，隋唐及五代，宋辽）

种族篇上（汉族之成分，南蛮诸族）

种族篇下（北狄诸族，东胡诸族，西羌诸族）

地理篇（中原，秦陇，幽并，江淮，扬越，梁益，
辽海，漠北，西域，卫藏）

政制篇上（周之封建，秦之郡县，汉之郡国及州
牧，三国南北朝之郡县及诸镇，唐之郡县及藩镇，唐之
藩属统治法，宋之郡县及诸使，元之行省及封建，明清
之行省及封建，清之藩属统治法，民国之国宪及省宪）

政制篇下（政枢机关之制度及事实上之沿革，政务
分部之沿革，监察机关之沿革，清末及民国之议会，司
法机关，政权旁落之变象）

舆论及政党篇（历代舆论势力消长概观，汉之党锢，宋之王安石及司马光，明之东林、复社，清末及民国以来所谓政党）

法律篇（古代法律蠡测，自战国迄清中叶法典编纂之沿革，汉律，唐律，明清律例及会典，近二十年制律事业）

军政篇（兵制沿革，兵器沿革，战术沿革，历代大战比较观，清末及民国军事概说，海军）

财政篇（力役及物贡，租税，专卖，公债，支出分配，财政机关）

教育篇（官学及科举，私人讲学，唐宋以来之书院，现代之学校及学术团体）

交通篇（古代路政，自汉迄清季驿递沿革，现代铁路，历代河渠，海运之今昔，现代邮电）

国际关系篇（历代之国际及理藩，明以前之欧亚关系，唐以后之中日关系，明中叶以来之中荷中葡关系，清初以来之中俄关系，清中叶以来之中英中法关系，清末以来之中美关系）

第二部

社会组织篇（母系，婚姻及家族，宗法及族制，阶级，乡治，都市）

饮食篇（猎牧耕三时代，肉食，粒食，副食，烹饪，麻醉品，米盐茶酒烟之特别处理）

服饰篇（蚕丝，卉服，皮服，装饰，历代章服变迁概观）

宅居篇（有史以前之三种宅居，上古宫室蠡测，中古宫室蠡测，西域交通与建筑之影响，室内陈设，城垒，井渠）

考工篇（石铜铁器三时代，漆工，陶工，冶铸，织染，车，舟，文房用品，机械，现代式之工业）

通商篇（古代商业概观，战国秦汉间商业，汉迄唐之对外商业，唐代商业，宋辽金元明间商业，恰克图条约以后之对外商业，南京条约以后之对外商业，近代国内商业概观）

货币篇（金属货币以前之交易媒介品，历代圜法沿革，金银，纸币，最近改革币制之经过，银行）

农事及田制篇（农产物之今昔观，农作技术之今昔观，荒政，屯垦，井田均田之兴废，佃作制度杂观，森林）

第三部

言语文字篇（单音语系之历史的嬗变，古今方言概观，六书之孳乳，文字形体之蜕变，秦汉以后新造字，声与韵，字母，汉族以外之文字，近代之新字母运动）

宗教礼俗篇（古今之迷信，阴阳家言及谶纬家言，道教之兴起及传播，佛教信仰之史的观察，摩尼教、犹太教之输入，回教之输入，基督教之输入及传播，历代祀典及淫祀，丧礼及葬礼，时令与礼俗）

学术思想篇上（古代学术思想之绍述机关，思想渊源，儒家经典之成立，战国时诸子之勃兴，西汉时儒墨道名法阴阳六家之废兴及蜕变，西汉经学，南北朝隋唐经学，佛典之翻译，佛学之宗派，儒佛道之诤辩与会通，宋元理学之勃兴，程朱与陆王，清代之汉学与宋学，晚清以来学术思想之趋势）

学术思想篇下（史学，考古学，医学，历算学，其他之自然科学）

文学篇（散文，诗骚及乐府，词，曲本，小说）

美术篇（绘画，书法，雕塑，建筑，刺绣）

音乐篇（乐律，古代音乐蠡测，汉后四夷乐之输入，唐之雅乐清乐燕乐，唐宋间乐调之变化，元明间之南北曲，乐器，乐舞，戏剧）

载籍篇（古代书籍之传写装潢，石经，书籍印刷术之发明及进步，活字板，汉以来历代官家藏书，明以来私家藏书，类书之编纂，丛书之辑印，目录学，制图，拓帖）

《中国文化史》究竟是不是这样的编著方法，我们且不去管它；即我们仅见此目，已知他的著书的胆力之足以"吞全牛"了。但因为他的规模过于弘伟之故，所以他的著作，往往是不能全部告成的；《中国文化史》固已成了"广陵散"，即比较规模较小的《中国学术史》也因了此故而迄不能成功。这当然是很可悼惜的事。在这一方面，我们不禁要想起了著《通志》的郑樵，郑樵的野心正与梁氏不相上下；他的《通志》，恰好是《中国文化史》的一个绝妙的对照。然而郑樵却成功了；梁氏则半因爱博无恒，半因"屡为无聊的政治活动所牵率，耗其精而荒其业"，终于成了一个未能成功的郑夹漈！我们在此，不仅为梁氏惜，也要为中国学术界惜。这部大著作假如告成，即使有了千万则的缺漏以及一切的芜浅，对于中国读者也是极有益的；他所要做到的至少是将专门的学问通俗化了，是将不易整理就绪的材料排比得有条理了。这样的一部书，即在今日或明日专门学者如林的时代也不会全失去它的读者的。

五

最后，我们还应该提到他在文学上的成功。我在上文已经说起过，他是一位最好的新闻记者。日报上的时论未必可存，新闻记者的文章，够得上文学史的齿及的也很不多见。然而最好的新闻记者，却往往同时是一位上等的文学者；像爱迭生（Addison），像麦考莱（Macaulay），像威尔斯（H. G. Wells）诸人都是这样。梁任公先生当然也是这种少数的新闻记者中的一位。梁氏在他的《饮冰室文集》第一次出版时，曾有一序，很谦抑地说起像他那样的时论是不足存的。他说道："吾辈之为文，岂其欲藏之名山，俟诸百世之后也，应于时势，发其胸中所欲言。然时势逝而不留者也，转瞬之间悉为刍狗。况今日天下大局，日接日急，如转巨石于危崖，变异之速，匪翼可喻，今日一年之变率，视前此一世纪犹或过之，故今之为文，只能以被之报章，供一岁数月之遒铎而已。过其时则以覆瓿焉可也。"然他虽是这样的自谦，他的散文却很有可存的价值；时代过去了，他所讨论的问题已不成问题了，然而他的《变法通议》诸作至今读之，似还有一种动人的魔力。这便是他的散文可存的一个要证。他在《清代学术概论》上对于他自己的文字，也有一段很公平的批判：

> 启超夙不喜桐城派古文；幼年为文，学晚汉魏晋，颇尚矜炼；至是自解放，务为平易畅达，时杂以俚语韵语及外国语法，纵笔所至不检束；学者竞效之，号新文体。老辈则痛恨，诋为野狐。然其文条理明晰，笔锋常带情感，对于读者别有一种魔力焉。（一百四十二页）

他的散文，平心论之，当然不是晶莹无疵的珠玉，当然不是最高贵的美文，却另自有它的价值。最大的价值，在于它能以他的"平易畅达，时杂以俚语韵语及外国语法"的作风，打倒了所谓恹恹无生气的桐城派的古文，六朝体的古文，使一般的少年们都能肆笔自如，畅所欲言，而不再受已僵死的散文套式与格调的拘束；可以说是前几年的文体改革的先导。在这一方面，他的功绩是可以与他的在近来学术界上所造的成绩同科的。黄遵宪在诗歌方面，曾做着这种同样的解放的工作，然梁氏的影响似为更大，这因散文的势力较诗歌为更大之故。至于他的散文的本身，却是时有芜句累语的；他的魔力足以迷惑少年人，一过了少年期，却未免要觉得他的文有些浅率。他批评龚自珍的文说："初读《定庵文集》，若受电然。稍进乃厌其浅薄。"这种考语，许多批评者也曾给过梁氏他自己。

梁氏所作，以散文为主，诗歌不很多；连词、曲、传奇总计之，尚不及一册。他根本上不是一位诗人。然他的诗歌也自具有一种矫俊不屈之姿，也自具有一种奔放浩莽，波涛翻涌的气势，与他的散文有同调。他喜欢放翁的诗，稼轩的词，而他的诗词也实际地很受他们的影响。姑举一首《志未酬》为例：

> 志未酬，志未酬；问君之志几时酬？志亦无尽量，酬亦无尽时。世界进步靡有止期，吾之希望亦靡有止期；众生苦恼不断如乱丝，吾之悲悯亦不断如乱丝。登高山复有高山，出瀛海更有瀛海。任龙腾虎跃以度此百年兮，所成就其能几许。虽成少许，不敢自轻，不有少许兮，多许奚自生。但望前途之宏廓而寥远兮，其孰能无感于余情。吁嗟乎，男儿志兮天下事，但有进兮不有止。吾志已酬便无志。

本文以此诗为结束，并不是偶然的；"男儿志兮天下事，但有进兮不有止。"这两句诗已足够批评梁氏的一生了。

一九二九年二月作于上海

第三辑　学术主张

何谓"俗文学"

一

何谓"俗文学"？"俗文学"就是通俗的文学，就是民间的文学，也就是大众的文学。换一句话，所谓俗文学就是不登大雅之堂，不为学士大夫所重视，而流行于民间，成为大众所嗜好，所喜悦的东西。

中国的"俗文学"，包括的范围很广，因为正统的文学的范围太狭小了，于是"俗文学"的地盘便愈显其大。差不多除诗与散文之外，凡重要的文体，像小说、戏曲、变文、弹词之类，都要归到"俗文学"的范围里去。

凡不登大雅之堂，凡为学士大夫所鄙夷，所不屑注意的文体都是"俗文学"。

"俗文学"不仅成了中国文学史主要的成分，且也成了中国文学史的中心。

这话怎样讲呢？

第一，因为正统的文学的范围很狭小——只限于诗和散文——所以中国文学史的主要的篇页，便不能不为被目为"俗文学"，被目为"小道"的"俗文学"所占领。哪一国的文学史不是以小说、戏曲和诗歌为中心的呢？而过去的中国文学史的讲述却大部分为散文作家们的生平和其作品所占据。现在对于文学的观念变更了，对于不登大雅之堂的戏曲、小说、变文、弹词等等也有了相当的认识了，故这一部分原为"俗文学"的作品，便不能不引起文学史家的特殊注意了。

第二，因为正统文学的发展和"俗文学"的发展是息息相关的。许多的正统文学的文体原都是由"俗文学"升格而来的。像《诗经》，其中的大部分原来就是民歌。像五言诗原来就是从民间发生的。像汉代的乐府，六朝的新乐府，唐五代的词，元、明的曲，宋、金的诸宫调，哪一个新文体不是从民间发生出来的？

当民间发生了一种新的文体时，学士大夫们其初是完全忽视的，是鄙夷不屑一读的。但渐渐地，有勇气的文人学士们采取这种新鲜的新文体作为自己的创作的型式了，渐渐地这种新文体得了大多数的文人学士们的支持了。渐渐地这种新文体升格而成为王家贵族的东西了。至此，而它们渐渐地远离了民间，而成为正统的文学的一体了。

当民间的歌声渐渐地消歇了的时候，而这种民间的歌曲却成了文人学士们之所有了。

所以，在许多今日被目为正统文学的作品或文体里，其初有许多原是民间的东西，被升格了的，故我们说，中国文学史的中心是"俗文学"，这话是并不过分的。

二

"俗文学"有好几个特质，但到了成为正统文学的一支的时候，那些特质便都渐渐地消灭了；原是活泼泼的东西，但终于衰老了，僵硬了，而成为躯壳徒存的活尸。

"俗文学"的第一个特质是大众的。她是出生于民间，为民众所写作，且为民众而生存的。她是民众所嗜好，所喜悦的；她是投合了最大多数的民众之口味的。故亦谓之平民文学。其内容，不歌颂皇室，不抒写文人学士们的谈穷诉苦的心绪，不讲论国制朝章，她所讲的是民间的英雄，是民间少男少女的恋情，是民众所喜听的故事，是民间的大多数人的心情所寄托的。

她的第二个特质是无名的集体的创作。我们不知道其作家是什么人。她们是从这一个人传到那一个人，从这一个地方传到那一个地方。有的人加进了一点，有的人润改了一点。我们永远不会知道其真正的创作者与其正确的产生的年月的。也许是流传得很久了，也许是已经经过了无数人的传述与修改了。到了学士大夫们注意到她的时候，大约已经必是流布得很久，很广的了。像小说，便是在庙宇，在瓦子里流传了许久之后，方才被罗贯中、郭勋、吴承恩他们采用了来作为创作的尝试的。

她的第三个特质是口传的。她从这个人的口里，传到那个人的口里，她不曾被写了下来，所以，她是流动性的；随时可以被蓓正，被改样。到了她被写下来的时候，她便成为有定形的了，便可成为被拟仿的东西了。像《三国志平话》，原是流传了许久，到了元代方才有了定形；到了罗贯中，方才被修改为现在的式样。像许多弹词，其写定下来的时候，离开她开始弹唱的时候都是很久的。所谓某某秘传，某某秘本，都是这一类性质的东西。

她的第四个特质是新鲜的，但是粗鄙的。她未经过学士大夫们的手所触动，所以还保持其鲜妍的色彩，但也因为这所以还是未经雕断的东西，相当的粗鄙俗气。有的地方写得很深刻，但有的地方便不免粗糙，甚至不堪入目。像《目连救母变文》《舜子全孝变文》《伍子胥变文》等等都是这一类。

她的第五个特质是其想象力往往是很奔放的，非一般正统文学所能梦见，其作者的气魄往往是很伟大的，也非一般正统文学的作者所学比肩。但也有其种种的坏处，许多民间的习惯与传统的观念，往往是极顽强地黏附于其中，任怎样也洗刮不掉。所以，有的时候，比之正统文学更要封建的，更要表示民众的保守性些。又因为是流传于民间的，故其内容，或题材，或故事，往往保存了多量的民间故事或民歌的特性；她往往是辗转抄袭的。有许多故事是互相模拟的。但至少，较之正统文学，其模拟性是减少得多了。她的模拟是无心的，是被融化了的；不像正统文学的模拟是有意的，是章仿句学的。

她的第六个特质是勇于引进新的东西。凡一切外来的歌调，外来的事物，外来的文体，文人学士们不敢正眼儿窥视之的，民间的作者们却往往是最早地便采用了，便容纳了它来。像戏曲的一个体裁，像变文的一种新的组织，像词曲的引用外来的歌曲，都是由民间的作家们先行采纳了来的。甚至，许多新的名词，民间也最早地知道应用。

以上的几个特质，我们在下文便可以更详尽地明白地知道，这里可以不必多引例证。

我们知道，"俗文学"有她的许多好处，也有许多缺点，更不是像一班人所想象的，"俗文学"是至高无上的东西，无一而非杰作，也不是像另一班人所想象的，"俗文学"是要不得的东西，是一无可取的。

三

中国俗文学的内容，既包罗极广，其分类是颇为重要的。就文体上分别之，约有下列的五大类：

第一类，诗歌。这一类包括民歌、民谣、初期的词曲等等。从《诗经》中的一部分民歌直到清代的《粤风》《粤讴》《白雪遗音》等等，都可以算是这一类里的东西。其中，包括了许多的民间的规模颇不少的叙事歌曲，像《孔雀东南飞》以至《季布歌》《母女逗口》等等。

第二类，小说。所谓"俗文学"里的小说，是专指"话本"，即以白话写成的小说而言的；所有的谈说因果的《幽冥录》，记载琐事的《因话录》等等，所谓"传奇"，所谓"笔记小说"等等，均不包括在内。小说可分为三类：

一是短篇的，即宋代所谓"小说"，一次或在一日之间可以讲说完毕者，《清平山堂话本》《京本通俗小说》《古今小说》《警世通言》《醒世恒言》以至《拍案惊奇》《今古奇观》之类均属之。

二是长篇的，即宋代所谓"讲史"，其讲述的时间很长，决非三五日所能说得尽的。本来只是讲述历史里的故事；像《三国志》《五代史》里的故事，但后来却扩大而讲到英雄的历险，像

《西游记》，像《水浒传》之类了；最后，且到社会里人间的日常生活里去找材料了，像《金瓶梅》《醒世姻缘传》《红楼梦》《儒林外史》等等都是。

三是中篇的，这一类的小说的发展比较晚。原来像《清平山堂话本》里的《快嘴李翠莲记》等等都是单行刊出的，但篇幅比较短。中篇小说的篇幅是至少四回或六回，最多可到二十四回的。大约其册数总是中型本的四册或六册，最多不过八册。像《玉娇梨》《平山冷燕》《平鬼传》《吴江雪》等等都是。其盛行的时代为明、清之间。

第三类，戏曲。这一类作品，比之小说，其产量要多得多了。戏曲本来是比小说更复杂，更难写的一个文体。但很奇怪，在中国，戏曲的出产，竟比小说要多到数十倍。这一类的作品，部门是很复杂的，大别之，可分为三类：

一是戏文，产生得最早，是受了印度戏曲的影响而产生的，最初，有《赵贞女蔡二郎》及《王魁负桂英》等。到了明代中叶，昆山腔产生以后，戏文（那时名为传奇）更大量地出现于世。直到了清末，还有人在写作，这一类的戏曲，篇幅大抵较为冗长（初期的戏文较短）。每本总在二十出以上，篇幅最巨的，有到二百多出的。（像乾隆时代的宫廷戏，如《劝善金科》《莲花宝筏》《鼎峙春秋》等。）最普通的篇幅是从三十出到五十出，约为二册。

二是杂剧，是受了戏文流行的影响，把"诸宫调"的歌唱变成了舞台的表演而形成的。其歌唱最为严格，全用北曲来唱。且须主角一人独唱到底。其篇幅因之较短。在初期，总是以四折组成（有少数是五折的）。如果五折不足以尽其故事，则析之为二本或四本五本。但究竟以一本四折者为最多。到了后期，则所谓杂剧变成了短剧或独幕剧的别称，最多数是一本一折的了（间有少数多到一本九折）。

三是地方戏，这一类的戏曲，范围广泛极了；竟有浩如烟海之感。戏文原来也是地方戏，被称为永嘉戏文，但后来成为流行全国的东西。近代的地方戏几乎每省均有之。为了交通的不便和各地方言的隔阂，所以地方戏最容易发展。广东戏是很有名的，绍兴戏和四明文戏也盛行于浙省。皮黄戏原来也是由地方戏演变而成的。有所谓徽调、汉调、秦腔等等，都是代表的地方戏，先于皮黄而出现，而为其祖祢的。

第四类，讲唱文学。这个名辞是杜撰的，但实没有其他更适当的名称，可以表现这一类文学的特质。这一类的讲唱文学在中国的俗文学里占了极重要的成分，且也占了极大的势力。一般的民众，未必读小说，未必时时得见戏曲的讲唱，但讲唱文学却是时时被当作精神上的主要的食粮的。许许多多的旧式的出赁的读物，其中，几全为讲唱文学的作品。这是真正地像水银泄地无孔不入的一种民间的读物，是真正地被妇孺老少所深爱看的作品。

这种讲唱文学的组织是，以说白（散文）来讲述故事，而同时又以唱词（韵文）来歌唱之的；讲与唱互相间杂，使听众于享受着音乐和歌唱之外，又格外地能够明了其故事的经过。这种体裁，原来是从印度输入的。最初流行于庙宇里，为僧侣们说法、传道的工具。后来乃渐渐地出了庙宇而入于"瓦子"（游艺场）里。

她们不是戏曲；虽然有说白和歌唱，甚且讲唱时有模拟故事中人物的动作的地方，但全部是第三身的讲述，并不表演的（后来竟有模拟戏曲而在台上表演了，像近来流行的化装滩簧，化装宣卷之类）。

她们也不是叙事诗或史诗；虽然带着极浓厚的叙事诗的性质，但其以散文讲述的部分也占着很重要的地位，决不能成为纯粹的叙事诗（后来的短篇的唱词，名为"子弟书"的，竟把说白的部分完全的除去了，更近于叙事诗的体裁了）。

她们是另成一体的，她们是另有一种的极大魔力，足以号召听众的。

她们的门类极为复杂，虽然其性质大抵相同。大别之，可分为：

一、"变文"：这是讲唱文学的祖祢，最早出现于世的。其初是讲唱佛教的故事，作为传道、说法的工具的，像《八相成道经变文》《目连变文》等等；且其讲唱只是限于在庙宇里的。但后来，渐渐地采取中国的历史上的故事和传说中的人物来讲唱了，像《伍子胥变文》《王昭君变文》《舜子至孝变文》等等；甚至有采用"时事"来讲唱的，像《西征记变文》。

二、"诸宫调"：当"变文"的讲唱者离开了庙宇而出现于"瓦子"里的时候，其讲唱宗教的故事者成为"宝卷"，而讲唱非宗教的故事的，便成了"诸宫调"。"诸宫调"的歌唱的调子，比之"变文"复杂得多，是采取了当代流行的曲调来组成其歌唱部分的。其性质和体裁却和"变文"无甚分别。在"诸宫调"里，我们有了几部不朽的名著，像董解元的《西厢记诸宫调》、无名氏的《刘知远诸宫调》。

三、"宝卷"：宝卷是"变文"的嫡系子孙，其歌唱方法和体裁，几和"变文"无甚区别，不过在其间，也加入了些当代流行的曲调。其讲唱的故事，也以宗教性质的东西为主体，像《香山宝卷》《鱼篮观音宝卷》《刘香女宝卷》等等。到了后来，也有讲唱非宗教的故事的，像《梁山伯宝卷》《孟姜女宝卷》等等。

四、"弹词"：这是讲唱文学里在今日最有势力的一支。弹词是流行于南方的，正像"鼓词"之流行于北方的一样。弹词在福建被称为"评话"，在广东，被称为"木鱼书"，或又作"南词"，其实是同一的东西。在弹词里，有一部分是妇女的文学，出于妇女之手，且为妇女而写作的，像《天雨花》《笔生花》《再生缘》等等。大部分是用国语文写成的。但也有纯用吴音写作的，这也占着一部分的力量，像《三笑姻缘》《珍珠塔》《玉蜻蜓》等等。福建的"评话"，以《榴花梦》为最流行，且最浩瀚，约有三百多册。

五、"鼓词"：这是今日在北方诸省最占势力的讲唱文学。其篇幅，大部分都极为浩瀚，往往在一百册以上；像《大明兴隆传》《乱柴沟》《水浒传》等等都是。其中，也有小型的，但大都以讲唱恋爱的故事为主体的，像《蝴蝶杯》等。在清代，有所谓"子弟书"的，乃是小型的鼓词，却除去道白，专用唱词，且以唱咏最精彩的故事中的一二段为主。子弟书有东调、西调之分。东调唱慷慨激昂的故事，西调则为靡靡之音。

第五类，"游戏文章"。这是"俗文学"的附庸。原来不是很重要的东西，且其性质也甚为复杂。大体是以散文写作的，但也有作"赋"体的。在民间，也占有相当的势力。从汉代的王褒《僮约》到缪莲仙的《文章游戏》，几乎无代无此种文章。像《燕子赋》《茶酒论》等是流行于唐代的。像《破棕帽歌》等，则流行于明代。她们却都是以韵文组成的，可归属在民歌的一类里面。

四

　　以上五类的俗文学，其消长或演变的情势，也有可得而言的。

　　中国古代的文学，其内容是很简单的，除了诗歌和散文之外，几无第三种文体。那时候，没有小说，没有戏曲，也没有所谓讲唱文学一类的东西。在散文方面，几乎全都是庙堂文学，王家贵族的文学，民间的作品全没有流传下来。但在诗歌方面，民间的作品却被《诗经》保存了不少。在《楚辞》里也保存了一小部分。《诗经》里的民歌，其范围是很广的。除少年男女的恋歌之外，还有牧歌、祭祀歌之类的东西。《楚辞》里的《大招》《招魂》和《九歌》乃是民间实际应用的歌曲吧。

　　秦、汉以来，《诗经》的四言体不复流行于世，而楚歌大行于世。刘邦为不甚读书，从草莽出身的人物。故一班的初期的贵族们只会唱楚歌、作楚歌，而不会写什么古典的东西。不久，在民间，渐渐地有另一种的新诗体在抬头了；那便是五言诗。其初，只表现她自己于民歌民谣里。但后来，学士大夫们也渐渐地采用到她了；班固的《咏史》便是很早的可靠的五言的诗篇。建安以后，五言诗始大行于世，成为六朝以来的重要诗体之一。当汉武帝的时候，曾采赵代之讴入乐。在汉乐府里，也有很多的民歌存在着。

　　汉、魏乐府在六朝成古典的东西，而民歌又有新乐府抬起头来，立刻便为学士大夫们所采用。六朝的新乐府有三种：一是吴声歌曲，像《子夜歌》《读曲歌》；二是西曲歌，像《莫愁乐》

《襄阳乐》等；三是横吹曲辞（这是北方的歌曲），像《企喻歌》《陇头流水歌》等。

到了唐代，佛教的势力更大了，从印度输入的东西也更多了。于是民间的歌曲有了许多不同的体裁。而文人们也往往以俗语入诗；有的通俗诗人们，像王梵志、寒山们，所写作的且全为通俗的教训诗。

在这时，讲唱文学的"变文"被介绍到庙宇里了，成为当时最重要的俗文学。且其势力立刻便很大。

敦煌文库的被打开，使我们有机会得以读到许多从来不知道的许多唐代的俗文学的重要作品。

"大曲"在这时成为庙堂的音乐，在其间，有许多是胡夷之曲。很可惜，我们得不到其歌辞。

"词"在这时候也从民间抬头了，且这新声也立刻便为文人学士们所采用。在其间，也有许多是胡夷之曲。

在宋代，"变文"的名称消灭了，但其势力却益发地大增了；差不多没有一种新文体不是从"变文"受到若干的影响的。瓦子里讲唱的东西，几乎多多少少都和"变文"有关系。以"讲"为主体而以"唱"为辅的，则有"小说"，有"讲史"；讲唱并重（或更注重在唱的）则有"诸宫调"。

这时，瓦子里所流行的"俗文学"，其种类实在复杂极了，于"小说"等外，又有"唱赚"，有"杂剧词"，有"转踏"等等（大曲仍流行于世，杂剧词多以大曲组成之）。

印度的戏曲，在这时也被民间所吸引进来了。最初流行于浙江的永嘉，故亦谓之"永嘉杂剧"或戏文。

金、元之际，"杂剧"的一种体裁的戏曲也产生于世；在一百多年间，竟有了许多的伟大的不朽的名著。

南北曲也被文人们所采用。

宝卷、弹词在这时候也都已出现于世。（杨维桢有《四游记》弹词。最早的宝卷《香山宝卷》，相传为南宋时所作。）

明代是小说戏曲最发达的时候。民间的歌曲也更多地被引进到"散曲"里来。鼓词第一次在明代出现。宝卷的写作，盛行一时，被视作宣传宗教的一种最有效力的工具。

明代的许多文人们，竟有勇气在搜辑民歌，拟作民歌；像冯梦龙一人便辑着十卷的《山歌》，若干卷（大约也有十卷左右吧）的《挂枝儿》。许多的俗文学都在结集着；像宋以来的短篇话本，便结集而成为"三言"。许多的讲史都被纷纷地翻刻着，修订着。且拟作者也极多。

清代是一个反动的时代。古典文学大为发达。俗文学被重重地压迫着，几乎不能抬起头来。但究竟是不能被压得倒的。小说戏曲还不断地有人在写作。而民歌也有好些人在搜集，在拟作。宝卷、弹词、鼓词都大量地不断地产生出来。俗文学在暗地里仍是大为活跃。她是永远地健生着，永远地不会被压倒的。

"五四"运动以来，搜辑各地民歌及其他俗文学之风大盛。她们不再被歧视了。我们得到了无数的新的研究的材料。而研究的工作也正在进行着。

五

在这里，如果要把俗文学的一切部门都加以讲述，是很感觉到困难的。恐怕三四倍于现在的篇幅，也不会说得完。故把最重要的两个部门，即小说和戏曲，另成为专书，而这里只讲述到小说、戏曲以外的俗文学。但也已觉得并不是一件容易的事了。

第一，是材料的不易得到。著者在十五六年来，最注意于关于俗文学的资料的收集。在作品一方面于戏曲、小说之外，复努力于收罗宝卷、弹词、鼓词以及元、明、清的散曲集；对于流行于今日的单刊小册的小唱本、小剧本等等，也曾费了很多的力量去访集。"一·二八"的上海战事，几把所有的小唱本、小剧本以及弹词、鼓词等毁失一空。四五年来，在北平复获得了这一类的书籍不少。壮年精力，半殚于此。但究竟还未能臻于丰富之境，不过得十一于千百而已。然同好者渐多。重要的图书馆，也渐已知道注意搜访此类作品。今所讲述的，只能以著者自藏的为主，而间及其他各公私所藏的重要者。故只能窥豹一斑而已。只是研究的开始，而尚不是结束的时代。

第二，尤为困难的是，许多的记述，往往都为第一次所触手的，可依据的资料太少；特别关于作家的，几乎非件件要自己去掘发，去发现不可。而数日辛勤的结果，往往未必有所得。即有所得，也不过寥寥数语而已。惟因评断和讲述多半为第一次的，故往往也有些比较新鲜的刺激和见解。

第三，有一部分的俗文学，久已散佚，其内容未便悬断，便影响到一部分的结论的未易得到。但著者在可能的范围之内，必求其讲述的比较有系统，尤其注意到各种俗文学的文体的演变与其所受的影响。故有许多地方，往往是下着比较大胆的结论。对于这，著者虽然很谨慎，且多半是久蓄未发之话，但也许仍难免有粗率之点。这只是第一次的讲述，将来是不怕没有人来修正的。

对于各种俗文学的文体的讲述，大体上都注重于其初期的发展，而于其已成为文人学士们的东西的时候，则不复置论。一来是省掉许多篇幅，这些篇幅是应该留给一般的中国文学史的；这里只是讲着俗文学的演变而已；当俗文学变成了正统的文学时，这里便可以不提及了。二来是正统文学的材料，比较易得。这里对于许多易得的材料都讲述得较少，而对于比较难得的东西，则引例独多。这对于一般读者们，也许更为方便而有用些。

所以，本书对于五言诗只讲到东汉初为止，而建安的一个五言的大时代便不着只字；对于词，只提到敦煌发现的一部分，而于温庭筠以下的花间词人和南唐二主，南北宋诸大家，均不说起。对于明、清曲，也只注意到民间歌曲，和那一班模拟或采用着民歌的作者们，而对于许多大作家，像陈大声、王九思等等，均省略了去——这里，只有一二个例外，就是对于元代的散曲，叙述各家比较详尽。这是因为元曲讲述之者尚罕见，有比较详述的必要。

六

胡适之先生说道："中国文学史上何尝没有代表时代的文学？但我们不应向那'古文传统史'里去寻，应该向那旁行斜出的'不肖'文学里去寻。因为不肖古人，所以能代表当世。"
（《白话文学史》引子，第四页）这话是很对的。讲述俗文学史的时
候，随时都可以发生同样的见解。"因为不肖古人，所以能代表
当世。"有三五篇作品，往往是比之千百部的诗集、文集更足以
看出时代的精神和社会的生活来的。她们是比之无量数的诗集、
文集，更有生命的。我们读了一部不相干的诗集或文集，往往一
无印象，一无所得，在那里是什么也没有，只是白纸印着黑字而
已。但许多俗文学的作品，却总可以给我们些东西。她们产生于
大众之中，为大众而写作，表现着中国过去最大多数的人民的痛
苦和呼吁，欢愉和烦闷，恋爱的享受和别离的愁叹，生活压迫的
反响，以及对于政治黑暗的抗争；她们表现着另一个社会，另一
种人生，另一方面的中国，和正统文学，贵族文学，为帝王所养
活着的许多文人学士们所写的东西里所表现的不同。只有在这
里，才能看出真正的中国人民的发展、生活和情绪。中国妇女们
的心情，也只有在这里才能大胆地、称心地、不伪饰地倾吐着。

这促使我更有决心去完成这个工作——这工作虽然我在
十五六年前已经在开始准备着。

但这部《俗文学史》远只是一个发端，且只是很简略地讲
述。更有成效的收获还有待于将来的续作和有同心者的接着努力
下去。

我相信，这工作并不浪费——不仅仅在填补了许多中国文学
史的所欠缺的篇页而已。

《文学大纲》叙言

文学是没有国界的；阿拉伯人的故事，可以同样地使斯坎德那维亚人怡悦，英国人的最精纯的创作，可以同样地使日本人感受到它们的美好，中国的晶莹如朝露的词，波斯的歌着"人生如寄"的诗，俄国的掘发"黑土"之秘密的小说，也都可以同样地使世界上别一部分的人感受到与它们本土的人所感受的一模一样的情绪。文学是没有古今界的；希腊的戏曲，至今还为我们所称赏，二千余年前之《诗经》，至今还为我们所诵读，《红楼梦》写的是十八世纪的一个家庭的事，狄更司·莎克莱写的六七十年前的英国，陶渊明抒写的是六朝时所感生的情绪，亚摩客耶须唱的是中世纪时所感生的心怀，然而他们却同样地能为后来各时代的人所了解，同样地能感动了后来的各时代的无量数的人。

所以我们研究文学，我们欣赏文学，不应该有古今中外之观念，我们如有了空间的或时间的隔限，那么我们将自绝于最弘富的文学的宝库了。

我们应该只问这是不是最好的，这是不是我们所最被感动的，是不是我们所最喜悦的，却不应该去问这是不是古代的，是不是现代的，这是不是本国的，或是不是外国的，而因此生了一种歧视。

迷恋骸骨，与迷恋现代，是要同样地受讥评的，本国主义与外国主义也同样地是一种痼癖。

文学的研究着不得爱国主义的色彩，也着不得"古是最好的""现代是最好的"的偏见。然而有了这种偏见，或染了这个色彩的人却不在少数。

《文学大纲》的编辑，便是要辟除以上的偏见，同时并告诉他们：文学是属于人类全体的，文学的园圃是一座绝大的园圃；园隅一朵花落了，一朵花开了，都是与全个园圃的风光有关系的。

《文学大纲》将给读者"以文学世界里伟大的创造的心灵所完成的作品的自身之概略"，同时并置那个作品于历史的背景里，告诉大家以从文学的开始到现在，从最古的无名诗人，到丁尼生·鲍特莱尔，"人的精神，当他们最深挚的感动时，创造的表白在文学里的情形"，并告诉大家，以这个人的精神，"经了无量数次的表白的，实是一个，而且是继续不断的"。

这个工作真是一个伟大而艰难的工作；文学世界里的各式各样的生物，真是太多了，多到不可以数字计，一个人的能力，哪里能把它们一一地加以评价，加以叙述！仅做一个作家的研究，一个时代、一个国的研究者，已足够消磨你的一生了。要想把所有文学世界里的生物全盘地拿在自己手里，哪里能够做得到？然而已有许多好的专门研究者，做了那些一部分的研究工作了，也有好些很有条理的编者，曾经做过那种全盘的整理工作了。编者的这部工作，除了一小部分中国的东西外，受到他们的恩惠真不少。要没有他们的工作，本书乃至一切同类的书，其出现恐将不可能。这些书的名称，将在本书最后介绍一下。

编者尤其感谢的是John Drinkwater，他编的《文学大纲》（*The Outline of Literature*）的出版，是诱起编者做这个同样工作的主因；在本书的第一卷里，依据她的地方不少，虽然以下并没有什么利用。Macy的《世界文学史》（*The Story of World's Literature*）也特别给编者以许多的帮助。

本书的插图颇多，其中从 J. Drinkwater 的《文学大纲》里引用者不少，此外是编者自己搜集的结果。这些插图可以使本书的读者增加不少兴趣。关于中国的一部分，有许多未注明作者及所从出的书之名者，皆为引用《三才图会》者，这部图的书很有趣，是明人绘的，什么都有，从天文地理以至生物、器用、历代名人的图像也占了十几卷。因为未能一幅一幅地注明，故在此总注一下。

本书曾刊载于十五卷及其后的《小说月报》上。以后又陆续地增入了不少的材料，尤其是中世纪的一个时代及插图的一方面，成为现在的样子。

许多热心的朋友与读者曾时时给我以许多的指示与鼓励，他们的厚意，编者是不能忘记的。商务印书馆对于本书的出版，曾给与编者以种种的便利与帮助，也是编者所十分感谢的。

本书的错误与疏漏，自然是必不能免的，希望专门的研究者能随时地指教，予编者以更正的机会，此不独编者个人之幸也。

郑振铎　十五年七月九日

《中国新文学大系·文学论争集》导言

一

编就了这部"伟大的十年间"的《文学论争集》之后，不自禁地百感交集——刘半农先生序他的《初期白话诗稿》云：

> 这十五年中，国内文艺界已经有了显著的变动和相当的进步，就把我们当初努力于文艺革新的人，一挤挤成了三代以上的古人，这是我们应当于惭愧之余感觉到十二分的喜悦与安慰的。

这是半农先生极坦白的自觉的告白。但一般被"挤成了三代以上的古人"的人物，在那几年，当他们努力于文艺革新的时候，他们却显出那样的活跃与勇敢，使我们于今日读了，还"感觉到十二分的喜悦与安慰"的！这不仅仅是因为憬憧于他们的时代，迷恋于历史上的伟大的事业的成就，当然，那些"五四"人物的活动，确可使我们心折的。在那样的黑暗的环境里，由寂寞的呼号，到猛烈的迫害的到来，几乎无时无刻不在兴奋与苦斗之中生活着。他们的言论和主张，是一步步地随了反对者们的突起而更为进步，更为坚定；他们扎硬寨，打死战，一点也不肯表示退让。他们是不妥协的！

这样的先驱者们的勇敢与坚定，正象征了一个时代的"前夜"的光景。

当陈独秀主持的《青年杂志》于一九一五年左右，在上海出版时——那时我已是一个读者——只是无殊于一般杂志用文言写作的提倡"德智体"三育的青年读物。

后来改成了《新青年》，也还是文言文为主体的，虽然在思想和主张上有了一个激烈的变异。胡适的《文学改良刍议》，在一九一七年发表。这诚是一个"发难"的信号。可是也只是一种"改良主义"的主张而已。他所谓文学改良，只须从"八事"入手。八事者何？

一曰，须言之有物。

二曰，不摹仿古人。

三曰，须讲求文法。

四曰，不作无病之呻吟。

五曰，务去烂调套语。

六曰，不用典。

七曰，不讲对仗。

八曰，不避俗字俗语。

他所主张的只是浅近平易的文字，只是"不避俗字俗语"的文字。但他"以施耐庵，曹雪芹，吴趼人为文学正宗"，且以为"以今世历史进化的眼光观之，则白话文学，为中国文学之正宗，又为将来文学必用之利器，可断言也"。不过他还持着商榷的态度，还不敢断然地主张着非写作白话文不可。

陈独秀继之而作《文学革命论》，主张便鲜明确定得多了。他以"明之前后七子及八家文派之归方刘姚"为"十八妖魔辈"，而断然地加以排斥。"凡属贵族文学，古典文学，山林文学，均在排斥之列。"他高张着"文学革命军"大旗，"旗上大书特书吾革命军三大主义：曰，推倒雕琢的阿谀的贵族文学，建设平易的抒情的国民文学；曰，推倒陈腐的铺张的古典文学，建设新鲜的立诚的写实文学；曰，推倒迂晦的艰涩的山林文学，建设明了的通俗的社会文学"。

他答胡适的信道："改良中国文学当以白话为文学正宗之说，其是非甚明，必不容反对者有讨论之余地。"

他是这样地具着烈火般的熊熊的热诚，在做着打先锋的事业。他是不动摇，不退缩，也不容别人的动摇与退缩的！

革命事业乃在这样的彻头彻尾的不妥协的态度里告了成功。

他们的影响渐渐地大了。陈独秀受北京大学校长蔡元培聘为文科学长。胡适刚由美国回来，也在北大教书。同事的教授们还有钱玄同、沈尹默、刘复、李大钊、周作人、鲁迅等和他们互相呼应，互相讨论。北大的学生傅斯年等也起而和之。

他们的主张因了互相讨论的结果，更是确定鲜明了，且也进步了不少。钱玄同说："语录以白话说理，词曲以白话为美文，此为文章之进化。实今后言文一致之起点。此等白话文章，其价值远在所谓'桐城派之文''江西派之诗'之上。此蒙所深信而不疑者也。"（《与陈独秀书》）刘半农的《我之文学改良观》，也是一篇有力的文章。钱玄同不大赞成旧小说，尤恶旧剧，刘半农也以为"余赞成小说为文学之大主脑，而不认今日流行之红男绿女之小说为文学"。这都是一种具有很大的进步的言论。他们已经不单注重到形式的，且也注重到内容的问题了。

一九一八年出版的第四卷第一号的《新青年》，便实行他们自己的主张，完全用白话做文章。在这一卷里，胡适有一篇《建设的文学革命论》：

> 我的建设新文学论的唯一宗旨只有十个大字："国语的文学，文学的国语。"……死文字决不能产出活文学。……简单说来，自从《三百篇》到于今，中国的文学凡是有一些儿价值，有一些儿生命的，都是白话的，或是近于白话的。……中国若想有活文学，必须用白话，必须用国语，必须做国语的文学。

这一篇可算是他们讨论了两年的一篇总结论，也可以说是一篇文学革命的最堂皇的宣言。

二

当他们在初期的二三年间讨论着文学革命的问题的时候，同情者们固然是一天天地增多了，反对的人却也不少。不过都不是很有力量的。当时有一班类乎附和的人们在《新青年》上发表了不少的言论，却往往是趋于凡庸的折中论。曾毅说道："昔之人欲售其主张，恒借其选本以树之鹄，非如现在坊间选本之无甚深义也。仆以为足下既张革命之军，突使一般青年观之，茫然莫得其标准之所在。则莫妙于取古今忙人之诗文，与吾宗旨稍近者，诗如李陵、陶潜及《古诗十九首》之类，文如黄太冲《原君》、王守仁《祭瘗旅文》之类，选为课本，使人知有宗向。由是以趋于改进，似更易为功也。不知高明以为何如。"余元傧说道：

由是观之，鄙意对于胡先生之说，既不敢取绝对的服从，则有折中之论在乎？曰有，即分授之说是也。对于小学生，则授以普通之应用文字，文理与白话二者可精酌而并取。中等以上之学者，则取纯一文理，而示以深邃精奥之所在。如此则庶几无人不识应用之文字，而所谓邃奥文理者，亦自有一般专门之学者探讨，而使古来本有之经理艺术不因是而灭其传也。胡先生其首肯乎？

方宗岳的见解，尤为可笑：

吾人既认白话文学为将来中国文学之正宗，则言改良之术，不可不依此趋向而行。然使今日即以白话为各种文字，以予观之，恐矫枉过正，反贻人之唾弃。急进反缓，不如姑缓其行。历代文字，虽以互相摹仿为能，然比较观之，其由简入繁，由深入浅，由隐入显之迹，亦颇可寻。秦汉文学，异于三代文学；魏晋文学，异于秦汉文学；隋唐文学，异于魏晋文学；宋以后文学，异于隋唐文学。苟无时时复古之声，则顺日进之势。言文相距日近，国民文学必发达而无疑。故吾人今日一面急

宜改良道德学术，一面顺此日进之势，作极通俗易解之
文字，不必全用俗字俗语，而将来合于国语可操预券
（白话小说诗曲自是急务）。

他们都是"改良派"，"恐矫枉过正，反贻人之唾弃，急进
反缓，不如姑缓其行"的人物。这些折中派的言论，实最足以阻
碍文学革命运动的发展。

好在陈独秀们是始终抱着不退让、不妥协的态度的，对于自
己的主张是绝对地信守着，"不容反对者有讨论之余地"。遂不
至上了折中派的大当。

一九一八年的十二月，陈独秀们又办了一个白话文的周刊，
名为《每周评论》。紧接着，北京大学的学生，傅斯年、罗家伦
等也办了一个白话的月刊，名为《新潮》。他们都和《新青年》
相应和着。

他们的势力是一天天地更大，更充实；他们的影响是一天天
地更深入于内地；他们的主张是一天天地更为无数的青年们所信
从，所执持着了。

白话文的势力更扩充到日报里去。不久的时候，北京的《国
民公报》，蓝公武主持着的一个研究系的机关报，也起而响应
之。以后，同系的一个日报，即在上海的《时事新报》，也便出
来拥护他们的主张。

三

这面"文学革命"的大旗的竖立是完全地出于旧文人们的意

料之外的。他们始而漠然若无睹，继而鄙夷若不屑与辩，终而却不能不愤怒而咒诅着了。

在《新青年》的四卷三号上同时刊出了王敬轩的给《新青年》编者的一封信，和刘复的《复王敬轩书》。王敬轩原是亡是公乌有先生一流人物。托为王敬轩写的那一封信乃是《新青年》社的同人钱玄同的手笔。

为什么他们要演这一出"苦肉计"呢？

从他们打起了"文学革命"的大旗以来，始终不曾遇到过一个有力的敌人们。他们"目桐城为谬种，选学为妖孽"。而所谓"桐城、选学"也者却始终置之不理。因之，有许多见解他们便不能发挥尽致。旧文人们的反抗言论既然竟是寂寂无闻，他们便好像是尽在空中挥拳，不能不有寂寞之感。

所谓王敬轩的那一封信，便是要把旧文人们的许多见解归纳在一起，而给以痛痛快快的致命的一击的。

可是，不久，真正有力的反抗运动也便来了。

古文家的林纾来放反对的第一炮。他写了一篇《论古文白话之相消长》，重要的主张是："即谓古文者白话之根柢。无古文安有白话！……实则此种教法，万无能成之理，吾辈已老，不能为正其非。悠悠百年，自有能辩之者。"

其实不必等到"百年"，林纾他自己已迫不及待地亲自出马来"正其非"了。他给了一封书给蔡元培：

> 天下唯有真学术真道德始足独树一帜，使人景从。
>
> 若尽废古书，行用土语为文字，则都下引车卖浆之徒所操之语，按之皆有文法，不类闽广人为无文法之啁啾。

据此，则凡京津之稗贩，均可用为教授矣。若《水浒》
《红楼》皆白话之圣，并足为教科之书。不知《水浒》
中辞吻多采岳珂之《金陀萃篇》，《红楼》亦不止为一
人手笔。作者均博极群书之人。总之，非读破万卷不能
为古文，亦并不能为白话。若化孔子之言，为白话演
说，亦未尝不是。按《说文》，演长流也，亦有延之广
之之义法。当以短演长，不能以古子之长，演为白话之
短。且使人读古子者，须读其原书耶？抑凭讲师之一二
语即算为古子？若读原书，则又不能全废古文矣。矧于
古子之外，尚以《说文》讲授。《说文》之学，非俗书
也。当参以古籀，证以钟鼎之文。试思用籀篆可化为白
话耶？果以篆籀之文杂之白话之中，是引汉唐之环燕与
村妇谈心，陈商周之俎豆为野老聚饮，类乎不类？弟闽
人也，南蛮鴃舌，亦愿习中原之语言。脱授我者以中原
之语言，仍令我为鴃舌之闽语可乎？盖存国粹而授《说
文》可也，以《说文》为客，以白话为主不可也！……

　　大凡为士林表率，须圆通广大，据中而立，方能率
由无弊。若凭位分势利而施趋怪走奇之教育，则惟穆默
德左执刀而右传教始可如其愿望。今全国父老，以子弟
托公，愿公留意，以守常为是！

他的论点是很错乱的。蔡元培的复信，辞正义严，分剖事
理，至为明白。他是没有话可以反驳的。

但他卫道"正"文的热情，又在另一个方向找到出路了。
他连续地在报纸上写了两篇小说：一篇是《荆生》，一篇是《妖

梦》，两篇的意思很相同；不过一望之侠士，一托之鬼神罢了；而他希望有一种"外力"来制裁，来压伏这个新的运动却是两篇一致的精神。谩骂之不已，且继之以诅咒了！

同时，北京大学里也另有一派守旧的学生们，则出版了一个月刊《国故》，作拥护古典文学的运动。

当时是安福系当权执政。谣言异常的多。时常有人在散布着有政治势力来干涉北京大学的话，并不时地有陈胡被驱逐出京之说。也许那谣言竟有实现的可能，假如不是"五四运动"的发生。

林纾的热烈地反攻《新青年》同人们乃是一九一九的二三月间的事。而过了几月，便是"五四"运动发生的时候，安福系不久便坍了台，自然更没有力量来对于新文学运动实施压迫了。

"五四"运动是跟着外交的失败而来的学生的爱国运动，而其实也便是这几年来革新运动所蕴积的火山的一个总爆发。这一块石片抛在静水里，立刻便波及全国。上海先来了一个猛烈的响应，总罢市，罢学，以为北京学生的应援。被认为攻击目标的曹汝霖辈遂竟被罢免了，各地的学生运动，自此奠定了基础。说是政治运动，爱国运动，其实也便是文化运动。

白话文运动的势力在这一年里突飞地发展着。反对者的口完全地沉寂下去了。"有人估计，这一年之中，至少出了四百种白话报。"（胡适：《五十年来中国之文学》）文学研究会在这一年的冬天成立于北京。《小说月报》也在这时候改由沈雁冰编辑，完全把内容改革了过来，成为新文学运动中最重要的一个机关杂志。新文学运动在这个时候方才和一般的革新运动分离了开来，而自有其更精深的进展与活跃。

《文学旬刊》，文学研究会的一个机关刊物，也附在《时事新报》里开始发行。在第二期的新文学运动里尽了很大的力。

日本留学生郭沫若、郁达夫等，也组织了一个文艺团体，名为创造社，刊行《创造季刊》。

这一个时期可以说是新青年社的白话文运动发展到最高的顶点。以后，这个运动便转变了方向，成为纯粹的新文学运动。同时，新青年社便也转变而成为一个急进的政治的集团。

而初期的为白话文运动而争斗的勇士们，像钱玄同们，便都也转向的转向，沉默的沉默了。

只有鲁迅、周作人还是不断地努力着，成为新文坛的双柱。他们刊行着《语丝》和《莽原》，组织未名社，在新文学运动里继续地尽着力，且更勇猛地和一切反动的势力在争斗着。

一方面我们感觉得新勇士们的那么容易衰老，像大部分的《新青年》的社员们，同时却也见到有不老的不妥协不退却的勇士们在做青年们的指导者。

四

文学研究会活跃的时期的开始是一九二〇年的春天。这时候，《小说月报》，一个已经有了十几年的历史的文学刊物，在文学研究会的会员们的支持之下，全部革新了，几乎变成了另一种全新的面目。和《小说月报》相呼应着的有附刊在上海《时事新报》的《文学旬刊》，这旬刊由郑振铎主编，后来刊行到四百余期方才停刊。这两个刊物都是鼓吹着为人生的艺术，标示着写实主义的文学的；他们反抗无病呻吟的旧文学；反抗以文学为游戏的鸳鸯蝴蝶派的"海派"文人们。他们是比《新青年》派更进一步地揭起了写实主义的文学革命的旗帜的。他们不仅推翻传统的恶习，也力拯青年们于流俗的陷溺与沉迷之中，而使之走上纯正的文学大道。

他们排斥旧诗旧词，他们打倒鸳鸯蝴蝶派的代表"礼拜六"派的文士们。

他们翻译俄国、法国及北欧的名著，他们介绍托尔斯泰、屠格涅夫、高尔基、安特列夫、易卜生以及莫泊桑等人的作品。

他们提倡血与泪的文学，主张文人们必须和时代的呼号相应答，必须敏感着苦难的社会而为之写作。文人们不是住在象牙塔里面的，他们乃是人世间的"人物"，更较一般人深切地感到国家社会的苦痛与灾难的。

关于这一类的言论，他们在《文学旬刊》以及后来的《文学周报》（即《旬刊》的后身）上发表得最多。可惜这几种初期的刊物，经过了"一·二八"的战役，几已散失无遗，很难得在这里把它们搜集起来。

沈雁冰在《什么是文学》里把他们的主张说明了一部分：

> 名士派重疏狂脱略，愈随便愈见得他的名士风流；他们更蔑视写真，譬如见人家做一篇咏陶然亭的诗，自己便以诗和之，名胜古迹，如苏小小墓，岳武穆墓，虽未至其地，也喜欢空浮地写几句，如比干之坟，实在并没有的，而偏要胡说，这真所谓有其文，不必有其事了（这两句便是他们不注重真的供词）。所以他们诗文中所引用的禽鸟草木之名，更加可以只顾行文之便，不必核实了。新文学的写实主义，于材料上最注重精密严

肃，描写一定要忠实；譬如讲余山必须至少去过一次，必不能放无的之矢。

名士派毫不注意文学于社会的价值，他们的作品，重个人而不重社会；所以拿消遣来做目的，假文学骂人，假文学媚人，发自己的牢骚。新文学的作品，大都是社会的；即使有抒写个人情感的作品，那一定是全人类共有的真情感的一部分，一定能和人共鸣的，决不像名士派之一味无病呻吟可比。新文学作品重在读者所受的影响，对于社会的影响，不将个人意见显出自己文才。新文学中也有主张表现个性，但和名士派的绝对不同，名士派只是些假情感或是无病呻吟，新文学是普遍的真感情，和社会同情不悖的。新文学和名士派中还有很不同的地方，新文学是积极的，名士派是消极的。新文学描写社会黑暗，用分析的方法来解决问题；诗中多抒个人情感，其效用使人读后，得社会的同情，安慰和烦闷。名士派呢，面上看来，确似达观，把人间一切事务，都看得无足重轻，其实这种达观不过是懒的结晶而已。

所谓"描写社会黑暗，用分析的方法来解决问题"便正是写实主义者的描写的手法。沈雁冰又有一篇《大转变时期何时来呢》，对于文学的"积极性"尤加以发挥：

所以近来论坛上对于那些吟风弄月的，"醉罢美呀"的所谓唯美文学的攻击，是物腐虫生的自然的趋势。这种攻击的论调，并不单单是消极的；他们有他们的积极的主张：提倡激励民气的文艺。

　　我自然不赞成托尔斯泰所主张的极端的"人生的艺术"，但是我们决然反对那些全然脱离人生的而且滥调的中国式的唯美的文学作品。我们相信文学不仅是供给烦闷的人们去解闷，逃避现实的人们去陶醉；文学是有激励人心的积极性的。尤其在我们这时代，我们希望文学能够担当唤醒民众而给他们力量的重大责任，我们希望国内的文艺的青年，再不要闭了眼睛冥想他们梦中的七宝楼台，而忘记了自身实在是住在猪圈里，我们尤其决然反对青年们闭了眼睛忘记自己身上戴着镣锁，而又肆意讥笑别的努力想脱除镣锁的人们，阿Q式的"精神上胜利"的方法是可耻的！

　　巴比塞说："和现实人生脱离关系的悬空的文学，现在已经成为死的东西；现代的活文学一定是附着于现实人生的，以促进眼前的人生为目的了。"国内文艺的青年呀，我请你们再三地忖量巴比塞这句话！我希望从此以后就是国内文坛的大转变时期。

　　沈雁冰又在《小说月报》上发表了《自然主义与中国现代小说》及《社会背景与创作》，把那主张更阐发得明白。

　　"文学是时代的反映"，这是他们的共同的见解。"我觉得表现社会生活的文学是真文学，是与人类有关系的文学，在被迫害的国里更应该注意这社会背景。"（《社会背景与创作》）"注意社会问题，爱被损害者与被侮辱者"（《自然主义与中国现代小说》），这便是他们的宣言。

他们曾在《小说月报》上出过"俄国文学专号"及"被压迫民族文学专号"。并且他们在创作上也曾多少地实现过他们的主张。

不久，北平的一部分文学研究会会员也在《晨报》上附刊一种《文学旬刊》，广州的一部分文学研究会会员也出版一种广州《文学旬刊》。叶绍钧、俞平伯、朱自清等又在上海创办《诗》杂志及《我们》。但他们的主张便没有那么鲜明了。

和文学研究会立于反对地位的是创造社。创造社在一九二〇年的五月，刊行《创造季刊》，后又刊行《创造周刊》，又在上海《中华日报》附刊《创造日》。

创造社所树立的是浪漫主义的旗帜；而其批评主张，且纯然是持着唯美派的一种见解的。成仿吾在《新文学之使命》里说道：

> 所谓艺术的艺术派便是这般。他们以为文学自有它内在的意义，不能长把它打在功利主义的算盘里，它的对象不论是美的追求，或是极端的享乐，我们专诚去追从它，总不是叫我们后悔无益之事……
>
> 艺术派的主张不必皆对，然而至少总有一部分的真理。不是对于艺术有兴趣的人，决不能理解为什么一个画家肯在酷热严寒里工作，为什么一个诗人肯废寝忘餐去冥想。我们对于艺术派不能理解，也许与一般对于艺术没有兴趣的人不能理解艺术家同是一辙。
>
> 至少我觉得除去一切功利的打算，专求文学的全 Perfection 与美 Beauty 有值得我们终身从事的价值之可能性。而且一种美的文学，纵或它没有什么可以教我们，而它所给我们的美的快感与安慰，这些美的快感与安慰对于我

们日常生活的更新的效果，我们是不能不承认的。

而且文学也不是对于我们没有一点积极的利益的。我们的时代对于我们的智与意的作用赋税太重了。我们的生活已经到了干燥的尽处。我们渴望着有美的文学来培养我们的优美的感情，把我们的生活洗刷了。文学是我们的精神生活的粮食，我们由文学可以感到多少生的欢喜！可以感到多少生的跳跃！

我们要追求文学的全！我们要实现文学的美！

他是反对文学的"功利主义"的。他以为文学对于我们的"一点积极的利益的"乃是由于这种"精神生活的粮食"使我们可以"感到多少生的欢喜，可以感到多少生的跳跃"。

但浪漫主义者究竟是热情的，他们也往往便是旧社会的反抗者。在郭沫若的诗集《女神》里，这种反抗的精神是充分地表现着的。他有一篇《我们的文学新运动》：

中国的政治生涯几乎到了破产的地位。野兽般的武人之专横，没廉耻的政客之蠢动，贪婪的外来资本家之压迫，把我们中华民族的血泪排抑成黄河扬子江一样的赤流。

我们暴露于战乱的惨祸之下，我们受着资本主义这条毒龙的巨爪的踩弄。我们渴望着和平，我们景慕着理想，我们喘求着生命之泉。

但是，让自然做我们的先生吧！在霜雪的严威之下新的生命酿酵。一切草木，一切飞潜蠕匍，不久便将齐唱凯旋之歌，欢迎阳春之归至。

更让历史做我们的先生吧！凡受着物质的苦厄之民族必见惠于精神的富裕，产生但丁的意大利，产生歌德许雷的日耳曼，在当时是决未曾膺受物质的惠恩。

所以我们浩叹，我们懊悔，但是我们决不悲观，决不失望！我们的眼泪会成新生命之流泉，我们的痛苦会成分娩时之产痛，我们的确信是如此。

我们现在于任何方面都要激起一种新的运动。我们于文学事业中也正是不能满足于现状，要打破从来因袭的样式而求新的生命之新的表现。

这却是"血与泪的文学"的同群了。成仿吾在一九二四年也写了一篇《艺术之社会的意义》，已不复囿于"唯美"的主张；虽然也还是说道："既是真的艺术，必有它的社会的价值；它至少有给我们的美感。"但紧接着便自白道："我们自己知道我们是社会的一个分子，我们自己知道我们在热爱人类——绝不论他的善恶妍丑。我们以前是不是把人类社会忘记了，可不必说，我们以后只当更用了十二分的意以把我们的热爱表白一番。"这便是创造社后来转变为革命文学的集团的开始。

在这个时候，他们的主张和文学研究会的主张已是没有什么实质上的不同了。

五

文学研究会对复古派和鸳鸯蝴蝶派攻击得最厉害。当然也招致了他们的激烈的反攻。

复古派在南京，受了胡先骕、梅光迪们的影响，仿佛自有一个小天地；自在地在写着"金陵王气暗沉销"一类的无病呻吟的诗。胡先骕们原是最反对新文学运动的。他对胡适的《尝试集》曾有极厉害的攻击。又写了一篇《中国文学改良论》。梅光迪也写了一篇《评提倡新文化者》。他们的同道吴宓，也写着《论新文化运动》一文。他们当时都在南京的东南大学教书，仿佛是要和北京大学形成对抗的局势。林琴南们对于新文学的攻击，是纯然地出于卫道的热忱，是站在传统的立场上来说话的。但胡梅辈却站在"古典派"的立场来说话了。他们引致了好些西洋的文艺理论来做护身符。声势当然和林琴南，张厚载们有些不同。但终于"时势已非"，他们是来得太晚了一些。新文学运动已成了燎原之势，决非他们的书生的微力所能撼动其万一的了。

然而在南京的青年们竟也有一小部分是信从着他们的主张。

他们在一个刊物上，刊出一个《诗学专号》，所载的几全是旧诗。《文学旬刊》便给他们以极严正的攻击。这招致了好几个月的关于诗的论争。这场论争的结果便是扑灭了许多想做遗少的青年人们的"名士风流"的幻想。同时也更确切地建立了关于新诗的理论。

鸳鸯蝴蝶派的大本营是在上海。他们对于文学的态度，完全是抱着游戏的态度的。那时盛行着的"集锦小说"——即一人写一段，集合十余人写成一篇的小说——便是最好的一个例子。他们对于人生也便是抱着这样的游戏态度的。他们对于国家大事乃至小小的琐故，全是以冷嘲的态度出之。他们没有一点的热情，没有一点的同情心。只是迎合着当时社会的一时的下流嗜好，在喋喋地闲谈着，在装小丑，说笑话，在写着大量的黑幕小说，以及鸳鸯蝴蝶派的小说来维持他们的"花天酒地"的颓废的生活。几有不知"人间何世"的样子。恰和林琴南辈的道貌俨然是相反。有人谥之曰"文丐"，实在不是委屈了他们。

但当《小说月报》初改革的时间，他们却也感觉到自己的危机的到临，曾夺其酒色淘空了的精神，作最后的挣扎。他们在他们势力所及的一个圈子里，对《小说月报》下总攻击令。冷嘲热骂，延长到好几个月还未已。可惜这一类的文字，现在也搜集不到，不能将它们重刊于此。《文学旬刊》对于他们也曾以全力对付过，几乎大部分的文字都是针对了他们而发的，却都是以严正的理论来对付不大上流的诬蔑的话。

但过了一时，他们便也自动地收了场。《礼拜六》《游戏杂志》一类的刊物，便也因读者们的逐渐减少而停刊了。然而在各日报的副刊上，他们的势力还相当的大。他们的精灵也还复活在所谓"海派"者的躯壳里，直到于今而未全灭。

六

在一九二五年的时候，章士钊主编的《甲寅周刊》出版了。在这个"老虎"报上，突然出现了好几篇的攻击新文化运动及新文学的文字。章士钊写了一篇《评新文化运动》，根本上否认白话文的价值。他说道："从社会方面观之，谓之社会运动，从文化方面观之，谓之文化运动。""要之，文化运动及社会改革之事而非标榜某种文学之事。"瞿宣颖也写了一篇《文体说》。他以为"欲求文体之活泼，乃莫善于用文言——世间难状之物，人心难写之情，类非日用语言所能足用，胥赖此柔韧繁复之言，以供喷薄。若泥于白话而反自矜活泼，是真好为捧心之妆，适以自翘其丑也"。

"甲寅派"这次的反攻，并不是突然的事，而是自有其社会的背景的。五四运动的狂潮过去之后，一般社会又陷于苦闷之中。外交上虽没有十分的失败，而军阀的内讧，官僚的误国之情状，却依然存在。局势是十分的混沌。一部分人是远远地向前走去了。抛下新文学运动的几个元勋们在北平养尊处优地住着，有几个人竟不自觉地挤到官僚堆里去。

新文学运动在这时候早已进入了第二个阶段之中，而"甲寅派"却只认识着几个元勋们，而懒洋洋地在向他们挑战。而这种反动的姿态却正是和军阀，官僚们所造成的混沌的局势相拍合的。章士钊也便是那些官僚群中的重要的一员。

胡适写了一篇《老章又反叛了》，吴稚晖也写了一篇《友丧》，也都是懒洋洋地在招架着他的。根本上不以他为心腹之患。倒是《国语周刊》的几位作者却在大喊着"打倒这只拦路虎！"

这一场辩论，表面上看来是很起劲，其实双方都是懒洋洋的，无甚精彩的见解，有许多话都是从前已经说过了的。

终于他们是联合成了同一群。在这时候，白话文言的问题，已不成其为问题了。成问题的乃是别一种更新的运动。这新运动的出现威胁着官僚军阀们乃至准官僚们，知识分子们联合成为新的一个集团。故对于白话、文言之争的事立刻也便浑然地忘怀了，不再提起了。

这可见这一场的争斗，双方都不是十分有诚意的，都只是勉强地招架着的。

真实的冲突，却是语丝社和章士钊及现代评论社的争斗。那倒是货真价实的思想上的一种争斗。不过已不是纯然的关于文学方面的问题了，故这里也便不提。

这以后，便进入另一个时期了——从文学革命到革命文学的一个时期。

五卅运动在上海的爆发，把整个中国历史涂上了另一种颜色，文学运动也便转变了另一个方面。

以另一方式来攻击、来破坏传统的文学乃至新的绅士文学的运动产生了，又恢复了五四运动初期的口号式的比较粗枝大叶的一种新文学运动的情态。新文学运动的"第一个十年"，便终止于这样的一个"革命时代"里。

七

在这"伟大的十年间"，我们看出了不很迟缓的进步的情形来。这很可乐观。在这短短的十年间，无论在诗、小说、戏曲以及散文方面都有了长足的进步。朱自清的《踪迹》是远远地超过《尝试集》里的任何最好的一首。功力的深厚，已决不是"尝试"之作，而是用了全力来写着的——周作人的《小河》却终于不易超越！在戏曲方面，像胡适《终身大事》那样的淡泊无味的"喜剧"也已经无人再问津了。徐志摩在北平《晨报》上发刊了《诗刊》和《剧刊》，虽没有多大的成就，却颇鼓动了一时的写作的空气。

散文和小说更显着极快的极明白的发展，尤其是小说，技巧更见精密了。《新潮》上所刊登的初期的短篇小说，幼稚的居多数，但立刻便有了极大的进步。冰心女士、落华生、叶绍钧、郁达夫、淦女士的创作都远远地向前迈进而去，也还只有鲁迅的诸作是终于还没有人追越过去过！

长篇小说在这时期颇不发达，只有王统照、张资平在试写着。杨振声的《玉君》却是旧气息过重的一部东西。

关于旧文学的整理也逐渐地有着更深刻的成绩表现出来。惟对于旧文学的重新估定价值，有时未免偏于一鳞一爪的着力。伟大的东西被遗漏了，而"沙砾"也有时不免被作为"黄金"而受着重视。到了"国学书目"的两次三番地开列出来，这"估定价值"运动便更入了一个歧途。许多"妄人们"也趁火打劫地在开列书目，在标点古书。其结果，《古文观止》和《古文辞类纂》的新式标点本，也竟煌煌然算作是"新文化"书之列之内的东西了！

然而有识者却仍具着"有理性的裁判"的。对于小说、戏曲和词曲的新研究，曾有过相当完美的成绩。鲁迅的《中国小说史略》乃是这时期最大的收获之一，奠定了中国小说研究的基础。

但这"伟大的十年间"的一切文坛上的造就，究竟不能不归功于许多勇士们的争斗和指示，他们在荆棘丛中，开辟了一条大路，给后人舒坦地走去。虽然有的人很早地便已经沉默下去了，有的人竟还成了进步的阻力，但留在这一节历史的书页之上的却仍是很可崇敬的勇敢地苦斗的功绩。

若把这"伟大的十年间"的论争的大势察看一下，我们便知道，那运动是可以划分为两期的。第一期是新文化运动和白话文运动。一方面对于旧的文化，传统的道德，反抗、破坏、否认、打倒；一方面树立起言文合一的大旗，要求以国语文为文学的正宗。

就文学上说来，这初期运动者所要求的只是"文学"的形式上的改革。虽然也曾提到过黑幕小说等等的问题，却未遑立刻和他们作殊死战。这时所全力攻击着的乃是顽固的守旧党，和所谓正统派的古文家。讨论得最热闹的只是旧戏剧的问题，他们对于旧式戏剧的种种不合理的地方，曾极不客气加以指摘。钱玄同答张厚载道：

> 我所谓"离奇"者，即指此"一定之脸谱"而言；脸而有谱，且又一定，实在觉得离奇得很。若云"隐寓褒贬"，则尤为可笑。朱熹做《纲目》学孔老爹的笔削《春秋》，已为通人所讥讪；旧戏索性把这种"阳秋笔法"画到脸上来了；这真和张家猪肆记画形于猪鬣，李家马坊烙圆印于马蹄一样的办法。哈哈！此即所谓中国旧戏之"真精神"乎？

他还有一个更彻底的主张，主张"要建设平民的"戏剧，便非要把"中国现在的戏馆全数封闭不可"。

> 吾友某君常说道，"要中国的真戏，非把中国现在戏馆全数封闭不可。"我说这话真是不错——有人不懂，问我"这话怎讲？"我说，一点也不难懂。譬如要建设共和政府，自然该推翻君主政府；要建设平民的通俗文学，自然该推翻贵族的艰深文学。那么，如其要中国有真戏，这真戏自然是西洋派的戏，决不是那"脸谱"派的戏。要不把那扮不像人的人，说不像话的话全

数扫除，尽情推翻，真戏怎样能推行呢？如其因为"脸谱"派的戏，其名叫做"戏"，西洋派的戏，其名也叫做"戏"，所以讲求西洋派的戏的人，不可推翻"脸谱"派的戏。那我要请问：假如有人说，君主政府叫做"政府"，共和政府也叫做"政府"，既然其名都叫"政府"，则组织共和政府的人，便不该推翻君主政府。这句话通不通？（钱玄同：《杂感》）

这样痛快的话，后来是很少人说的了。在《今之所谓评剧家》一文里，钱氏尤有明确的主张：

中国的戏，本来算不得什么东西。我常说，这不过是《周礼》里"方相氏"的变相罢了，与文艺美术，不但是相去正远，简直是"南辕北辙"。若以此我辈所谓"通俗文学"，则无异"指鹿为马"；适之前次答张傻子信中有"君以评戏见称于时，为研究通信文学之一人；其赞成本社改良文学之主张，固意中事"。这几句话，我与适之的意见却有点反对。我们做《新青年》的文章，是给纯洁的青年看的，决不求此辈"赞成"。此辈既欲保存"脸谱"，保存"对唱""乱打"等等"百兽率舞"的怪相，一天到晚，什么"老谭""梅郎"的说个不了。听见人家讲了一句戏剧要改良，于是断断致辩，说"废唱而归于说白乃绝对的不可能"。什么"脸谱分别甚精，隐寓褒贬"，此实与一班非做奴才不可的遗老要保存辫发，不拿女人当人的贱丈夫要保存小脚同是一种心理。简单说明之，即必须保存野蛮人之品物，断不肯进化为文明人而已。我记得十年前上海某旬报中有一篇文章，题目叫做《尊屁篇》，文章的内容，我是忘记了。但就这题目断章取义，实在可以概括一班"鹦鹉派读书人"的大见识大学问。

他是要打倒"脸谱""对唱""乱打"等等的怪相的。却想不到几年之后，《新青年》社中人也便有一变而成为公然拥护"梅郎"的！周作人论《中国旧戏之应废》一文，直以"中国戏"为"野蛮"的，"凡中国戏上的精华，在野蛮民族的戏中，无不全备"。但更重要的，旧戏应废的第二理由，是：

有害于"世道人心"。我因为不懂旧戏，举不出详细的例。但约略计算，内中有害分子，可分作下列四类。淫，杀，皇帝，鬼神（这四种，可称作儒道二派思想的结晶，用别一名称，发现在现今社会上的，就是：一，"房中"，二，"武力"，三，"复辟"，四，"灵学"）。在中国民间传布有害思想的，本有"下等小说"及各种说书，但民间不识字不听过说书的人，却没有不曾看过戏的人，所以还要算戏的势力最大。希望真命天子，归依玉皇大帝（及《道教播绅录》上的人物），想做"好汉"，这宗民间思想，全从戏上得来；至于传布淫的思想，方面虽多，终以戏为最甚；唱说之外，加以扮演，据个人所见，已很有奇怪的实例。皇帝与鬼神的思想，中国或尚有不以为非的人；淫杀二事，当然非"精神文明最好"的中国所应有，其为"世道人心"之害，毫无可疑，当在应禁之列了。中国向来固然也曾禁止，却有什么效果呢？固为这两件——皇帝与鬼神的两件，也是如此——是根本的野蛮思想，也就是野蛮戏的根本精神：做了这种戏，自然不能缺这两件——或四件；要除这两件也只有不做那种戏。

这些话对于当时的青年人都是极大的刺激，惊醒了他们的迷梦，使他们把眼光从"皮黄戏"和"昆剧"的舞台离开而去寻求一种新的更合理的戏曲。

后来，爱美的剧团曾有一时在大学校里纷纷成立，竟演着易卜生、王尔德、梅德林克、郭哥里诸人的戏曲。打先锋的人们是已经尽了他们的责任了。

第二个时期是新文学的建设时代，也便是文学研究会和创造社的时代。不完全是攻击旧的，而且也在建设新的。不完全是在反抗、破坏、打倒，而也在介绍、创作、整理。白话文的讨论已经是成了过去的问题，在这时候所讨论的乃是更进一层的如何建设新文学，或新文学向哪里去的问题。于是便有写实主义和浪漫主义的歧向。这便是一种明显的进步的现象。已知道所走的路线是决不能笼统地用"欧化"两个字来代表一切的新的倾向的了，正像不能以"新文化运动"这个笼统的名辞来代表这时期的"文化"活动一般，新青年社和少年中国学会等团体之不能不分裂、不瓦解，也便是受这个必然律的支配的。

但新文学运动究竟还不能完全和一般的文化运动分离开去。文人们是更敏捷地感到社会的黑暗与各处的被压迫的地位的危险的。无论写实主义者和浪漫主义者对于当时的黑暗的环境和混沌，沉闷的政局，以及无耻的官僚，专横的军阀，都是一致地抱着"深诛痛恶"的态度的。

这便开启了第二次的革命运动的门钥。当那革命运动发动的时候，曾有无数的文学青年是忠实于他们之所信，而"投笔从戎"，而"杀身成仁"的。

八

叙述着这"伟大的十年间"的文学运动，却也不能不有些惆怅，凄楚之感！

当时在黑暗的迷雾里挣扎着，表现着充分的勇敢和坚定的斗士们，在这虽只是短短的不到二十年间，他们大多数便都已成了古旧的人物，被"挤成了三代以上的古人"了。扎硬寨、打死战的精神一点也没有了，他们只在"妥协"里讨生活，甚而至于连最低限度的最初的白话文运动的主张也都支持不住。他们反而成了进步的阻碍。无数青年们的呐喊的热忱，只是形成了他们的"高高在上"的地位，他们践踏着青年们的牺牲的躯体，一级一级地爬了上去。当他们在社会上有了稳固的地位时，便抛开了青年人而开始"反叛"。

最好的现象还算是表现着衰老的状态的人物呢！所谓"三代

以上的古人"者的人物，还是最忠实的人物；也还有更不堪的"退化"的，乃至"反叛"的人物呢。他们不仅和旧的统治阶级、旧的人物妥协，且还挤入他们的群中，成为他们里面最有力的分子，公然宣传着和最初的白话文运动的主张正挑战的主张的。

只有少数人还维持斗士的风姿，没有随波逐流地被古老的旧势力所迷恋住，所牵引而去。

更可痛的是，现在离开"五四运动"时代，已经将近二十年了，离开那"伟大的十年间"的结束也将近十年了，然而白话文等等的问题也仍还成为问题而讨论着。仿佛他们从不曾读过初期的《新青年》的文章或后期的《国语周刊》的一类文字似的。许多的精力浪费在反复申述的理由上。连初期的新文化运动的信仰似乎也还有些在动摇着——这当然和反抗白话文运动有连带的关系的——读经说的跳梁、祀孔修庙运动的活跃以及其他种种，处处都表现着有一部分的人是想走回到清末西太后的路上去，乃至要走到明初、清初的复古的路上去。假如这些活动而有"时代的价值"和需要的话，那么五四运动乃至戊戌维新、辛亥革命，诚都是"多此一举"的了！也究竟只是一场"白日梦"，一觉醒来时，还不是"花香鸟语"的一个清朗的世界！

然而话实在是浪费得多了。那许多浪费的话大部分是不必重说一遍的，只要叫他们去查查这"伟大的十年间"的许多旧案便够了的——只可惜他们是未必肯去查。

把这"伟大的十年间"的"论争"的文字，重新集合在一处，印为一集，并不是没有意义的；至少是有许多话省得我们再重说一遍！

懒得去翻检旧案的人，在这里也可以不费力地多见到些相反或相同的意见。有许多话，也竟可以使主张复古运动的人们省得重说一遍的——有许多话，过去的复古运动者们曾是说得那么透彻，那么明白过。

所以，再番重印旧文，诚不是没有意义，不是没有用处的。

我们相信，在革新运动里，没有不遇到阻力的；阻力愈大，愈足以坚定斗士的勇气，扎硬寨、打死战、不退让、不妥协，便都是斗士们的精神的表现。不要怕"反动"。"反动"却正是某一种必然情势的表现，而正足以更正确表示我们的主张的机会。

三番两次地对于白话文学的"反攻"，乃正是白话文运动里所必然要经历过的途程。这只有更鼓励了我们的勇气，多一个扎硬寨、打死战的机会，却绝对不会撼惑军心，摇动阵线的。所以像章士钊乃至最近汪懋祖辈的反攻，白话文运动者们是大可不必过分地忧虑的——但却不能轻轻地放过了这争斗的机会！有时候不愿意重说一遍的话，却也竟不能不说。

在本集里，有许多旧文搜罗得不大完全，特别是《文学旬刊》等等，一时不能全部搜集到，竟空缺了一段很重要的"论争"的经过，这是无任抱歉的事——将来或可以另行重印出来。

最后该谢谢阿英先生，本集里有许多材料都是他供给我的。没有他的帮助，这一集也许要编不成。

二十四年，十月二十一日

选自《中国新文学大系·文学论争集》（上海良友印刷公司1935年8月版）

文学的定义

　　文学的定义，向来是极复杂而且歧异百出的。许多批评文学家与诗人与小说家都下了他们自己所臆想的定义。他们当中，有许多自然是很可以参考一下。但在此小小的篇幅中，列举了许多定义，似乎是办不到的事。并且这种事，也是极容易的，不必参考许多文学书，我要把《英国百科全书》里论文学的一条看一下，就有许多定义可以得到了。这种工作，已经有人——如罗家伦——做过，我更可以不必重做。所以现在只简简单单地把文学的性质说一说。知道了文学的性质，文学的定义自然就可以很容易地归纳而出了。

　　文学与科学是极不相同的。文学本是艺术的一种。但它与别种的艺术，又是不同。

　　文学与科学所以不同之故，在于：（一）文学是诉诸情绪，科学是诉诸智慧。智慧虽亦有永久不变的，但却没有永久不进步，不增损的。且其大部分都是变动得很厉害的。自达尔文的进化论出，一切科学的基础都变更。自原子能的发现，化学上的一切根本观念，也都变更了。近则因镭之发现，电子的发现。一切物质组织的原理，又要全部改造了。所以诉诸智慧的科学是时时变更的。它们里边所包含的真理，在表现上看来，虽是永久，即实在是非常的不稳固；是随时地跟着人类智力的进化而变动、而前进的。因此，不惟荷马时代的科学，至今不足一顾，即阿利史多芬、但丁、米尔顿、莎士比亚各时代的科学，至今也陈之又陈了。至于诉诸情绪的文学则不然，不惟但丁、米尔顿不是陈旧，就是荷马、阿利史多芬也不是陈旧。它们所包含的东西，虽然也许是有很重大的事实与很精微的思想，然而大部分却都是叙些美人呀、香草呀、恋爱呀、离合之情呀等等的无关紧要的事。它们所以万古常新，不因时变迁的缘故，就是因为它们是诉诸情绪的。原来人们的情绪，与智慧不同。人们的智慧随时演进，而情绪则不然。我们虽不能说其绝无演进之迹，然而其演进之程度较之智慧相差不可以道理计。希腊人之智慧，较今人相差自远，然其情绪则仍新、仍足以感人。《伊利亚赛》史诗之感希腊人，与感现代的人是一样地有效力的。非洲的土人，看他们非常野蛮卑下，然而其愤怒，其恋爱，其妒忌，其喜而跳舞、哀而哭泣，则与欧美的人及我们是毫无差异的。文齐斯德（Winchester）说："个人的情绪，虽然是暂时的，而人们全体的情绪的性质，则是相通的。各个情绪的连续波动，虽生灭于瞬间，而情绪之大海则历千古还是不盈不亏的。"这几句话很可以说出情绪的性质。文学可以有永久的价值与兴趣，就是因为人们情绪的固定不变之故！（二）文学的价值与兴趣，含在本身，科学的价值则存于书中所含的真理，而不在书本的本身。文学是一种艺术，这是大家都知道的。因此，文学的价值与兴趣，不惟在其思想之高超与情感之深微，而且也在于其表现思想与情绪的文字的美丽与精切。科学的书不然。它的价值，本来就在真理，文字不过仅仅用来发表出它里面所含的真理。所以人家一知道了它里头所含的真理，就可以把书本不要了。或是不要这个书本，就看别的含有同样的真理的书本，也可以同样地得到很完备的结果。试举例来说一下。牛顿发明了万有引力的学说。这个学说在现在已成真理。学物理学的人，不一定要看牛顿所著的原书，方可以知道这个学说，这个学说已融入无论哪一本的物理学书中，只要看一本的物理学就可以明白了。因为它所重的，固在万有引力的学说，而不在牛顿所著的原书。至于要研究麦高莱，托尔斯泰，易卜生，安得列夫诸人的作品，则决不能仅研究其思想与情绪。他们的思想与情绪与文字是连结在一起的，是不能移思想与情绪于它处，而弃其文字于不顾的。如果只顾到麦高莱与托尔斯泰的思想与情绪，而不顾他们的文字——原书的文字——那么，所研究的就不是麦高莱与托尔斯泰的作品了，虽然它们也可以由一国的文字里，移植到别一种的文字里，然而所移植的却不仅是思想与情绪，并且也是原书的字句。因此，读文学书，却不能不读作者的原书。

　　文学与科学不同之处，就在于这二点。我们由此可知文学是必须带有情绪的元素在内。无论是哪一种的文学，无不带有情绪的元素在内。没有这个元素，它就不是文学了。阿诺尔德的批评文集是文学，其余的就不能算文学，就是因为它含有情绪的元素在内，而别的人不含有的缘故。麦高莱之历史算为文学，其余的人所著的历史就不算是文学，也就是因为这个缘故。由此也可知文学书的自身，也必须有久的价值。如果文字的艺术不好的，这种书也不能算是文学。因为文学的自身就是艺术，没有艺术的东西，自然不配称做文学了。

文学与别的艺术不同的地方，却又有几点：（一）文学是想象的。因此，它与图画、雕刻等艺术不同。许多人都以为文学不是"讨论"乃是"表现"，这句话是极对的。但须注意！所谓"表现"并不是"描写"的"表现"，乃是想象的"表现"。"描写"的"表现"是图画、雕刻的事，却不是文学的事。图画雕刻，因为它们的特性的关系，能够把所要表现的东西，很精细地，切合地描写出来，或把它描写在平面上——如图画——或把它描摹在立体上——如雕刻。人家一看，就好比看见真的东西一样。文学却不然。它所用的表现的媒介物，不是石膏，不是刀凿，也不是颜料，乃是文字。文字无论用得如何精巧，终须经过作者的脑中，由他用他的想象把它们组合起来，以表现出他所要表现的东西；并不是直接描写原物。因此，文学作品里所表现的东西，不是描写的，乃是想象的，乃是经过作者的精神的洗礼的。因此，文学作品里所表现的东西——人的行动与景物——比雕刻、图画等似乎更足以动人，更表现得有精神并且生动。它们所表现的美，是精神的美，不是物质的美，所表现的行动，也是理想化的行动，不是实际的摹拟的行动。

（二）文学是表现人们的思想与情绪的，不仅是只表现情绪的。因此，它与音乐又不同。音乐是完全的人们情绪的表现。它与一切理智，都不相联接。它用的声调的抑扬、高低，把人们的心绪曲曲描出。人们的哭呀，笑呀，喜呀，怒呀，恨呀，恐怖呀，痛苦呀，凡一切的强烈的情绪的控诉，无一不可由那时而飘忽轻妙，时而呜呜若泣，时而抗声壮烈的乐器中表现出来。文学则不然，它无论如何，总不能为纯粹的情绪的表现；无论如何，它总须带多少的理性的元素在内。就是那称为"纯文学"的诗歌也不能完全脱离了理性的束缚。人间的道德的要求，总时时地在它里头渲染着。如写实派与象征派的作家，且多专以美丽的文字来表现自己的最高的思想的。

总以上的话看来，文学的性质如何，大概是可以知道了。虽然我讲得非常的简单——在这样短的篇幅里是决不能讲得详细的——且有许多话必须更加以更详细的引证或讨论的，然而大要已完全包含在此处了。

由此我们可以归纳出一个文学的定义来就是：文学是人们的情绪与最高思想联合的"想象"的"表现"，而它的本身又是具有永久的艺术的价值与兴趣的。

这个定义，我自己觉得颇简明而包括。大概决不会有什么不明了或引起人误会的地方。

近来作这个同样的题目的人，颇有几个，讲得大致也还不差。我本想可以躲懒不作这篇东西，但是看着现在许多人对于文学的不明了或误会的情形，竟使我欲藏拙而不可得。有一位自命为研究文学的施先生以为文学就是科学，又以为文学是"研究"什么东西的。真是完全不明白文学是一个什么东西。还有一个著《什么是文学？》的罗先生，也昏乱了头脑在《近代中国文学思想的变迁》里，把"严中外之防"的皇皇奏疏，加上"华夷文学"的名目，把梁启超的呜呼式的论文，加上"策士文学"的头衔，把章士钊的政论、严又陵的翻译，加上"逻辑文学"的称谓。"文学"二字怎可以随便滥用呀！明明是"中国近代思想的变迁"何必硬要插上"文学"二字在上面呢？

这种的不明了和误会，我希望以后能够少了一些才好。

原载1921年5月10日第1期《文学旬刊》

文学的使命

　　文学的使命是非常伟大而且光荣的。在人类未有系统的知识之前，文学就在他们当中占有极雄厚的势力了。初民所具有的知识，在现在已泯灭无遗，但是他们的抒情诗，的传说，的史诗，却还传诵不衰。在劳动社会中，他们多半是没有受过教育的。同他们讲哲学、讲科学，他们都觉得淡泊无味，格格不相入。如果讲述文学作品给他们听，他们就要手舞足蹈，嬉笑流涕，而不自禁了。总之，无论如何不开化的民族，如何没有常识的人们，只有不受乃至摈斥、反对别的自然科学、社会科学的光明的，却从来没有对于文学不受感化的。文学成了他们精神上的唯一慰藉者。他们对于文学的兴趣真是高极了。且不惟成人如此，儿童更是厉害。中国儿童看《西游记》《封神传》的热心比课本不知高得多少倍呢！

　　文学的效力——影响——是如何的伟大呀！因其影响之大，斯其所负的使命重要而且光荣。

　　在近代社会制度底下，文学的使命似乎被大家都认错了，有的人把文学的工作划在工业的水平线上。他们当文学是一种职业，想以笔代农具或机械。终日伏案疾书，求其作品能迎合社会的心理，以换得面包与牛油。如此，简直把文学视为一种纯粹的、实际的、经济的艺术了。有的人又把文学当作著作家求名的工具。散文与诗歌与戏剧不过是一种媒介物，能实现他们的在世界上的名望的。他们著作，为自己的名誉而著作。无论他们成功得迟早，或竟不得成功，这种思想却是他们从事文学的最大的动机。这不过是自私心的表现罢了，对于文学的伟大使命的所在，他们实没有梦见。有的人——最大多数的人——又以为文学的目的是在给快乐于读者，使读者得有美感的。这句话也许有一点对。但也未免太把文学的使命看轻了。文学的作用固不仅在给快乐、给美感呀！就是诗，一般人所谓为纯粹的美文的，这种目的也不过是她的副动力。至于大部分的散文，则更不多有以此为动机的了。又有人说，文学的目的就在于自己表白。作者内心的思想与情绪，常常突突地要求表现。文学就是他们所表现于外之内心的思想与情绪。他们不知道什么金钱，什么名誉，什么读者的快乐，他们只要把自己所想的，所感的写出来而已。如此，文学就成了一种人们的内心的自传了。这虽比文学的商品观，消遣观好些、高尚些，然而终带着自私的色彩，把文学太为个人化了。

文学的使命，伟大的、光荣的使命，却全不在此。亨德（Hunt）在他的《文学的原理与问题》上说：文学的真使命有四：（一）伟大的思想或原理的承认、含孕，并解释。（二）时代精神的正确解释。（三）人性对于他自己与对于世界的解释。（四）高尚理想的表现。据他的意思，第一层是说作者应该把他的独创的思想表现在文学里，此不惟他自己得有发言的机会，并且也对于人间的真理增加了些数量。无论哪一种文学作品，只要它不是十分坏的，总包孕有作者自己的思想在里面。第二层是说，文学是解释时代的精神的，但在衰微的时期，作家于时代精神以外，同时须具有改造时代精神的思想。不仅是无误地表现与解释它而已。第三层是说，文学的要务在于表现内部的个人的生活。在这个地方，文学就是心理学；它表现人心的好与坏的想念，乐与忧，强与弱，光荣与羞耻的情感。第四层是说，在现在商业的实利的时代中，人们所缺乏的乃是精神上的高尚的理想。文学应该把这种超逸的理想灌输给大家，使他们不致沉沦于实利主义而忘返。

亨德的话，我很赞成。文学的伟大的使命大概可以包括于他所举的四层。不过他未免有些太偏重于理性方面了。他看思想太重，而于情绪却一个字也没有提起。我以为文学中最重要的元素是情绪，不是思想。文学所以能感动人，能使人歌哭忘形，心入其中，而受其溶化的，完全是情绪的感化力。文齐斯德（Winchester）以为文学的职务，在轻而易读，而不使人费思索之力，而纯以作者的情感来引起读者的情绪。我极以为然。

把亨德所举的四层，可以改之如下：（一）个人的思想与情绪的表现。（二）对于时代的环境的情绪的流露。（三）人性的解释。（四）飘逸的情绪，与高尚的理想的表现。总括一句话，文学的真使命就是：表现个人对于环境的情绪感觉。欲以作者的欢愉与忧闷，引起读者同样的感觉。或以高尚飘逸的情绪与理想，来慰藉或提高读者的干枯无泽的精神与卑鄙实利的心境。

更简括地说一句话，它的使命就是：扩大或深邃人们的同情与慰藉，并提高人们的精神。

现在的世界是如何残酷卑鄙的世界呀！同情心压伏在残忍冷酷的国旗与阶级制度底下，竟至不能转侧。而人们的高洁的精神，廓大的心境也被卑鄙的实利主义，生活问题泯灭消减而至于无有。救现代人们的堕落，惟有文学能之。

文学的使命是如何的重大呀！光荣神圣的文学家，你们应该如何地担负这个重大的使命呢？文学是决不仅给肤浅的快乐于读者的，决不仅发表个人的心境的。以金钱以名誉为目的而投世人之所好，给肤浅的快乐于读者的人，不惟污辱这个伟大光荣的文学的使命，而且也污辱他们自己的人格。

原载1921年6月20日第5期《文学旬刊》